HEDWIG COURTHS-MAHLER

Die ungleichen Schwestern

HEDWIG COURTHS MAHLER

Die ungleichen Schwestern

WELTBILD VERLAG

Genehmigte Lizenzausgabe für
Weltbild Verlag GmbH, Augsburg 1996
© 1991 by Gustav Lübbe Verlag GmbH, Bergisch Gladbach
Einbandgestaltung: Peter Engel, München
Umschlagfoto: Superbild, München
Gesamtherstellung: Presse-Druck Augsburg
Printed in Germany
ISBN 3-86047-959-8

I

»Aber wie könnt ihr nur einen Augenblick im Zweifel sein? Es ist doch selbstverständlich, daß Nora, die ältere der Schwestern, die reiche Erbin ist. Seht sie euch doch an! Ganz abgesehen davon, daß Nora Rupertus die glänzendere und schönere ist, muß sie doch unbedingt auch die reichere sein.«

»Warum muß sie das, Bert?« fragte Hilly Sanders ihren Bruder.

»Hilly, sieh dir doch nur den Schmuck an von Nora, das sicher in einem führenden Modehaus angefertigte Kleid und die stolze Haltung der jungen Dame. Vergleiche damit die bescheidene Erscheinung ihrer Schwester Ruth, dann mußt du dir selbst sagen, wer von den beiden die fabelhaft reiche Erbin ist.«

»Nun, das weiße Seidenkleid Ruths ist ganz sicher auch nicht billig gewesen.«

»Schön, ihre reiche Schwester wird sie ja nicht in billigen Fähnchen herumlaufen lassen, aber Ruth trägt nicht ein einziges Schmuckstück, außer einem Ring mit einer allerdings sehr wertvollen schwarzen Perle, den ihr wahrscheinlich ihre Schwester geschenkt hat. Wenn also Ruth die reiche Erbin wäre, würde sie sicher ebenso kostbaren Schmuck tragen wie ihre schöne Schwester.«

»Nun, Schönheit ist Ansichtssache«, warf ein junger Herr in das Gespräch ein, »ich finde Ruth Rupertus reizender und lieblicher als die stolze Nora.«

Bert sah ihn lachend an.

»Du bevorzugst eben Blondinen auf jeden Fall.«

»Wenn sie echt und nicht gefärbt sind, ganz sicher, aber du wirst doch nicht in Abrede stellen, daß Ruth Rupertus reizend ist und sich sehr wohl neben ihrer dunkelhaarigen Schwester behaupten könnte, wenn sie nur wollte.

Aber – daß Ruth die arme Schwester ist, scheint auch mir sicher. Ich habe sie neulich im Tiergarten gesehen in einem mehr als schlichten Straßenkleid; unter uns, es erschien mir schon recht abgetragen, und ich verstehe Nora Rupertus nicht, daß sie ihre Schwester so herumlaufen läßt. Sie hat es doch dazu.

Schade jedenfalls, daß Ruth nicht die reiche Erbin ist, sonst ...«

»Nun? Sonst würdest du dich wohl ernsthaft um sie bewerben?«

»Was mir wenig nützen würde, denn wäre sie die reichere, dann würde sie so stark umlagert sein wie jetzt Nora.«

Ein anderer junger Mann, der herangetreten war und diese Worte mit angehört hatte, lächelte überlegen und meinte:

»Ich weiß es sicher, daß Nora Rupertus die reiche Erbin ist, und zwar von ihr selbst. Sie hat mir das vorhin mit einer sehr deutlichen Anspielung bestätigt.«

Alle sahen zu ihm auf.

»Wie denn? Was hat sie denn gesagt?«

»Ich fragte sie, weshalb ihre jüngere Schwester so selten in Gesellschaft zu sehen sei, denn es ist ja wahr,

Ruth Rupertus ist nicht oft in großer Gesellschaft zu finden. Nora erwiderte auf meine Frage: ›Ruth ist leider nicht von dem Gedanken abzubringen, daß es ihre Verhältnisse ihr nicht erlauben, so glänzende Gesellschaften zu besuchen. Wenn Sie wüßten, was ich jedesmal für einen Kampf mit ihr führen muß, bis sie sich entschließt, mich zu begleiten.‹ Nun, Herrschaften, mir scheint, das ist deutlich genug.«

»Allerdings! Und es bestätigt unsere eigenen Beobachtungen«, sagte Hilly Sanders, die Tocher der Gastgeber, und ihr Bruder Bert sah mit einem mitleidigen Blick zu Ruth Rupertus hinüber, die gerade in diesem Augenblick ganz vereinsamt an einem der hohen Fenster des Festsaales stand und mit ernsten Augen über das glänzende Gesellschaftsbild hinwegschaute.

Er erhob sich und schritt auf sie zu, nicht nur, weil er als Haussohn seine Pflicht darin sah, für die Unterhaltung der Gäste seiner Eltern zu sorgen, sondern auch, weil ihm ›die arme Schwester‹ leid tat, die man so vernachlässigte, während sich um die reiche, glänzende Nora eine Schar feuriger Verehrer gesammelt hatte, die sich darin überboten, ihr Artigkeiten zu erweisen.

Bert Sanders trat auf Ruth Rupertus zu.

»Mein gnädiges Fräulein, Sie halten sich so ganz von der Gesellschaft fern, das darf ich nicht zugeben.«

Sie sah mit ihren großen, hellen Grauaugen, die wie Perlmutter schimmerten, zu ihm auf, und er mußte sich zugestehen, daß diese Augen sehr wohl imstande waren, Männer zu fesseln, wenn sie so lebhaft zwischen den dunklen Brauen und Wimpern hervorleuchteten, die so eigenartig im Gegensatz standen zu dem satten Goldton ihres Haares. Freilich war Ruth keine solch berückende Schönheit wie ihre Schwester Nora, aber Bert Sanders mußte jenem jungen Herrn recht geben, jetzt, da er Ruth zum erstenmal genauer betrachtete — sie war reizender und lieblicher, als er vorhin bei der flüchtigen Bergrüßung hatte feststellen können.

»Sie irren, Herr Sanders, ich halte mich nicht von der Gesellschaft fern, sondern diese hat sich von mir zurückgezogen«, sagte Ruth mit einem schelmischen Ausdruck, in dem viel mehr Überlegenheit als Verdrießlichkeit über diese Tatsache lag.

»Oh, das darf ich nicht zugeben, es ist sicher nur ein Zufall, daß Sie gerade in diesem Augenblick ohne Gesellschaft blieben. Ich muß deshalb um Verzeihung bitten, denn ich hätte Sie davor bewahren müssen, sich selbst überlassen zu bleiben.«

Sie lachte ihn unbekümmert an.

»Seien Sie ganz unbesorgt, ich bin zuweilen sehr gern in meiner eigenen Gesellschaft, ohne deshalb eingebildet zu sein.«

»Aber Sie werden mir gestatten, Sie zu meiner Schwester und einigen jungen Herren und Damen hinüberzuführen.«

»Ich möchte nicht stören — ich glaube, ich bin eine sehr wenig unterhaltende Gesellschafterin, und offen gesagt, ich hatte gerade erwogen, an die Heimfahrt zu denken.«

»O nein, dazu ist es noch viel zu früh, mein gnädiges Fräulein. Sehen Sie Ihr Fräulein Schwester an, sie unterhält sich anscheinend so gut, daß sie nicht daran denken wird, schon jetzt unser Fest zu verlassen.«

Ruth warf einen flüchtigen Blick zu ihrer strahlenden Schwester hinüber. Es zuckte wie heimlicher Spott um ihre Lippen.

»Ich denke ja auch gar nicht daran, meine Schwester zu veranlassen, mich zu begleiten. Sie ist sehr ausdauernd und würde meiner Aufforderung auch kaum Folge leisten. Aber ich wollte mich gerade von ihr verabschieden.«

»Das lasse ich nicht zu, mein gnädiges Fräulein. Daß Sie schon fortgehen wollen, ist mir ein Zeichen, daß Sie sich auf dem Fest meiner Eltern gelangweilt haben, und mit diesem Eindruck dürfen Sie noch nicht fortgehen.«

Sie schüttelte mit leichter Schelmerei den Kopf.

»Ich habe mich im Gegenteil sehr gut unterhalten, nur pflege ich nicht alle Genüsse bis zur Neige auszukosten, wie es meine Schwester tut. Ich bin auch nicht ein so eingefleischter Gesellschaftsmensch wie meine Schwester, und außerdem muß ich morgen ziemlich früh aufstehen, um mein Kolleg nicht zu versäumen, während meine Schwester so lange schlafen kann, wie sie will. Deshalb muß ich auch zeitiger zur Ruhe gehen.«

Was Ruth sagte, bestärkte Bert Sanders in der Annahme, daß tatsächlich sie die vermögenslose Schwester war.

»Sie studieren, mein gnädiges Fräulein?«

Einen Augenblick zögerte Ruth, dann sagte sie ruhig:

»Ja, ich studiere Kunstgeschichte.«

Er verneigte sich.

»Ein Stündchen werden Sie aber noch zugeben, mein gnädiges Fräulein, wir möchten uns doch noch ein Weilchen Ihrer Gesellschaft erfreuen, gerade, weil Sie so selten anzutreffen sind. Nun ich weiß, daß Sie ein ernstes Studium treiben, kann ich das ja verstehen, aber ich darf Sie gerade deshalb nicht so früh wieder fortlassen.«

Sie sah lächelnd in sein hübsches, noch etwas knabenhaftes Gesicht.

»Also einigen wir uns in der Mitte, ich werde noch eine halbe Stunde zugeben, aber dann helfen Sie mir, daß ich verschwinden kann, ohne aufzufallen.«

»Muß ich das versprechen?« fragte er, von dem Reiz ihrer Persönlichkeit gefesselt.

»Ja, das müssen Sie, sonst gehe ich gleich.«

»Also gut, aber diese halbe Stunde gehört uns, meiner Schwester und mir, wir wollen Sie doch ein wenig näher kennenlernen.«

Sie nickte bejahend, und er führte sie hinüber zu der Gruppe, in der seine Schwester noch saß. Als er mit ihr nahe herangekommen war, erhob sich Hilly Sanders auf einen Blick ihres Bruders und zog Ruth neben sich auf das kleine Empiresofa.

»Endlich kommen wir noch dazu, Ihre Gesellschaft zu genießen, Fräulein Rupertus«, sagte sie liebenswürdig.

»Das gnädige Fräulein wollte gerade nach Hause gehen, ich habe sie sehr bitten müssen, uns noch ein halbes Stündchen zu schenken.«

»Ein halbes Stündchen? Das kommt doch gar nicht in Frage! So zeitig dürfen Sie unser Fest nicht verlassen«, sagte Hilly energisch, wie es ihre Art war.

»Ich habe Fräulein Rupertus versprechen müssen, daß Sie nach einer halben Stunde fortgehen darf, wenn es uns nicht gelingt, sie länger zu fesseln. Du mußt bedenken, Hilly, das gnädige Fräulein studiert Kunstgeschichte und muß morgen frühzeitig ins Kolleg«, sagte Bert.

Ah, sie mußte einen Beruf ergreifen, um nicht von der reichen Schwester abhängig zu sein. Die jungen Herren und Damen, die sich vorhin über die Schwestern unterhalten hatten, verstanden das und bemitleideten die junge Dame ein wenig, denn sie alle waren so vorsichtig in der Wahl ihrer Eltern gewesen, daß sie es nicht nötig hatten, ihren Unterhalt selbst zu verdienen.

Aber Ruth Rupertus sah durchaus nicht bemitleidenswert aus, als sie sich nun sehr lebhaft und gut gelaunt mit den jungen Herren und Damen unterhielt. Im Gegenteil, sie hatte eine leise, ruhige Überlegenheit in ihrem Wesen und wirkte außerdem in ihrem weißen Seidenkreppkleid, daß sich weich um ihre jugendschönen, schlanken Glieder legte, sehr vornehm und gediegen, vornehmer eigentlich als ihre glänzende Schwester, die in einem kostbaren Brokatkleid, mit reichem Schmuck behängt, fast etwas überladen wirkte.

Man wurde sich klar, daß Ruth Rupertus ein kluges, geistvolles und liebenswürdiges Geschöpf sei, deren ungekünstelte Natürlichkeit allerdings zuweilen etwas verblüffte. Sie wußte gut von kanadischen Verhältnissen zu erzählen, denn sie und ihre Schwester hatten ihre Jugend in Kanada verbracht und waren erst seit einem Jahr in Deutschland ansässig. Sie waren mit ihrem Vater herübergekommen, der von Geburt Deutscher war und seinen Lebensabend in Deutschland hatte beschließen wollen. Aber kurz nach seiner Übersiedlung war er infolge einer Lungenentzündung plötzlich dahingerafft worden und hatte seine Töchter in Gesellschaft seiner Hausdame, auch einer Deutschen, zurückgelassen. Sie bewohnten nun mit dieser

Hausdame, Frau von Werner, eine Villa im Grunewald und hatten das Trauerjahr dazu verwendet, sich in europäischen Ländern umzusehen. Erst in der letzten Zeit waren sie in Gesellschaft gegangen, immer in Begleitung von Frau von Werner. Hauptsächlich Nora Rupertus hatte sich gern in den geselligen Trubel ziehen lassen, während Ruth meist absagte. Nur ab und zu besuchte auch sie einmal eine Festlichkeit, wenn Nora sie ausschalt, daß sie so zurückgezogen lebte.

Die halbe Stunde war schon wesentlich überschritten, als sich Ruth mit einem bittenden Blick auf Bert Sanders erhob. Er begleitete sie artig durch den Saal zu ihrer Schwester hinüber, die noch immer der Mittelpunkt des Festes war. Ruth flüsterte ihr zu:

»Ich fahre heim und schicke dir den Wagen wieder zurück, Nora. Unterhalte dich noch recht gut.«

»Danke, Ruth! Gute Nacht!« flüsterte die Schwester zurück, die schon gewohnt war, daß Ruth die Gesellschaften früher verließ.

Ruth ging nun zu Frau von Werner hinüber, die mit einigen älteren Herrschaften zusammensaß.

»Gute Nacht, Frau von Werner! Sie warten auf Nora!« sagte sie leise zu ihr und wartete gar nicht ab, daß diese eine Einwendung machen konnte. Ruth verabschiedete sich dann von den Gastgebern, die sie noch aufhalten wollten, aber Bert half ihr, loszukommen. Er begleitete sie erst bis zur Garderobe, half ihr selbst in ihren Pelzmantel und brachte sie bis zum Auto, das er hatte heranfahren lassen.

Es war ein sehr elegantes Auto, in dem Bert die junge Dame artig unterbrachte. Sie dankte ihm lächelnd, und er verbeugte sich noch einmal, als sie an ihm vorüberfuhr.

Der Weg war nicht weit, denn auch die Villa Sanders lag im Grunewald, wenn auch einige Straßen entfernt.

Als Ruth vor der Villa Rupertus ausstieg, sagte sie zum Chauffeur:

»Fahren Sie nach Villa Sanders zurück, um meine Schwester und Frau von Werner abzuholen.«

Dann stieg sie schnell die breite Sandsteintreppe bis zum Portal hinauf und verschwand in der Halle. Dort saß ein Diener, der Damen wartend, und sprang auf, um das elektrische Licht einzuschalten. Er half Ruth aus dem Pelz, und diese gebot ihm in ihrer ruhigen, bestimmten Art, ihr noch eine Tasse Tee zu bringen.

Ruth zog sich in ihr Ankleidezimmer zurück, wo sie die Zofe, die sie und ihre Schwester gemeinsam bediente, von ihr aber viel weniger in Anspruch genommen wurde als von Nora, eingeschlafen in einem Sessel fand. Die Zofe schrak auf und ermunterte sich, eine Entschuldigung stammelnd.

»Wozu entschuldigen Sie sich, Mary, Sie haben doch ein Recht, müde zu sein. Leider werden Sie noch länger aufbleiben müssen, denn meine Schwester wird mit Frau von Werner erst später heimkehren. Ich bedarf Ihrer aber jetzt nicht weiter, wenn Sie mir aus meinem Kleid geholfen und mir einen warmen Morgenrock übergestreift haben.«

Die Zofe half ihr aus dem weißen Kleid und legte ihr einen warmen hellblauen Morgenrock aus wattierter Seide über. Inzwischen hatte der Diener den Tee gebracht, und Ruth verabschiedete die beiden Dienstboten in der ihr eigenen freundlichen Weise. Sie zog sich dann in ihren kleinen Salon zurück, wo der Tee auf einem kleinen Tischchen bereitstand, warf sich aufatmend in einen Sessel und streckte die Glieder im wohligen Behagen.

»Gottlob, das ist wieder einmal überstanden!« sagte sie vor sich hin. Sinnend ließ sie ihren Blick in dem eleganten Zimmer umherschweifen. Sie liebte diese zierlichen Rokokomöbel mit dem hellen geblümten Seidenstoff, aber nur, wenn sie sich ausruhen wollte. Sonst weilte sie lieber in ihrem Arbeitszimmer, das mit schweren dunklen Eichenmöbeln ausgestattet war und smaragdgrünen Samt als Möbelbezüge und Fenstervorhänge hatte. Auch der Fußboden war mit smaragdgrünem Velourteppich ausgelegt, auf dem schöne alte Perser ausgebreitet waren. In dies Arbeitszimmer konnte sie von ihrem Platz aus sehen, da es nebenan lag und die Tür offenstand. Da drüben über ihrem Schreibtisch hing das Bild ihres Vaters und schaute zu ihr herüber. Sie nickte diesem Bild lächelnd zu.

»Bist du zufrieden mit mir, lieber alter Papa?«

So hatte sie ihn immer genannt, den geliebten Vater, und er hatte ihr dann sanft das Haar aus der Stirn gestrichen und ihr zugenickt mit seinem Lächeln, das in den letzten Jahren so müde und schmerzvoll geworden war, weil ihn ein schweres Leiden plagte.

Er hatte dreißig Jahre seines Lebens in Kanada verbracht, hatte zweimal dort geheiratet, das erste Mal Noras Mutter, die französischer Abstammung war, und das zweite Mal die Mutter von Ruth, eine Engländerin. Ein schöner Mann war er gewesen, dem die Frauenherzen zugeflogen waren. Und seine erste Frau hatte ihn ebenso leidenschaftlich geliebt, wie er sie. Als sie ihm nach dreijähriger Ehe genommen worden war, hatte Nora kaum zwei Jahre gezählt. Ein Jahr später hatte er Ruths Mutter heimgeführt, die ihn ebenfalls über alles geliebt hatte. Seine Liebe zu dieser zweiten Frau war nicht so leidenschaftlich und feurig gewesen wie die zu Noras temperamentvoller Mutter, aber er hatte sie vielleicht tiefer und zärtlicher geliebt. Sie war die Erbin einer großen Exportfirma für Pelze, und durch diese zweite Heirat war Philipp Rupertus der Chef der weltbekannten Firma geworden. Bis dahin hatte er wenig Glück gehabt. Mit seiner ersten Frau, die ebenfalls arm gewesen war, hatte er sehr bescheiden leben müssen. Erst durch seine zweite Ehe kam er in großartige Verhältnisse. Er war jedoch nicht der Erbe der Firma und des Reichtums seiner zweiten Frau geworden, sondern als diese starb, wurde Ruth, ihr einziges Kind, ihre Erbin infolge der Testamentsbestimmungen von Ruths Großeltern. Ruths Vater hatte nur das Vermögen seiner jüngsten Tochter verwaltet. Als vor vier Jahren seine zweite Gattin starb, war die große Exportfirma schon in ein Aktienunternehmen verwandelt, da der Betrieb zu groß geworden war, und weil sich bei Philipp Rupertus schon damals die ersten Vorzeichen seines Leidens bemerkbar gemacht hatten. Er fühlte sich nicht mehr kräftig genug, allein die Leitung des Betriebs in den Händen zu behalten, und seine Gattin war mit der Gründung der Aktiengesellschaft einverstanden gewesen.

Nach ihrem Tod überkam Philipp Rupertus die Sehnsucht nach seiner deutschen Heimat. Seine beiden Töchter, die er zärtlich liebte, weil jede von ihnen ihrer verstorbenen Mutter sehr ähnlich war, stimmten ihm bei, sie waren bereit, sich mit dem Vater für immer in Deutschland niederzulassen. Und so war es auch geschehen. Aber lange hatte er sich der Heimat nicht freuen können, sein Leiden hatte zu große Fortschritte gemacht, ehe er Kanada verließ. Kurze Zeit nach seiner Heimkehr nach Deutschland starb er.

Seine Töchter ließ er unter dem Schutz Frau von Werners zurück, die schon seit dem Tod seiner zweiten Gattin als Hausdame bei ihm lebte.

Es war irgendwie durchgesickert, daß nur die eine Tochter über ein großes Barvermögen und über den größten Teil der Aktien der großen Pelzfirma verfügte, aber niemand wußte, welche von beiden die Erbin war.

Ruth hatte ihrem Vater auf dem Totenbett versprochen, stets für ihre vermögenslose Schwester zu sorgen. Philipp Rupertus hatte sich in streng rechtlicher Weise immer nur als Verwalter des Vermögens seiner zweiten Frau betrachtet und nach deren Tod als Vermögensverwalter seiner jüngsten Tochter. Nie hatte er für sich Vorteile gezogen aus dem Umstand, daß er eine reiche Erbin geheiratet hatte, und es auch ganz selbstverständlich gefunden, daß Ruths Großeltern testamentarische Bestimmungen getroffen hatten, die einen Gatten ihrer Tochter wohl berechtigten, an der Nutznießung ihres Vermögens teilzuhaben, ihn aber zugunsten etwaiger Kinder von dem Erbe ausschlossen. Ruth war das einzige Kind dieser Ehe, und so war sie nach dem Tod ihrer Mutter die Universalerbin des großen Betriebes und des gesamten Barvermögens.

Nach des Vaters Tod verblieb also Nora Rupertus kein Vermögen, sie war auf die Gnade ihrer Schwester Ruth angewiesen.

Ruths Mutter hatte Nora mit Liebe und Güte erzogen und sie in keiner Weise hinter ihrem eigenen Kind zurückgestellt, und Ruth sah in Nora die herzlich geliebte Schwester, wenn sich auch mit den Jahren große Unterschiede im Wesen und Charakter der beiden Halbschwestern herausstellten. Ruth war ein einfacher, natürlicher Mensch mit großer Wahrheitsliebe, ehrlichem Empfinden und vornehmer Gesinnung, dabei viel bescheidener in ihren Ansprüchen an das Leben als ihre Schwester. Nora liebte Glanz und Luxus, war oberflächlich, genußsüchtig und anspruchsvoll. Es erschien ihr selbstverständlich, daß Ruth sie an allem Luxus teilnehmen ließ, ja, sie übertraf Ruth darin bei weitem und haderte oft mit dem Schicksal, daß sie nicht ebenso reich war wie Ruth. Ziemlich rücksichtslos nutzte sie die Schwester aus. Ruth ließ sich das stillschweigend gefallen, sie tat alles, was sie konnte, um Nora dafür zu entschädigen, daß sie nicht auch eine Erbin war.

Wenn Nora nun auch im Grunde gar nichts entbehrte, sondern eigentlich ein glänzenderes Leben führte als ihre Schwester, so klagte sie doch immer wieder unzufrieden, daß das Schicksal sie stiefmütterlich behandelt habe.

»Was gelte ich denn in der Gesellschaft? Wenn man hier erst erfährt, daß ich vermögenslos bin und aller Reichtum, der uns umgibt, nur dir gehört, dann wird sich kein Mensch um mich kümmern, und ich werde unbeachtet beiseite stehen und nie einen Mann bekommen«, hatte sie eines Tages gesagt, als die Schwestern mit Frau von Werner nach Ablauf des Trauerjahres um den Vater von ihren Reisen wieder nach Berlin zurückkehrten und nun begannen, in Gesellschaft zu gehen.

Ruth hatte sie ausgelacht.

»Das glaubst du doch selbst nicht, Nora, du bist doch entschieden die Schönere und Glänzendere von uns beiden, und überall, wo wir hingekommen sind, hat sich alles nur um dich gedreht.«

»Nun ja, weil man unterwegs angenommen hat,

17

daß wir beide vermögend sind. Hier ist es aber bereits durchgesickert, ich weiß nicht wie, daß nur eine von uns die Erbin ist, und nun werde ich schnell im Schatten verschwinden.«

Schelmisch hatte sie Ruth angesehen.

»Ich wette, Nora, daß alle dich für die Erbin halten, weil du eben zu glänzendem Auftreten mehr Talent hast als ich. Keinem Menschen wird es einfallen, in mir die Erbin zu vermuten.«

Nora hatte die Schwester mit einem seltsam forschenden Blick angesehen.

»Aber du wirst diesen Irrtum natürlich schnell genug aufklären.«

»Ich? Warum sollte ich das tun? Mir liegt gar nichts daran, als Erbin zu gelten und mich daraufhin anstarren zu lassen wie ein seltenes Tier im Zoologischen Garten.«

»Ach, du bist töricht. Es ist doch herrlich, wenn man von allen Seiten beneidet wird.«

»Das kann ich nicht herrlich finden. Mir ist es greulich, wenn mich die Menschen nur nach meinem Reichtum werten. Ich habe dann immer das Gefühl, als Mensch an sich überhaupt keine Geltung zu haben.«

»Oh, mir sollte es nicht schwerfallen, mir Geltung zu verschaffen, wenn ich über dein Vermögen verfügte.«

»Ach, arme Nora, mir scheint, wir spielen beide die falschen Rollen im Leben.«

Eine Weile hatte Nora die Schwester mit ihren dunklen, heißen Augen angesehen, dann hatte sie plötzlich gesagt: »So laß uns doch die Rollen tauschen! Verschweige es doch allen Menschen, daß du die Erbin bist, wie ich es verschweigen würde, daß ich vermögenslos und im Grunde nur von der Gnade meiner Schwester abhängig bin. Das wäre herrlich, wenn ich deine Rolle spielen dürfte. Es würde ja sonst alles beim alten bleiben. Du hältst mich wirklich wie eine Prinzessin, das muß ich sagen, Ruth, du bist ein nobler, vornehmer Mensch, und deshalb schäme ich mich zuweilen, weil ich unzufrieden bin mit meinem Los. Also ich könnte sehr gut als die Erbin gelten, denn unbegreiflicherweise stattest du mich immer viel schöner und prächtiger aus als dich selbst. Ich lasse mir das nur zu gern gefallen, denn ich liebe nun einmal Glanz und Luxus und kleide mich gern so elegant wie möglich. Wir brauchten also in unserem Auftreten gar nichts zu ändern. Wenn du etwas übriges tun wolltest, müßtest du mir nur zuweilen gestatten, einige Stücke von deinem Schmuck zu tragen, den du von deiner Mutter geerbt hast und den du bedauerlicherweise nie trägst. Mir wäre es eine Wonne, mich dem staunenden Volk im Glanz deiner Brillanten und Perlen zu zeigen. Ich gebe dir mein Wort, ich werde die Erbin mit mehr Geschick spielen, als du es je fertigbringen wirst.«

Ruth hatte sie etwas unsicher angesehen.

»Ist das dein Ernst, Nora?«

»Ja doch! Du würdest außerdem ein gutes Werk an mir tun, denn wenn man mich für die Erbin hält, werde ich schneller einen Mann bekommen, während du als die tatsächliche Erbin sicher einen finden wirst.«

Es hatte um Ruths Mund gezuckt.

»Mir liegt sehr wenig daran, nur wegen meines Reichtums von einem Mann erwählt zu werden.«

»Nun also, diesem Schicksal entgehst du, wenn du dich für die vermögenslose Schwester ausgibst.«

Eine Weile hatte Ruth die Schwester sinnend angesehen. In ihrer Seele lebte immer die Furcht, einmal nur ihres Geldes wegen von einem Mann begehrt zu werden, und es leuchtete ihr ein, daß sie diesem Schicksal entgehen würde, wenn sie tatsächlich vor der Öffentlichkeit mit der Schwester die Rollen tauschte. Aber ihrem geraden, ehrlichen Empfinden widerstand es doch, den Leuten vorzulügen, daß sie vermögenslos sei.

»Ich kann nicht lügen, Nora«, hatte sie gesagt.

»Sollst du auch nicht, brauchst du auch nicht. Mir macht es gar nichts aus, ein wenig Komödie zu spielen. Du brauchst nur zu schweigen, alles andere überlasse mir. Ich würde auch nicht geradezu aussprechen, daß ich die Erbin und Hauptaktionärin der Kennedy-Aktiengesellschaft wäre, ich würde es nur durchblikken lassen.«

»Und wenn sich ein Mann um dich bewirbt, Nora, was soll dann geschehen?«

Nora lachte leichtfertig.

»Oh, wenn er mich ehrlich liebt, wird es ihm gleichgültig sein müssen, ob ich Vermögen habe oder nicht, und wenn er sich nur des Geldes wegen um mich bewirbt, geschieht es ihm recht, wenn er dann enttäuscht ist. Ich werde beides nicht tragisch nehmen, da kannst du sicher sein.«

»Du willst diese Komödie also allen Ernstes spielen?«

»Mit Vergnügen! Natürlich müssen wir Frau von Werner einweihen – das laß nur meine Sorge sein –, und auch sonst einige Vorkehrungen treffen, damit mein Spiel nicht verraten wird. Du brauchst gar nichts dazu zu tun, denn offen gesagt, deine Art und Weise, dich immer so einfach wie möglich zu kleiden, nie Schmuck zu tragen und nun auch noch, wie du dir vorgenommen hast, ernsthaft Kunstgeschichte zu treiben, läßt dich ohnedies als die vermögenslose Schwester erscheinen. Ich werde dafür sorgen müssen, daß du dieses Bestreben nicht übertreibst, sonst werde ich als Erbin noch mit scheelen Augen angesehen, weil ich meine Schwester nicht besser ausstatte.« Und Nora hatte über diesen Gedanken herzhaft lachen müssen.

So galt Ruth mehr und mehr für die vermögenslose Schwester, die von der Gnade Noras abhängig war. Frau von Werner war eingeweiht. Die Dienstboten, die man erst nach der Rückkehr von der Reise neu eingestellt hatte, wußten nichts von den verschiedenen Vermögensverhältnissen der Schwestern, und nur die Zofe Mary, die mit von Kanada herübergekommen war, hätte vielleicht Aufschluß darüber geben können. Doch sie war verschwiegen und zurückhaltend, und es hätte sie auch niemand gefragt.

Daß alle Geldangelegenheiten durch Ruths Hände gingen, erfuhr niemand als Frau von Werner, die ja den Haushalt leitete und in den Rollentausch eingeweiht war.

Nora spielte also mit Eifer die Rolle der Erbin und behauptete lachend, sie vertrete die Firma Kennedy viel besser, als es Ruth tun könnte. Ruth mußte ihr darin recht geben, und sie war, nachdem sie sich an den Gedanken gewöhnt hatte, ganz zufrieden mit dem Tausch, denn er enthob sie vieler lästiger Pflichten und gestattete ihr, viel mehr ein Leben nach ihrem eigenen Geschmack führen zu können. Und vor allem hatte sie dieser Rollentausch von der Furcht befreit, daß sich eines Tages ein Mann nur um ihres Vermögens willen um sie bewerben könne.

Während Nora nun in Begleitung von Frau von Werner von einer Festlichkeit zur anderen flog, führte Ruth ein ziemlich zurückgezogenes Leben. Sie betrieb mit Eifer ihre Kunststudien, alle Arten von Sport, machte ihre gymnastischen Übungen und ging nur in Gesellschaft, wenn Nora sie darum bat und ihr vorhielt, daß man sie für eine Rabenschwester halten würde, die das arme Aschenputtel zu Hause sitzen ließ, während sie von einem Fest zum anderen fliege. So mußte sich Ruth der Schwester wegen zuweilen zum Besuch einer Gesellschaft entschließen, wie es auch heute der Fall gewesen war.

Das alles ging Ruth durch den Kopf, während sie nach dem Bild ihres verstorbenen Vaters hinübersah, und ihr war, als fliege ein Lächeln über sein schönes Gesicht. Philipp Rupertus war bis zu seinem Tod ein interessanter Mann gewesen, und seine Töchter hatten ihn sehr geliebt und verehrt.

Auftatmend erhob sich Ruth und begab sich zur Ruhe.

II

Als Ruth am nächsten Morgen fertig für ihren Weg zum Kolleg ins Frühstückszimmer hinunterkam, fand sie dort bereits Frau von Werner vor. Ruth begrüßte sie freundlich und sagte vorwurfsvoll: »Sie hätten länger schlafen sollen, Frau von Werner, denn Sie sind sicher sehr spät mit Nora nach Hause gekommen.«

»Es war kurz nach zwei Uhr, Fräulein Ruth.«

»Oh, und schon sind Sie wieder auf dem Posten, da muß ich zanken. Sie haben sicher noch nicht ausgeschlafen.«

Frau von Werner lächelte, während sie Ruth den Tee in die feine Porzellanschale füllte und ihr alles in erreichbare Nähe rückte.

»In meinem Alter braucht man nicht mehr so viel Schlaf, Fräulein Ruth.«

»Ich möchte aber nicht, daß Sie sich überanstrengen. Wenn Sie mit Nora so lange ausgewesen sind, müssen Sie sich unbedingt länger Ruhe gönnen. Nora schläft ja auch noch.«

»Ja, sie wird auch vor zehn oder elf Uhr nicht sichtbar werden.«

»Hat sie sich gut unterhalten gestern abend?«

»Wie immer! Sie ist wieder von allen Seiten umschwärmt worden.«

Ruth biß mit ihren weißen, regelmäßigen Zähnen in ein knuspriges Brötchen.

»Das gefällt ihr und macht sie glücklich.«

»Und Sie stehen wie immer zurück und lassen neidlos der Schwester den bevorzugten Platz.«

»Nun ja, ein wenig muß ich doch das Schicksal auszugleichen versuchen. Es ist doch nicht mein Verdienst, daß ich eine reiche Mutter gehabt habe, so wenig Nora daran schuld ist, daß ihre Mutter arm war.«

»Gewiß nicht, aber Sie sollten doch nicht in allen Dingen sich so selbstverständlich von Fräulein Nora zurückdrängen lassen.«

Ruth sah Frau von Werner mit ihren schönen, perlmuttgrauen Augen ernst an.

»Das tue ich doch nur in Dingen, die mir nicht wichtig sind. Ich gönne Nora den Triumph, von allen Seiten umschwärmt zu werden. Sie macht es glücklich, mir würde es nur lästig sein. Übrigens habe ich gestern abend einige ganz nette Stunden verlebt, die netteste war die letzte. Die Geschwister Sanders sind reizende junge Menschen, nicht so der belanglose Durchschnitt. Sie sind beide klug, warmherzig und natürlich, ganz anders als die meisten unserer Gesellschaft. Und erfreulicherweise scheinen sie an meiner Vermögenslosigkeit keinen Anstoß zu nehmen. Sie waren sehr nett zu mir, und ich habe mich mit ihnen zu regelmäßigen Tennisstunden verabredet, die wir teilweise hier bei uns im Garten, teilweise im Sanderschen Garten abhalten wollen.«

»Das freut mich für Sie. Es ist unnatürlich, daß Sie sich so sehr von allen geselligen Freuden zurückhalten.«

»Sofern es wirklich Freuden sind, halte ich mich gewiß nicht zurück. Aber die meisten geselligen Veranstaltungen sind mir keine Freude, sondern langweilen mich, und dazu ist mir meine Zeit zu kostbar.«

»Sie haben ja recht, Fräulein Ruth, nur ist man es nicht gewöhnt, daß junge Menschen so denken wie Sie. Das ist eigentlich die Ansicht des reiferen Alters.«

»Nun, mir scheint, etwas Ersprießliches habe ich noch nicht versäumt. Aber nun muß ich aufbrechen, sonst komme ich zu spät ins Kolleg, und das wäre mir sehr peinlich, da ich über ein Auto verfüge, während meine Kollegen und Kolleginnen meist einen beschwerlicheren Weg haben. Aber da fällt mir ein, Frau von Werner, zahlen Sie doch zweihundert Mark auf der Post ein für Fräulein Susanna Hell, Charlottenstraße 6, vierter Stock. Geben Sie irgendeinen Absender an und schreiben Sie auf den Abschnitt, daß dieses Geld dafür bestimmt ist, daß Fräulein Hell sich einen warmen Wintermantel kaufen soll. Ich kann es nämlich nicht mehr mit ansehen, wie das arme Ding in seinem dünnen Mäntelchen friert, während ich mich behaglich in meinen Pelzmantel hülle. Am liebsten würde ich ihr einen meiner Pelzmäntel schenken, aber ich nehme an, daß sie lieber einen einfachen Wintermantel trägt, der neu ist, als einen getragenen Pelz. Sie ist nämlich stolz, und ich möchte sie um alles nicht verletzen. Also schreiben Sie ein paar nette Worte auf den Abschnitt, Sie verstehen das so gut.«

»Und Sie verstehen, zu schenken und zu beglücken.«

Ruth wurde rot und winkte heftig ab.

»Auf Wiedersehen, Frau von Werner, bitte grüßen Sie Nora, wenn sie ausgeschlafen hat. Bis elf Uhr habe ich Kolleg, dann komme ich nach Hause.«

»Ich werde es bestellen und die Postanweisung bestens besorgen. Auf Wiedersehen, Fräulein Ruth!«

Ruth ließ sich draußen von dem Diener einen schlichten grauen Fehmantel geben. Es war der einfachste ihrer Pelzmäntel, und diesen trug sie immer, wenn sie ins Kolleg ging. Stach sie doch schon darin sehr gegen ihre Kolleginnen ab.

Sie wurde teils mit Neid, teils mit Bewunderung wegen dieses Fehmantels betrachtet, ohne das zu ahnen. Und als sie heute Fräulein Susanna Hell, ein blasses, unscheinbares Ding, in ihrem dünnen Mäntelchen an sich vorüberhuschen sah, atmete sie auf, wie von einer Last befreit. Susanna Hell würde bald einen warmen Wintermantel haben.

Einige Tage später hatte Ruth wirklich das Vergnügen, Susanna Hell in einem warmen grauen Flauschmantel zu sehen. Diese hing ihr Prachtstück, das ihr gleichsam vom Himmel heruntergefallen war, neben Ruths Fehmantel und strich zärtlich über den warmen Flausch.

»Ich glaube, mein neuer Mantel ist mindestens so warm wie Ihr schöner und kostbarer Pelz, Fräulein Rupertus«, sagte sie mit verschämtem Stolz.

Ruth strich wie prüfend über den flauschigen Stoff.

»Ja, wirklich, er ist schön weich und warm. Mein Pelz ist übrigens gar nicht so kostbar, ich – ich habe ihn von Kanada mitgebracht, und zwar aus unserer eigenen Firma, die mit Pelzen handelt. So bin ich sehr billig dazu gekommen.«

Susanna Hell lachte froh.

»Aber ich bin noch viel billiger zu meinem schönen Mantel gekommen. Denken Sie, irgendein Menschenfreund hat mir gestern zweihundert Mark geschickt mit dem ausdrücklichen und dringlichen Befehl, mir dafür einen warmen Wintermantel zu kaufen, und mit der Zusicherung, daß ich die zweihundert Mark zurückzahlen kann, wenn ich sie ohne Not entbehren kann. Der edle Spender dieser zweihundert Mark hat seinen Namen und seine Wohnung, die wahrscheinlich auch noch falsch angegeben sind, so undeutlich geschrieben, daß ich sie nicht entziffern konnte. Wenn er sich nun nicht selber meldet, wenn ich eines Tages so viel Geld habe, daß ich diese Schuld begleichen kann, dann weiß ich gar nicht, an wen ich mich wenden soll. Im ersten Augenblick wollte ich das Geld zurücksenden, nur wußte ich nicht, wohin. Aber dann habe ich mir gesagt, ich könne meine Dankbarkeit nicht besser beweisen, als wenn ich mir wirklich einen warmen Wintermantel kaufe. Und so habe ich es getan. Er kostet aber nur hundert Mark. Die anderen hundert Mark habe ich auf die Sparkasse getragen, damit ich nicht in Versuchung komme, sie auszugeben.«

»Das hätten Sie aber doch tun können. Sicher haben Sie noch manches andere nötig, und man hat Ihnen sicher das Geld in der Absicht geschickt, daß Sie es für sich verwenden sollen«, sagte Ruth gerührt.

Susanna Hell lachte, was sonst selten geschah.

»Ach, was meinen Sie, was mir das für ein Gefühl gibt, hundert Mark auf der Sparkasse zu haben. Die tragen Zinsen! Und ich bin die schreckliche Angst los, daß mein Vater mir mal nicht zur Zeit meinen kleinen Wechsel schicken könnte, es wird ihm ja so sauer, das Geld für mich zusammenzubringen, und manchmal geht es mit dem besten Willen nicht. Aber wir verschwatzen uns, ich bin heute ganz aus dem Gleichgewicht vor Freude und vor Stolz über den schönen Mantel. Sie sprechen nicht darüber, wie ich in den Besitz dieses Prachtstückes gekommen bin – nicht jedem möchte ich das anvertrauen. Aber Ihnen kann man so etwas sagen.«

Ruth nickte ihr zu, und während sie dann ihren Platz einnahm, dachte sie darüber nach, wie man der kleinen Susanna Hell noch ein bißchen besser helfen könne. Und da kam ihr ein Gedanke, den sie nach Schluß des Kollegs gleich ausführte. Sie hielt Susanne Hell am Arm fest und sagte lachend: »Ich habe eine große Bitte an Sie, Fräulein Hell.«

»Oh, nur heraus damit, ich bin stolz, wenn ich Ihnen irgendeinen Wunsch erfüllen kann – ich mag Sie so gern leiden.«

»Das beruht auf Gegenseitigkeit. Also hören Sie zu. Ich habe bemerkt, daß Sie sehr viel mehr wissen als ich, und daß Sie besonders in der französischen Kunstgeschichte bewandert sind, die meine schwache Stelle ist. Würden Sie mir vielleicht einige Stunden in der Woche Unterricht geben und mich an Ihrem Wissen teilnehmen lassen? Ich sage Ihnen aber gleich, daß ich nicht mehr als zehn Mark für die Stunde bezahlen kann.«

Susanna Hell sah Ruth mit großen, fassungslosen Augen an.

»Unterricht? Von mir? Sie sind doch viel klüger als ich. Und zehn Mark die Stunde — das ist ja unglaublich.«

Es zuckte leise um Ruths Mund. Zum erstenmal sprach sie wissentlich die Lüge aus, gegen die sie sich verwehrt hatte.

»Das erscheint Ihnen zu wenig, Fräulein Hell, aber Sie müssen nicht denken, daß ich mehr bezahlen kann — ich — ich bin nämlich von meiner Schwester abhängig, bin nicht vermögend, wie es scheinen mag. Aber gerade die französische Kunstgeschichte macht mir zu schaffen, und Sie sind so sicher darin, wie ich bemerkt habe. Deshalb könnten mir die Stunden von Vorteil sein. Aber mehr als drei Stunden in der Woche und zehn Mark die Stunde kann ich mir nicht leisten.«

Ein unterdrücktes Lachen kam aus Susanna Hells Brust.

»Ach, du lieber Gott, Sie glauben, es sei mir zu wenig? Nein, nein, es erscheint mir zuviel. Dreimal die Woche zehn Mark, das sind ja im Monat mindestens einhundertzwanzig Mark. Ach, das ist viel zu schön, um wahr zu sein. Sie machen einen Scherz mit mir! Was könnte ich Sie lehren? Nein, das darf ich nicht annehmen.«

»Aber ich bitte Sie so sehr darum. Bitte, sagen Sie ja. Ich nehme Sie dann immer gleich in meinem – ich meine im Auto meiner Schwester mit zu uns hinaus, lasse Sie auch wieder nach Hause fahren, damit Sie nicht zuviel Zeit versäumen.«

Susanna Hell strich sich mit bebender Hand über ihr glattgekämmtes Haar, dem man ansah, daß auf seine Pflege nicht viel Zeit verwendet werden konnte.

»Im Auto soll ich auch noch fahren? In dem feinen Auto, in dem Sie immer ankommen? Was ist denn nur mit mir los? Auf einmal regnet es Glück auf mich herab. Aber wenn ich Ihnen nur auch wirklich nützen kann. Ich bin ja allerdings in der französischen Kunstgeschichte ziemlich sicher, weil Sie mich besonders fesselt, aber Sie wissen doch sicher ebensoviel wie ich.«

Ruth wußte das sehr wohl, gab sich aber den Anschein, als sei das nicht der Fall. Und so wurde vereinbart, daß Susanna Hell jeden Montag, Mittwoch und Freitag Ruth begleiten sollte, um ihr Unterricht zu geben.

Als Ruth dann in ihrem Auto davonfuhr, sah ihr Susanna mit feuchtglänzenden Augen nach.

»Ob sie mir vielleicht die zweihundert Mark geschickt hat? Zuzutrauen wäre es ihr schon. Aber sie ist doch selbst von einer vermögenden Schwester abhängig! Vielleicht hat sie auch nur bei ihrer Schwester ein gutes Wort für mich eingelegt? Nun – wie es auch ist, ich werde ihr von ganzem Herzen dankbar sein und will gleich nach Hause schreiben, daß sie mir nur die Hälfte zu schicken brauchen, solange ich Fräulein Rupertus Unterricht erteilen darf. Und in dem schönen Wagen werde ich nun dreimal in der Woche fahren dürfen? Nur gut, daß ich einen anständigen Mantel habe.«

So dachte die kleine Susanna Hell und ging wie im Traum ihrer ärmlichen Behausung zu. Sie wohnte bei einer Lehrerwitwe, die Zimmer vermietete, und bei der Susanna auch in voller Verpflegung war, wofür sie hundert Mark im Monat zahlen mußte.

Als Ruth heute aus dem Kolleg nach Hause kam, sah sie ihre Schwester in der hellen, warmen Oktobersonne mit einigen Herren und Damen auf dem Tennisplatz. Es fiel ihr ein, daß sie sich für heute mit Bert und Hilly Sanders verabredet hatte, und sie erkannte die Geschwister in der Gesellschaft ihrer Schwester. Sie winkte ihnen zu und rief: »Bitte noch fünf Minuten um Entschuldigung!«

Man rief ihr Grüße zu, und Ruth begab sich schnell in ihre Zimmer, wo Mary schon den Tennisdress für sie bereitgelegt hatte. Sie war wirklich in fünf Minuten fertig, nahm ihr Rackett und eilte in den Garten.

»Habe ich lange warten lassen?« fragte sie die Geschwister Sanders.

»Du kannst dich beruhigen, Ruth, wir sind gerade erst mit unserer Partie fertig geworden. Aber nun ist der Platz frei.«

Nora hatte mit zwei Herren und einer Dame gespielt, und diese vier Personen nahmen nun in den Korbmöbeln Platz, die in einer kleinen offenen Gartenhalle am Rand des Tennisplatzes aufgestellt waren. Sie hüllten sich in ihre weißen Flauschmäntel und wollten noch eine Weile bei der neuen Partie zusehen, die Ruth mit den Geschwistern und einem Verehrer von Hilly Sanders spielte.

Die beiden Herren und die Dame in Noras Gesellschaft beachteten Ruth nicht viel, in der sie eben auch
nur die vermögenslose Schwester sahen, die von
Noras Gnade abhängig war. Sie hatten Ruth nur flüchtig begrüßt.

Aber Ruth beachtete sie ebensowenig und widmete
sich dem Spiel mit der ganzen völligen Hingabe, mit
der sie alles im Leben betrieb. Sie freute sich, gleich-
wertige Mitspieler gefunden zu haben, und nach einer
Weile wurden die anderen doch aufmerksam, als sie
merkten, wie gut die neue Partei spielte. Ruth ließ sich
aber auch nicht durch den Beifall der erst so gleichgültigen Herrschaften stören und achtete auch nicht
darauf, daß diese sich dann mit ihrer Schwester ins
Haus zurückzogen, weil es ihnen zu kühl wurde.

Als die Partie zu Ende war, sagte Bert Sanders
begeistert: »Sie spielen großartig, mein gnädiges Fräulein, wir müssen öfter zusammen spielen.«

»Das soll mich freuen, Herr Sanders, zumal Sie alle
mindestens ebenso gut gespielt haben wie ich. Es bleibt
also dabei, daß wir jede Woche einigemal spielen.«

»Jawohl, das nächstemal dann bei uns«, sagte Hilly
Sanders und ließ sich von ihrem Verehrer in ihren weißen Flauschmantel helfen.

»Bitte, lassen Sie uns nun ins Haus gehen. Sie müssen eine Erfrischung nehmen oder besser einen warmen Trank.«

Sie schritten nun auch dem Haus zu, Ruth an Bert
Sanders Seite, während Hilly mit ihrem Verehrer
folgte. Bert brachte Ruth durch seine drolligen Bemerkungen oft zum Lachen. Der hübsche, blonde Bur-
sche hatte Witz und Humor und gab sich augenschein-
lich gutherzig Mühe, die ›arme Schwester‹ aufzu-
heitern.

»Sie kamen vorhin vom Kolleg, mein gnädiges Fräulein?«

»Ja, Herr Sanders.«

»Und ist Ihnen das wirklich nun ganz ernst mit dem Studium?«

»Ganz ernst!«

»Sie wollen gar den Doktor machen?«

»Wenn ich es irgend schaffe, ja.«

»Aber Sie haben das doch wohl nicht nötig? Ihr Fräulein Schwester wird es sich doch nicht nehmen lassen, immer für Sie zu sorgen?« fragte er ein wenig mitleidig.

Ruth lachte ihn an, so recht von Herzen unbekümmert, daß er merkte, daß sein Mitleid überflüssig war.

»Ich ziehe es aber vor, für mich selbst zu sorgen, Herr Sanders, wenn meine Schwester auch selbstverständlich gern alles für mich tun würde, was in ihren Kräften steht.«

»Also Unabhängigkeitsbedürfnis?« neckte er.

»In jeder Beziehung!« gab sie lachend zurück, und er hatte das Empfinden, daß sie ›ein ganz prächtiger Mensch‹ sei.

Sie fanden Nora mit ihrer Gesellschaft noch im Gartensaal, wo nun auch Ruths Gäste von Frau von Werner empfangen und begrüßt wurden. Erfrischungen wurden gereicht, und dann verabschiedeten sich die Gäste. Nora schmiegte sich in einen Sessel und legte die Fingerspitzen gegeneinander.

»Gefallen dir die Geschwister Sanders, Ruth?« fragte sie.

»Ja, sie sind beide sehr frisch und natürlich, und ich halte sie auch für warmherzig und taktvoll.«

»Aber ein wenig uninteressant.«

»Für dich vielleicht, Nora, ich bin nicht so anspruchsvoll. Ich finde wieder die Herrschaften, mit denen du Tennis gespielt hast, wenig fesselnd. Gut, daß wir beide unsere Gesellschaft nach eigenem Geschmack aussuchen können.«

»Ja, Ruth, das ist ein Glück.«

»Ich werde jetzt dreimal in der Woche eine junge Studentin mit herausbringen, bei der ich Unterricht in französischer Kunstgeschichte nehmen will.«

»Um Gottes willen, wozu plagst du dich nur damit, Ruth?«

»Es ist mir keine Plage, sondern ein Vergnügen.«

»Mir wäre es furchtbar, wenn ich so viel lernen müßte.«

»Und mir wäre es furchtbar, immer wieder gesellschaftliche Redensarten zu tauschen. Im übrigen bestelle ich mir dieses Fräulein Hell hauptsächlich deswegen, um ihr durch das Stundenhonorar ein wenig zu helfen. Sie ist ein armes, kleines Ding und muß den ganzen Monat mit hundertfünfzig Mark auskommen. Denke dir das aus, Nora!«

»Schrecklich! Wie fängt sie denn das an, damit auszukommen?«

»Es ist mir auch rätselhaft, deshalb will ich ihr ein wenig helfen.«

»Das ist dieselbe junge Dame, der ich die zweihundert Mark anweisen mußte?« fragte Frau von Werner.

»Ja, aber sie darf nie etwas davon erfahren. Wenn Sie gesehen hätten, wie glücklich sie über den neuen Wintermantel war, Sie wären gleich mir sehr gerührt gewesen.«

Nora sprang auf, umarmte die Schwester und gab ihr einen Kuß.

»Du bist doch ein lieber, guter Mensch, Ruth. Immer denkst du viel mehr an andere Menschen, als an dich. Aber obwohl ich dich deshalb bewundern muß, könnte ich es dir nicht nachtun.«

Ruth streichelte Noras Hand.

»Laß doch, Nora, du hast wieder andere gute Seiten«, sagte sie begütigend. »Und du darfst sehr nett und liebenswürdig zu meiner kleinen Studentin sein, wenn sie mich in Zukunft begleiten wird. Du siehst dann mal zu mir herein und forderst sie vielleicht auf, ab und zu mit uns zu speisen, wenn wir mit Frau von Werner allein sind. Sie sieht aus, als müßte sie sehr knapp leben. Und ich habe ihr gegenüber mit allerlei Umgehungen der Wahrheit die von dir abhängige Schwester gespielt, so daß sie eine Aufforderung von mir, zu Tisch zu bleiben, sicher unter allerlei Ausflüchten ablehnen würde, um mir etwaige Unannehmlichkeiten zu ersparen. Geht aber die Einladung von dir aus, dann wird sie sicher annehmen.«

»Das will ich gern tun, Ruth, du weißt ja, wie gern ich die reiche Schwester spiele.«

»Gut, abgemacht! Und nun will ich noch ein Stündchen arbeiten.«

»Ich werde dann mit Frau von Werner eine kleine Einkaufsfahrt machen, Ruth, wenn es dir recht ist und du den Wagen nicht brauchst.«

»Nein, ich brauche ihn nicht. Laß dich nicht abhalten. Brauchst du Geld?«

Nora lachte. »Ach, dafür habe ich immer Verwendung.«

Ruth erhob sich. »Komm mit in mein Arbeitszimmer, dort werde ich dich mit Geld versehen.«

Nora umschlang Ruth und ging mit ihr hinauf. Ruth übergab ihr einige Banknoten.

»Ist es genug?«

»Aber ja, Ruth, ich will ja nur kleine Einkäufe machen. Kann ich für dich etwas mit besorgen?«

»Danke, ich brauche nichts.«

»Du bist aufregend bedürfnislos, Ruth, ich schäme mich, daß ich das nicht auch sein kann.«

Ruth küßte die Schwester herzlich.

»Sei keine Närrin, Nora, Geld ist dazu da, um unter die Leute gebracht zu werden. Ich bin froh, daß du mir diese Mühe abnimmst.«

Nora drückte Ruth fest an sich.

»Bist ein goldener Mensch, Ruth! Du weißt, wie gern ich dir diese Mühe abnehme. Also ich fahre jetzt mit Frau von Werner in die Stadt, zum zweiten Frühstück sind wir zurück.«

»Es ist gut, Nora.«

Damit trennten sich die Schwestern.

III

Als am übernächsten Tag Ruth mit Susanna Hell im Wagen am Portal der Villa Rupertus vorfuhr, sah sie ihre Schwester wieder mit der Gesellschaft von neulich Tennis spielen. Sie nahm aber gar keine Notiz von ihnen und führte Susanna Hell in das Haus. Diese sah sich mit großen Augen um.

»Mein Gott, ist es hier schön!« rief sie in fast andächtiger Bewunderung.

Ruth legte ihren Pelz ab und übergab ihn einem herbeieilenden Diener. Dieser wollte nun Susanna Hell beim Ablegen ihres Mantels behilflich sein, aber diese trat erschrocken zurück.

»Danke, ich helfe mir allein.«

Ruth winkte dem Diener ab und half Susanna selbst.

»Ein Glück, daß ich den neuen Mantel habe, Fräulein Rupertus, ich müßte mich ja sonst in ein Mauseloch verkriechen. Aber hier gibt es wahrscheinlich nicht einmal Mäuselöcher. Ich habe ja keine Ahnung gehabt, wie vornehm Sie wohnen, sonst hätte ich nicht den Mut gehabt, Sie zu begleiten.«

Lächelnd schob Ruth ihre Hand unter Susannas Arm und führte sie hinauf über die teppichbelegte Treppe. »Sie müssen nicht so ängstlich sein, Fräulein Hell, es tut Ihnen niemand etwas«, sagte sie mit ihrem lieben, freundlichen Lächeln. Und als sie dann mit Susanna in ihrem Arbeitszimmer saß, wußte sie sehr schnell deren Befangenheit zu verscheuchen. Susanna bewunderte natürlich das reich und vornehm ausgestattete Zimmer.

»Wundervoll wohnen Sie. Ihre Schwester muß sehr gut sein, daß sie Ihnen so schöne Zimmer angewiesen hat. Mir scheint, dieses ganze Haus ist wie ein Palast ausgestattet.«

»Wenn Sie es gern sehen, führe ich Sie nachher herum.«

»Nein, nein, um Gottes willen nicht, was würde Ihre Schwester dazu sagen, wenn ich ihr in den Weg liefe?«

»Mir scheint, ich muß Ihnen erst einmal die ängstliche Scheu vor meiner Schwester nehmen. Sie ist auch nur ein Mensch wie Sie und ich, und Sie werden sie nachher sicher kennenlernen. Wenn sie mit ihrer

Tennispartie fertig ist, kommt sie bestimmt zu mir herauf.«

»Sie ist wohl sehr gut zu Ihnen?«

»Ja, gewiß, wir sind doch Schwestern – wenn auch nur Halbschwestern.«

Susanna riß sich zusammen. Ihr sonst so blasses Gesicht hatte sich lebhaft gerötet, und Ruth fiel es auf, wieviel hübscher sie mit den roten Wangen aussah. Wenn sie nur etwas voller wäre, dann könnte diese kleine Studentin ein ganz reizendes Mädchen sein.

»Nun wollen wir aber arbeiten, Fräulein Rupertus, damit Sie das teure Stundengeld nicht umsonst bezahlen müssen. Ich habe mich genügend vorbereitet und Sie brauchen mir nur zu sagen, wo wir beginnen wollen. Wünschen Sie die Kunstgeschichte der Zeit der Ludwige durchzuarbeiten, oder wollen wir bei Henry II. anfangen, unter dem ja die französische Kunst schon zu blühen begann.«

Ruth nickte.

»Natürlich, ich interessiere mich sehr für Diana von Poitiers, die sich, wie ich weiß, von Henry II. mit vielen kostbaren Kunstgegenständen beschenken ließ. Fangen wir also bei Henry II. an.«

Und die beiden jungen Damen vertieften sich nun sehr eifrig in ihre Kunstgeschichte. Wenn auch Susanna nicht gar so viel mehr wußte als Ruth, so machte es dieser doch Vergnügen, das alles mit der klugen Susanna durchzuarbeiten. Es war anregender, als wenn sie sich allein in den Stoff vertieft hätte. Und geschickt wußte es Ruth zu vermeiden, mehr von ihrem Wissen zu verraten, als gut war, um Susanna nicht die Überzeugung zu rauben, daß sie hier wirklich etwas lehren konnte. So vertieft waren sie beide in ihre Arbeit, daß sie zusammenschraken, als Nora plötzlich ins Zimmer trat.

»Störe ich?« fragte sie lachend.

»Nein, Nora, wir sind gerade mit einem Abschnitt fertig. Laß dir bitte Fräulein Susanna Hell vorstellen – dies ist meine Schwester Nora, Fräulein Susanna Hell.«

Nora warf einen mitleidigen Blick auf die unbedeutende Studentin, reichte ihr mit ihrem liebenswürdigsten Lächeln die Hand und sagte:

»Ich freue mich, Sie kennenzulernen, Fräulein Hell. Meine Schwester hat mir gesagt, daß Sie so klug sind, daß Sie Ruth noch von Ihrem Wissen abgeben können. Und da ich meine Schwester schon für sehr gescheit halte, müssen Sie ein Ausbund von Weisheit sein. Wenn Sie sich nicht davor scheuen, einer so unwissenden Person, wie ich es bin, ein wenig Ihre Gesellschaft zu widmen, dann bitte ich Sie, nachher das zweite Frühstück mit uns einzunehmen.«

Susanna sah entzückt in Noras schönes Gesicht, in ihre wunderbaren, flammenden Augen hinein. Und dann blickte sie ängstlich und betreten an ihrem schlichten, grauen Wollkleid herab.

»Sie sind sehr gütig, Fräulein Rupertus, aber in meinem schlichten Arbeitskleid kann ich unmöglich an Ihrem Tisch sitzen.«

»Warum denn nicht? Ich bleibe auch in meinem Arbeitskleid, wir sind ja allein, nicht wahr, Nora?« sagte Ruth.

»Ja, wir sind allein. Ich lasse auch gar keine Absage gelten, Fräulein Hell, denn ich muß Sie doch ein wenig kennenlernen.«

Susanna sah Ruth unruhig fragend an.

»Das kann ich doch nicht annehmen?«

»Aber selbstverständlich! Fräulein Hell bleibt schon, Nora, ich muß ihr nur erst noch ein bißchen die Angst vor meiner reichen Schwester ausreden«, sagte Ruth lachend.

Nora nickte Susanna freundlich zu.

»Also bei Tisch sehen wir uns wieder.«

Damit ging sie hinaus. Susanna sah ihr nach und holte tief Atem.

»Ihre Schwester ist ja ebenso schön wie Sie – und anscheinend ebenso gut. Soll ich diese Einladung wirklich annehmen? Ich sehe ja nicht so aus, als könnte ich in einem so vornehmen Haus bei Tisch sitzen.«

»Machen Sie doch keine Umstände, Fräulein Hell. Sie kommen nachher mit in mein Ankleidezimmer hinüber, da waschen wir uns und ich leihe Ihnen einen weißen Spitzenkragen, dann sehen Sie ganz gut aus.«

Susanna staunte sie an.

»Ein Ankleidezimmer haben Sie auch?«

»Nun, das Haus ist doch groß genug, und meine Schwester kann doch nicht alle Zimmer allein bewohnen.«

Susanna lachte ein wenig.

»Ich bin ganz unversehens mitten in eine Glückszeit hineingeraten. Jeden Tag erlebe ich etwas Schöneres. Und alles danke ich Ihnen – ja, ganz gewiß nur Ihnen. Wissen Sie, daß ich Sie auch im Verdacht habe, daß ich Ihnen die zweihundert Mark irgendwie zu verdanken habe? Ich würde mich gar nicht wundern, wenn ich erfahren würde, daß Sie Ihr Fräulein Schwester gebeten haben, mir die zweihundert Mark zum Ankauf eines Mantels zu übersenden. Ich wüßte ja

39

sonst keinen Menschen, der mir so viel Geld senden würde. Gestehen Sie es nur, Fräulein Rupertus, Sie stecken zum mindesten dahinter.«

»Zerbrechen Sie sich doch nicht den Kopf darüber, Fräulein Hell, die Hauptsache ist, daß Sie einen warmen Mantel haben.«

»Nun ja, Sie wollen es nicht eingestehen, dazu sind Sie zu taktvoll und zu großherzig. Aber Sie müssen mir wenigstens gestatten, daß ich Ihrem Fräulein Schwester dafür danke und daß ich ihr sagen darf, daß ich mich bemühen werde, ihr eines Tages meine Schuld abzutragen.«

»Das dürfen Sie auf keinen Fall! Bedenken Sie doch, Fräulein Hell, wer Ihnen die zweihundert Mark schickte, wollte Ihnen helfen, ohne daß Sie danken sollten.«

»Aber ich ersticke ja an meiner Dankbarkeit, ich muß ihr doch irgendwie Luft machen.«

»Schön, machen Sie ihr dadurch Luft, daß Sie die Beweggründe der Ihnen unbekannten Person ehren, und dadurch, daß Sie sich an ihrem warmen Mantel freuen.«

Susanna sah Ruth mit seltsam forschenden Augen an.

»Es ist so wunderschön, daß es gute, edle Menschen gibt, und wenn Sie meinen, daß ich schweigen soll, dann werden Sie auch Ihre Gründe dafür haben. Aber ich weiß nun wenigstens, wohin ich meine dankbaren Gedanken schicken muß – hierher in diese vornehme Villa ganz bestimmt. Und ich hoffe, Ihnen auch schweigend beweisen zu können, wie dankbar ich bin. Wissen Sie, Fräulein Ruth, wenn Sie sich auch ein armes Mädchen nennen, so bin ich doch überzeugt davon, daß Sie den Begriff Armut in keiner Weise erfassen können. Was Ihnen arm scheint, erscheint mir unermeßlich reich. Bedenken Sie, mein Vater ist ein armer Schullehrer, mit dem Titel Professor freilich. Und wir sind sechs Geschwister, drei Mädel und drei Jungen. Meine beiden ältesten Schwestern sind verheiratet — auch wieder in ganz kleinen, engen Verhältnissen, zwei Brüder besuchen noch das Gymnasium, an dem mein Vater angestellt ist, und der dritte, dessen armer Kopf nicht für Gelehrsamkeit taugt, ist klugerweise bei einem Tischler in die Lehre gegangen. Er wird es trotzdem vielleicht eines Tages am weitesten von uns bringen. Aber alle belasten wir noch Vaters Tasche, einer mehr, einer weniger. Mutter führt den Haushalt mit einer Stundenfrau für die gröbste Arbeit, wozu ihre Kraft nicht ausreicht. Sonst tut sie alles allein. Da ist Schmalhans oft Küchenmeister — und trotzdem rechnen wir uns noch nicht unter die Armen. Die findet man noch viele Stufen tiefer. Ach, Sie dürfen sich nicht arm nennen, solange Sie noch im Auto Ihrer Schwester fahren und einen so kostbaren Fehmantel tragen. Nein, nein, Sie dürfen nicht von Armut sprechen.«

Ruth dachte, wie gut es gewesen sein würde, wenn Nora das alles hätte anhören können. Sie nickte Susanna zu.

»Sie haben recht, und ich nenne mich auch wirklich nicht arm.«

Susanna sah sie lächelnd an.

»Ich weiß schon, es ist nur der Unterschied zwischen Ihnen und Ihrem Fräulein Schwester. Nur — ich verstehe nicht, daß eine von Ihnen reicht ist und die andere — nun, sagen wir, nicht reich ist.«

»Wir hatten verschiedene Mütter, und die eine war arm und die andere reich. Wir haben das Erbe unserer Mütter angetreten.«

»Ah, nun verstehe ich. Aber um Gottes willen, Sie haben mich doch nicht mitgenommen, daß ich Ihnen etwas von arm und reich vorschwatze. Wir wollen doch arbeiten.«

Das geschah. Und als der Gong unten zum zweiten Frühstück rief, führte Ruth die kleine Studentin in ihr Ankleidezimmer, das diese wieder in Bewunderungsrufe ausbrechen ließ. Sie zeigte ihr einen hübschen Spitzenkragen, den Susanna anlegen mußte, und schnell waren sie fertig. Ruth verzichtete darauf, sich wie sonst umzukleiden, ehe sie zu Tisch ging. Sie tat das aus Rücksicht auf Susanna. Gleich darauf betraten sie beide das Speisezimmer, das vielmehr ein Speisesaal war, und Susanna Hell fiel aus einem Entzücken in das andere. Neidlos bewunderte sie alles, was ihr vor Augen kam, und mit einer Inbrunst ohnegleichen vertiefte sie sich in die ihr unbekannten Tafelgenüsse. Frau von Werner und Nora lächelten über ihre Begeisterung, die sich immer wieder Bahn brach. Ruth wußte es so einzurichten, daß Susanna immer wieder zulangen mußte. Nach Tisch ging man in den anstoßenden Salon, und hier sah Susanna einen wundervollen Flügel stehen. Sie sah ihn mit seltsam verhangenen Augen an, und als der Diener den Mokka gebracht hatte und wieder hinausgegangen war, fragte sie: »Spielen Sie beide?«

»Nur selten. Ich habe nicht immer Zeit, und meine Schwester hat meist keine Lust, obwohl sie den Flügel gut beherrscht.«

»Es muß doch ein hoher Genuß sein, auf diesem Flügel zu spielen.«

»Sind Sie musikalisch, Fräulein Hell?« fragte Nora.

»Ich spiele leidenschaftlich gern, habe nur hier gar keine Gelegenheit, denn in der Wohnung meiner Wirtin befindet sich nicht einmal ein Klavier. Zu Hause haben wir eins, aber es ist meist schauderhaft verstimmt, weil wir alle sechs daran gelernt haben und das arme Instrument auch jetzt noch immerfort quälen, wenn wir zu Hause sind.«

»Wollen Sie uns nicht etwas vorspielen?«

Verlangend sah Susanna Ruth an.

»Darf ich? Nur einige Akkorde.«

»Spielen Sie nur!« forderte Ruth sie auf.

Da setzte sich Susanna an den Flügel, und erst glitten ihre Hände scheu darüber hin, als fürchte sie, die Tasten zu berühren. Aber dann vergaß sie alles um sich her, und sie spielte ohne Noten das Allegro moderato von Schumann mit einer so zarten, tiefen Beseeltheit, daß die Schwester und auch Frau von Werner aufhorchten. Es war seltsam, wie sich Susanna Hells Gesicht verschönte, wie es gleichsam durchgeistigt wurde, wie ihre Augen in einer hohen Begeisterung leuchteten. Das war nicht mehr die kleine, arme Studentin, das war ein von aller Erdenschwere losgelöstes Menschenkind. Sie spielte weiter, als dieses Stück zu Ende war, und hatte anscheinend alles um sich her vergessen. Alles ohne Noten! Der Flügel sang und klang unter ihren Händen, und sie zog ihre Zuhörer in einen Bann.

Aber plötzlich brach sie mitten in einer Sonate ab und sah sich erschrocken um, wie aus einem Traum erwachend.

»Oh, verzeihen Sie – ich – ich vergaß mich und alles um mich her. Der Flügel hat einen so wunderbaren Ton.«

»Und Sie haben uns einen großen Genuß bereitet, Fräulein Hell«, sagte Frau von Werner.

Ruth aber trat neben Susanna an den Flügel und sagte ernst: »Und Sie studieren Kunstgeschichte, um sich einen Beruf zu erschließen? Warum nützen Sie dazu Ihr musikalisches Können nicht aus?«

Ein schüchternes Lächeln flog über Susannas Gesicht.

»Ach, lieber Gott, Musik ist eine brotlose Kunst, alles ist überfüllt. Darauf kann man seine Zukunft nicht aufbauen. Sonst – sonst hätte ich mir sicher die Musik zum Lebensberuf erwählt.«

»Es ist aber sehr schade, daß Sie dieses Können brachliegen lassen müssen. Würden Sie mich zu einem Lied begleiten?« fragte Nora.

»Gern – o wie gern, wenn Sie es mir gestatten. Es ist ja ein so großer Genug für mich, auf diesem herrlichen Flügel zu spielen.«

Nora legte ihr Noten vor. Ihre stolze, blendende Erscheinung ließ Susanna Hell wieder zu einem unscheinbaren Schattenblümchen werden, als sie neben ihr stand. Aber das störte Susanna nicht. Sie begleitete Nora zu einigen Liedern, und diese sagte schließlich: »Es ist ein Genuß, zu Ihrer Begleitung zu singen, Fräulein Hell. Noch nie hat mich jemand so gut begleiten können.«

»Das fand ich auch«, sagte Ruth schnell.

Ruth war ein Gedanke gekommen, wie sie abermals ein wenig Freude in das bescheidene Leben der jungen Studentin bringen konnte. Ihr gutes Herz war ja immer bereit, Wohltaten zu erweisen.

»Habe ich meine Sache wirklich gut gemacht? Ich habe so lange nicht üben können«, sagte Susanna bescheiden.

»Ganz vorzüglich haben Sie Ihre Sache gemacht. Nora, du müßtest dir Fräulein Hells Begleitung sichern, wenn wir wieder Gesellschaft haben und du etwas singen willst. Dein Mezzosopran ist noch nie so gut zur Geltung gekommen, wie bei diesen Liedern. Wenn ich dich begleite, ist es doch immer ein Glücksspiel. Ich habe immer Angst, daß ich dir deine Lieder verderbe. Fräulein Hell scheint unbedingt sicher zu sein.«

»Das habe ich auch schon empfunden. Ich würde mich freuen, wenn Fräulein Hell mich begleiten wollte.«

»Das würde ich natürlich sehr gern tun, schon um Ihnen meine Dankbarkeit zu beweisen. Ihre Stimme klingt wundervoll, gnädiges Fräulein, es ist ein Genuß, Sie zu begleiten. Sie brauchen es mich nur wissen zu lassen, wenn Sie meiner bedürfen. Aber — ich besitze freilich nur ein sehr fragwürdiges schwarzes Abendkleidchen, das wenig in Ihr stolzes Haus paßt. Doch ich sitze ja hinter dem Flügel und kann, wenn ich nicht mehr gebraucht werde, schnell nach Hause gehen.«

Ruth hatte sich durch einen Blick mit ihrer Schwester verständigt, und diese sagte ruhig: »Das kommt natürlich nicht in Frage, wenn Sie unsere Gesellschaften besuchen, um mich zu begleiten, dann sind Sie unser Gast, wie jeder andere auch. Und natürlich werden wir Sie nicht mit Ausgaben belasten. Sie können sich dann ein passendes Kleid anschaffen — auf — auf meine Kosten natürlich, denn dazu fühle ich mich verpflichtet.«

Ein Blick in Ruths Augen überzeugte Nora, daß sie recht getan hatte.

45

Susanna bekam aber einen roten Kopf.

»Lieber Gott, ich sehe ja ein, daß mein einfaches Fähnchen nicht hierher paßt, wenn Sie Gesellschaften haben. Aber wie soll ich denn nur immer wieder so viel Güte annehmen? Ich kann ja das nie, nie wiedergutmachen.«

»Sie tun uns doch einen großen Gefallen, vor allem meiner Schwester, Fräulein Hell, und es ist selbstverständlich, daß diese Sie entsprechend ausstattet, wenn sie Ihre Dienste in Anspruch nimmt«, sagte Ruth nun bestimmt.

Die Schwestern ließen nun keine Einwände mehr gelten, und es wurde ausgemacht, daß Susanna bei dem in der nächsten Woche stattfindenden Fest in Villa Rupertus anwesend sein würde, und daß sie bis dahin entsprechend ausgestattet werden würde.

Susanna Hell fuhr eine Stunde später mit einem Gefühl nach Hause, als habe sie einen Blick in ein Märchenland getan, als sei sie mit einem Zauberstab berührt worden.

IV

Arnold von Rautenau stand am Fenster seines Arbeitszimmers und sah auf den Gutshof hinaus, der keinen erfreulichen Anblick bot. Überall zeigten sich Zeichen des Verfalls, und die Knechte und Mägde gingen verdrossen ihrer Arbeit nach, weil sie merkten, daß auf Rautenau nicht mehr viel zu holen war. Ein tiefer Seufzer hob seine Brust. Er sah den Verfall, spürte ihn mit jedem Atemzug, schon seit Jahren, und konnte ihn doch nicht hindern, obwohl er alle Kräfte darangesetzt hatte. Was nützte ihm alles Ringen und Arbeiten? Die hohen Hypothekenzinsen fraßen alles auf, es blieb nichts übrig, um die notwendige Ordnung zu schaffen, um genügend Leute zu bezahlen. Als er, noch bei Lebzeiten seines Vaters, die Zügel von Rautenau in die Hände nahm, nachdem er von der landwirtschaftlichen Hochschule entlassen worden war und seine Prüfungen mit größter Auszeichnung bestanden hatte, hoffte er, daß seine junge Kraft das abwärtsrollende Rad aufhalten könne, wenn er ihm in die Speichen fiel, aber es war schon zu spät gewesen. Sein Vater hatte schon Jahre vorher immer wieder eine Lücke gestopft, indem er eine andere aufgerissen hatte. Hypothek um Hypothek war aufgenommen worden, und die Inflation hatte ihm den Rest gegeben. Alles Wehren half nichts. Und als Arnolds Vater gestorben war, wurden die Gläubiger dringender und ließen ihm keine Ruhe. So ging es trotz seiner Anstrengung immer weiter abwärts. Er wollte den Mut nicht verlieren, aber das war schwer. Und nun war er so weit, daß er es einsah: Rautenau mußte unter den Hammer kommen.

Den Gläubigern lag nichts daran, sie hätten Arnold gern gehalten, denn ein Verkauf des Gutes war in den jetzigen Zeiten gewiß nicht vorteilhaft. Im Ganzen ließ es sich kaum an den Mann bringen, und in Parzellen geteilt brachte es erst recht nichts ein. Arnold hatte vor einigen Tagen dem Hauptgläubiger mitgeteilt, daß er soweit sei, den Kampf aufzugeben. Er möge bestimmen, was geschehen solle, denn Zinsen könne er nicht mehr zahlen, es reiche nicht einmal mehr, um den Leuten den Lohn auszuzahlen. Darauf hatte ihm dieser

Hauptgläubiger, Kommerzienrat Fiebelkorn, mitgeteilt, er werde nach Rautenau kommen, um noch einmal Rücksprache mit Arnold zu nehmen.

Nun stand Arnold von Rautenau am Fenster und erwartete die Ankunft des Kommerzienrats. Seine stahlblauen Augen sahen finster und schmerzlich unter der schön gebauten, stolzen Stirn hervor, und der schmallippige Mund war fest zusammengepreßt, in herber Verbitterung. Seine hohe, kraftvolle, schlanke Gestalt hielt sich noch aufrecht – der Gedanke und das Bewußtsein, daß er getan hatte, was er hatte tun können, bewahrte ihn allein vor dem völligen Zusammenbruch seiner Nerven. Er wußte, wenn er Rautenau aufgeben mußte, stand er dem Leben ziemlich hilflos gegenüber. Was nützten ihm seine landwirtschaftlichen Kenntnisse und Fähigkeiten? Ohne Land, ohne Gut und ohne Geld konnte er sie nicht verwerten. Eine Stellung als Verwalter, die ihm nur ein leidliches Auskommen sicherte, gab es kaum in der heutigen Zeit. Für jede solche Stellung waren hundert Anwärter da. Und sonst hatte er nichts gelernt, was ihm zu einer Stellung hätte verhelfen können.

Es sah also ziemlich trostlos aus um ihn her und in ihm.

Sein gut geschnittenes, braungebranntes Gesicht war vor Mühen und Sorgen hager geworden und zeigte harte, feste Linien. Die Schwungkraft der Jugend hatte ihn in den letzten bitteren Wochen ganz verlassen, obwohl er erst dreiunddreißig Jahre zählte, hatte diese Entmutigung doch kommen müssen. Und dabei tat ihm auch das Herz weh. Er hing an seiner Heimat, an der väterlichen Scholle, die Jahrhunderte

48

lang im Besitz der Familie Rautenau gewesen war. Ein stolzer Besitz war es gewesen, und freie Arme und einiges Kapital, um alle Schäden ausbessern zu können, hätten es wieder zur Blüte bringen können, wenn eben die Hypothekenzinsen nicht alles aufgefressen hätten.

Was würde übrigbleiben, wenn Rautenau, wie es nicht mehr zu vermeiden war, unter den Hammer kommen mußte? Der Weg über den großen Teich bot heute keine Möglichkeiten mehr, sich emporzuarbeiten, aber man konnte da drüben wenigstens unbeachtet in der Menge untertauchen. Im deutschen Vaterland gab es für einen verkrachten Landwirt keine Möglichkeiten für ein Fortkommen mehr. Also — über den großen Teich und untertauchen in die Reihen der Gestrandeten. Warum auch nicht! Es gab so viele ehrenwerte Leute unter ihnen, die nicht weniger tüchtig waren als er, und sich doch nicht aus der Menge emporringen konnten. Um sich eine Kugel in den Kopf zu schießen, war er nicht feige genug. Er biß die Zähne zusammen, als er jetzt ein Auto in den Gutshof einbiegen sah. Es war nur noch mit dem Chauffeur besetzt, der es wohl in einer der Remisen unterstellen wollte, da es in Rautenau keine Garage gab. Aber sicher hatte dieses vornehme Auto den Kommerzienrat Fiebelkorn gebracht, der vor dem Hauptportal auf der anderen Seite des Hauses ausgestiegen war.

Er wandte sich vom Fenster ab und lauschte hinaus, und da hörte er auch schon den schweren Schritt des Kommerzienrats und das schnaubende Pusten, das seine Fettleibigkeit ihm entlockte.

Gleich darauf wurde die Tür geöffnet, der einzige noch im Hause angestellte Diener öffnete sie und ließ den Kommerzienrat eintreten, wie es Arnold ihm zuvor geboten hatte.

»Tag, mein lieber Herr von Rautenau! Da bin ich also! Muß doch mal ernstlich mit Ihnen über die Sache sprechen. Verwünscht noch mal, es widerstrebt mir, Ihnen den Boden unter den Füßen wegzuziehen«, sagte er, Arnolds schmale, feste Hand mit seiner fleischigen, schwitzenden Rechten ergreifend.

Mit einem bitteren Lächeln sah ihn Arnold an.

»Bitte, nehmen Sie Platz, Herr Kommerzienrat. Ich weiß, Sie möchten mir gern helfen, Rautenau zu behalten. Aber es geht nicht! Ich habe Ihnen erst nach reiflicher Überlegung geschrieben, daß es keinen Ausweg mehr gibt. Ich bin zu Ende mit meinem Latein.«

Der Kommerzienrat wischte sich mit seinem Taschentuch über die Stirn.

»Ich mag Sie gar nicht so reden hören! Zum Kuckuck noch mal, wenn ich so jung wäre und innen und außen so ein Prachtkerl wie Sie, dann sollte mir doch nicht bange sein, mein Lebensschiff wieder flottzumachen.«

»Zeigen Sie mir eine einzige Möglichkeit dazu, ich wollte sie gern ergreifen.«

»Dazu bin ich da! Haben Sie wirklich noch nicht daran gedacht, daß es für einen Mann von Ihrer Erscheinung ein leichtes sein muß, eine reiche Heirat zu machen, die Ihnen dazu hilft, die Hypotheken von Rautenau abzulösen?«

Finster starrte ihn Arnold an.

»Ich glaube, ich wäre sogar dazu imstande gewesen, mich an eine reiche Frau zu verkaufen, so erbärmlich ich mir dabei auch vorgekommen wäre. Aber die reichen Partien wachsen nicht wie Rüben aus der Erde.«

»Hier auf dem Land nicht. Was hier so um Sie herumsitzt, hat selber nichts. Aber warum versuchen Sie es nicht mal in Berlin?«

Arnold lachte spöttisch auf.

»Die reichen Berliner Erbinnen warten wohl schon auf einen abgewirtschafteten Landjunker, um ihn mit ihrem Geld aus dem Schlamm zu ziehen. Sie sind doch nicht so unerfahren, Herr Kommerzienrat, daß Sie so etwas für möglich halten.«

Die kleinen Augen des Kommerzienrats, die in Fett gepolstert lagen und doch das einzige waren in dem runden Gesicht, was von der unerhörten Willenskraft dieses Mannes sprach, blickten fest in die des jungen Mannes.

»Ich rede nicht zwecklos in den Tag hinein. Was würden Sie sagen, wenn ich Ihnen mitteile, daß ich eine ganz bestimmte Möglichkeit für Sie ins Auge gefaßt hätte?«

Arnold richtete sich auf.

»Eine bestimmte Heiratsmöglichkeit?«

»Ja! Es handelt sich um eine bildschöne, bezaubernde und riesig reiche junge Dame meiner Bekanntschaft.«

»Und diese schöne und bezaubernde Dame — ganz zu schweigen von ihrem Reichtum — wartet wohl nur auf mich, Herr Kommerzienrat?« fragte Arnold spöttisch.

Der Kommerzienrat sah ihn scharf und prüfend an, von oben bis unten.

»Nun, wenn ich Sie so ansehe — ich glaube, keiner der zahlreichen Verehrer der jungen Dame kann es mit Ihnen aufnehmen, und vorläufig hat, soviel ich weiß, noch keiner Gnade vor ihren Augen gefunden.«

»Es ist aber doch ausgeschlossen, daß sie einen ver- krachten Gutsbesitzer mit ihrer Hand beglücken würde, oder daß dieser nur Gelegenheit hätte, in ihre Nähe zu gelangen.«

Der Kommerzienrat lächelte schlau.

»Erstens braucht sie nichts zu wissen von Ihren Ver- hältnissen. Das wäre töricht, ihr das auseinanderzuset- zen. Und in ihre Nähe gelangen Sie durch meine Bei- hilfe. In einigen Tagen gebe ich eine Festlichkeit in meinem Hause, und dazu ist die besagte junge Dame eingeladen und hat zugesagt. Ich werde Sie mit ihr bekannt machen. Und Sie werden ihr als Herr von Rautenau aus Rautenau vorgestellt werden, und sie wird keine Ahnung haben, warum Sie gezwungen sind, sich eine Frau zu suchen, die das hat, was Ihnen fehlt. Ich werde ihr nur erzählen, daß Sie nach Berlin kommen, um sich eine Frau zu suchen, weil Sie in der Stille von Rautenau keine Gelegenheit haben, Bekanntschaften zu machen. Das genügt! Mehr braucht sie vorher von Ihnen nicht zu wissen. Das Weitere überlasse ich Ihnen, und ich bin überzeugt, daß Sie den gewünschten Erfolg haben. Ein solcher Prachtkerl wie Sie!

Und sie hat Geld wie Heu, diese junge Dame, ist die Hauptaktionärin der Kennedy-Aktiengesellschaft, einem großartigen Unternehmen, Pelzhandel im Gro- ßen, das schon ihr Großvater zur Blüte gebracht hat, wie ich hörte. Außerdem riesiges Barvermögen, wun- dervolle Villa im Grunewald − also erstklassige, hoch- feine Sache.«

»Und dieses Wunder ist auch noch schön?«

»Bildschön! Eine königliche Erscheinung, so recht als Pendant für Sie passend. Glutvolle, dunkle Augen, dunkles, schwarzes Haar und eine äußerst liebenswürdige Persönlichkeit, der nicht nur ihres Geldes wegen gehuldigt wird. Und – was viel heißen will – ganz unabhängig, sie hat nur eine jüngere Schwester, die allerdings völlig vermögenslos und von ihr abhängig ist. Das zählt aber nicht. Sie lebt mit ihrer Schwester und einer Hausdame in ihrer Villa am Grunewald, ist überall in der Gesellschaft beliebt und verehrt und scheint nur darauf zu warten, ihre Gunst mit ihrer Hand und ihrem Vermögen einem Mann zu schenken, der ihr Herz zu gewinnen vermag. Und zum Kuckuck, ich müßte ein schlechter Frauenkenner sein, wenn ich mich irrte, daß sie gerade auf Sie sofort anbeißen wird.«

Arnold von Rautenau strich sich über die Stirn.

»Hören Sie auf, Herr Kommerzienrat, Sie machen mich schwach. Weiß Gott, ich bin durch das entnervende Leben schon so weit herunter, daß ich selbst vor dem Gedanken, mich mit Vorbedacht in eine Frau zu verlieben, die mir die nötige Mitgift bringt, nicht zurückscheue. Ein erbärmliches Gefühl! Aber gut, wenn es mir gelingt, mich in diese schöne Frau zu verlieben, werde ich um sie anhalten, um aus all diesen Verlegenheiten zu kommen. Verlieben muß ich mich aber, das sage ich Ihnen, sonst – nein, sonst kann ich nicht um eine Frau werben, wirklich nicht; soviel auch auf dem Spiel steht.«

»Na schön, es wird Ihnen wahrhaftig nicht schwerfallen, sich in die schöne Nora Rupertus zu verlieben. Also Mut in die Brust, junger Mann, und hier ein Scheck über zehntausend Mark, die wage ich, um das andere zu retten. Damit sollen Sie anständig, wie es einem Rittergutsbesitzer zukommt, in Berlin auftreten. Ich sorge dafür, daß Sie schnellmöglichst gut mit ihr bekannt werden − alles andere ist dann Ihre Sache. Wann kommen Sie nach Berlin?«

Arnold von Rautenau dachte nach. Dann richtete er sich auf.

»Am Sonnabend bin ich in Berlin und suche Sie auf.«

»Gut, und am Dienstag darauf findet die Festlichkeit in meinem Haus statt. Richten Sie sich jedenfalls ein, daß Sie längere Zeit in Berlin bleiben können. Hier auf Rautenau können Sie ja jetzt doch nichts tun, da der Winter vor der Tür steht.«

»Allerdings nicht − wenn ich überhaupt je wieder etwas hier werde tun können.«

»Na na, nur nicht so verzagt. Ich habe es so im Gefühl, daß Sie der schönen Nora Rupertus gefallen werden. Ich helfe Ihnen jedenfalls, so gut ich kann.«

»Dafür danke ich Ihnen, Herr Kommerzienrat.«

»Nein, nein, das lassen Sie mal sein, ich tue das alles nur aus blanker Eigenliebe, möchte mein in Rautenau festgelegtes Geld eben nicht verlieren, und was bei einem Konkurs herauskommt, ist ja doch nicht der Rede wert. Daß ich Ihnen nebenbei wünsche, daß Sie wieder auf einen grünen Zweig kommen, ist eine Sache für sich. Ich habe Sie immer gern leiden mögen. Also nun sind wir im klaren. Und wenn Sie mir jetzt etwas zu essen und zu trinken vorsetzen würden, wäre ich begeistert, ich bin ja gut drei Stunden im Auto gefahren bis hierher.«

Arnold gab Befehl, daß im Speisezimmer ein Mahl für den Kommerzienrat aufgetragen werden sollte, und die beiden Herren besprachen während des Essens noch allerlei Geschäftliches miteinander. Als der Kommerzienrat dann wieder davongefahren war, saß Arnold von Rautenau lange Zeit untätig in seinem Arbeitszimmer am Schreibtisch und starrte auf den Scheck über zehntausend Mark, den ihm dieser zurückgelassen hatte. Diese zehntausend Mark sollten ihm also helfen, der schönen Nora Rupertus Sand in die Augen zu streuen über seine mehr als unsichere Lage? Ein schauderhafter Gedanke! Es überkam ihn ein Gefühl der Scham, und doch wußte er, daß es der einzige Ausweg sein würde aus seiner Bedrängnis, und daß er gewissermaßen dazu verpflichtet war, diese Möglichkeit auszunützen, damit eben die Gläubiger zu ihrem Geld kamen. Er suchte sich ein Bild von der reichen Erbin zu machen, die ihm der Kommerzienrat möglichst genau beschrieben hatte. Dunkles Haar und dunkle Augen – und eine königliche Erscheinung? Das war nun gerade nicht sein Geschmack. Er liebte bei Frauen das lichte Blond und nichts Königliches, sondern eine feinsinnige Schmiegsamkeit, einen mehr stillen als lauten Liebreiz. Aber – darauf durfte es jetzt nicht ankommen. Das einzige, was ihm helfen würde, mit einigem Anstand aus dieser Verlegenheit hervorzugehen, war, daß er sich Hals über Kopf in die schöne Nora verliebte, so daß ihm gar keine Zeit zur Überlegung bleiben würde.

Und bis zu seiner Abreise nach Berlin suchte er sich immer mehr mit dem Gedanken vertraut zu machen, daß er sich auch in eine dunkle Schönheit würde verlieben können.

Wenn sie nur wenigstens eine helle, weiße Haut hatte. Frauen mit brünettem Teint waren ihm geradezu unangenehm.

V

An dem Tag, als Arnold von Rautenau nach Berlin reiste, fand in Villa Rupertus eine Abendgesellschaft statt. Unter den geladenen Gästen befand sich auch Kommerzienrat Fiebelkorn mit seiner Gattin und seinem einzigen Sohn. Der junge Fiebelkorn war bei der Verteilung der Schönheit sehr zu kurz gekommen, er neigte schon mit seinen knapp dreißig Jahren ein wenig zur Fettleibigkeit, hatte ein ziemlich ausdrucksloses Gesicht und ebenfalls hellblaue Augen, wie sein Vater. Aber in seinen Augen lag nicht die große Willenskraft wie in denen seines Vaters, sondern eine große Gutmütigkeit und Willensschwäche. Obwohl er der einzige Erbe seines Vaters war, hatte er bei den Frauen wenig Glück. Die Damen seiner Gesellschaftskreise machten sich gern ein bißchen lustig über ihn, nahmen ihn nicht ernst und suchten seinen Aufforderungen zum Tanz zu entgehen, weil er ziemlich ungeschickt war.

Seine Eltern suchten ihm immer wieder eine Stellung in der Gesellschaft zu schaffen, aber sie erreichten damit weiter nichts, als daß er immer verlegener und unsicherer wurde. Sein Vater hätte so gern gesehen, wenn er sich die reiche Nora Rupertus hätte erringen können, aber es entging ihm doch nicht, daß Fredi, so hieß sein Sohn, durchaus kein Glück bei ihr hatte. Und deshalb hatte der Kommerzienrat großmütig für seinen Sohn auf diese verzichtet und wollte sie nun lieber Arnold von Rautenau zuschieben.

Er versuchte verschiedene Male, Nora in ein etwas längeres Gespräch zu verwickeln, und endlich gelang es ihm auch, sie für eine Weile für sich allein zu haben.

»Es ist sehr liebenswürdig von Ihnen, mein gnädiges Fräulein, daß Sie auch mal für einen alten Mann einige Minuten übrig haben.«

Nora sah ihn mit ihrem Lächeln an, das sie für alle hatte.

»Oh, es ist meist interessanter, mit einem älteren Herrn zu plaudern als mit den jungen.«

Er lachte.

»Nun, sehr interessant werden Sie die Unterhaltung mit mir nicht finden. Aber ich werde mich für Ihre Liebenswürdigkeit dankbar erzeigen und Ihnen nächsten Dienstag, wenn Sie in meinem Haus das kleine Fest besuchen, einen Tischherrn geben, der Ihnen besser gefallen wird.«

»Sie machen mich neugierig.«

»Das lohnt sich in diesem Fall auch. Es ist mir nämlich gelungen, Herrn Arnold von Rautenau auf Rautenau zu bewegen, für einige Zeit nach Berlin zu kommen und das Fest in meinem Haus zu besuchen. Dann werden Sie das Vorbild eines deutschen Edelmanns in der besten Bedeutung des Wortes kennenlernen. Oder ist Ihnen Herr von Rautenau schon bekannt?«

Er fragte das, als sei der darüber nicht ganz sicher.

Nora schüttelte den Kopf.

»Nein, ich kenne ihn nicht.«

»Dann wird es höchste Zeit, daß Sie seine Bekanntschaft machen, mein gnädiges Fräulein, denn dann werden Sie erst eine Ahnung haben, was wir in Deutschland an prächtigen Männern zu bieten haben. All die jungen Herren unserer Bekanntschaft können ihm das Wasser nicht reichen. Das heißt, ich will Ihnen nicht zu nahe treten, wenn Sie vielleicht schon einem von ihnen die Palme zuerkannt haben.«

Nora lachte.

»Nein, in meinem Herzen sieht es noch betrüblich ruhig aus«, scherzte sie.

Er war darüber befriedigt.

»Nun, warten Sie also bis zum Dienstag, dann werden Sie doch wohl einige Unruhe verspüren.«

»Sie sind also überzeugt, daß mir Herr von Rautenau gefährlich werden könnte?«

»Ganz bestimmt. Wenn ich ein junges Mädchen wäre – diesen oder keinen!«

»Wenn Sie ein junges Mädchen wären, hätten Sie aber vielleicht einen ganz anderen Geschmack.«

»Ich glaube nicht.«

»Wo liegt denn dieses Rautenau?« fragte Nora mit einigem Anteil.

»So an der Nordgrenze von Thüringen, im Auto erreicht man es in drei Stunden, ich war vor einigen Tagen dort, Rautenau ist ein großes Rittergut und seit Jahrhunderten im Besitz der Familie Rautenau. Arnold von Rautenau ist der Letzte seines Namens. Heute gilt ja der Adel nicht mehr viel in Deutschland, aber der Besitzer eines so vornehmen Guts ist noch der Beachtung wert.«

Es blitzte seltsam in Noras Augen auf. Ihr ganzes Sinnen und Denken war ja darauf gerichtet, sich durch eine glänzende Heirat von ihrer Schwester unabhängig zu machen.

»Das ist ja sehr interessant. Also Herr von Rautenau kommt auf längere Zeit nach Berlin?«

»Nun ja, im Winter haben die Landwirte Zeit, das gesellige Leben von Berlin zu genießen. Und außerdem – aber das ganz im Vertrauen – hat er die Absicht, sich eine Frau zu suchen, er ist des Alleinlebens überdrüssig.«

»Ah – und natürlich wird er sich eine reiche Frau aussuchen?« fragte Nora mit einem forschenden Blick.

Der Kommerzienrat dachte, daß sich in Nora die Furcht regen würde, wegen ihres Reichtums begehrt zu werden, und er schüttelte hastig den Kopf.

»Ausgeschlossen, daran denkt er nicht, er hat mir selbst gesagt, daß er nur ans Heiraten denken würde, wenn er sich unrettbar in eine Frau verlieben würde.«

Nachdenklich sah Nora vor sich hin.

»Und diesen Ausbund von Männlichkeit wollen Sie nun ausgerechnet mir zum Tischherrn bestimmen?«

»Ja, ausgerechnet Ihnen; ich will meine Freude daran haben, die beiden schönsten und bedeutendsten Menschen nebeneinander an meiner Tafel sitzen zu sehen.«

Nora zog ein Mäulchen.

»Schöne Männer kann ich eigentlich nicht leiden.«

»Herr von Rautenau ist auch weit mehr noch charaktervoll, fesselnd und klug. Die Schönheit werden also Sie verkörpern, er dagegen die eindrucksvolle Männlichkeit.«

»Also Sie haben mich jedenfalls in große Spannung versetzt, Herr Kommerzienrat. Und natürlich wird Herr von Rautenau die Auswahl unter den schönsten Damen haben, wenn er hier auf die Brautschau gehen will.«

Er sah sie mit einem Schmunzeln an.

»Nun, ich an seiner Stelle wüßte schon, wen ich mir aussuchen würde.«

Sie wurde ein wenig rot.

»Nun, wenn Herr von Rautenau nicht auf Reichtum zu sehen braucht, wird ihm die Wahl schwer genug werden.«

Es lag wieder ein leises Forschen in ihren Augen, und er glaubte, sie wolle sich vergewissern, daß dieser Herr wirklich nicht auf ihren Reichtum erpicht sein würde.

»Auf Reichtum braucht der Besitzer eines so großen Rittergutes sicher nicht zu sehen, und er wird ganz gewiß nur aus Liebe heiraten«, sagte er bestimmt.

Nora glaubte nun, daß dieser Herr von Rautenau ein sehr reicher Mann war und sah ihm mit einiger Spannung entgegen.

Ihr Gespräch mit dem Kommerzienrat wurde hier aber gestört. Es trat ein junger Herr an die beiden heran und verneigte sich vor Nora.

»Ich komme als Abgesandter zu Ihnen, mein gnädiges Fräulein, wir alle möchten gern einige Lieder von Ihnen hören, und Ihr Fräulein Schwester hat uns in Aussicht gestellt, daß Sie bereit sein würden, uns diesen Genuß zu verschaffen.«

Nora erhob sich bereitwillig, wußte sie doch, daß ihr in Susanna Hell eine vorzügliche Begleiterin zur Verfügung stand. Sie hatte heute vormittag, als diese wieder mit Ruth zum Unterricht gekommen war, einige Lieder durchgenommen, die sie heute abend singen wollte.

Der abgesandte Herr führte Nora zum Flügel. Dort stand bereits Susanna Hell bereit und blätterte in den Noten. Sie trug ein reizendes königsblaues Kleidchen, das Ruth für sie ausgesucht hatte. Susanna glaubte, daß Nora es ihr geschenkt habe. Dazu auch alles übrige, was zu einem Abendanzug nötig war. Und die kleine Studentin sah mit ihren lebhaft geröteten Wangen so reizend aus, daß Ruth ganz erstaunt war.

Susanna hatte unbedingt unbeachtet im Hintergrund bleiben wollen, bis sie zur Begleitung von Noras Gesang gebraucht wurde, aber das hatte Ruth nicht zugelassen. Sie hatte ihre Hand unter Susannas Arm geschoben und lächelnd gesagt: »Stürzen Sie sich nur ruhig mit mir in den Umtrieb der Gesellschaft, Fräulein Hell, ich muß es ja auch tun. Und ich bin auch kein Freund davon.«

»Oh, ich finde es wundervoll, daß ich einmal dabei sein kann, aber ich wollte mich nicht aufdrängen, ich habe doch nur ein Amt zu erfüllen.«

»Dann genießen Sie also diese Gesellschaft mit Inbrunst, Fräulein Hell, wenn es Ihnen Vergnügen macht. Ich halte mich zumeist zurück von derartigen Geselligkeiten, aber meine Schwester schwimmt munter in diesem Strom, und wenn wir Gesellschaft hier im Haus haben, muß ich unbedingt dabei sein, damit die Leute nicht glauben, daß Nora mich als Aschenputtel hält.«

»Oh, Ihr Fräulein Schwester ist ja so gut, und Sie dürfen sie auch nicht in diesen Verdacht bringen.«

Ruth lachte.

»Nun, Nora zuliebe besuche ich zuweilen auch ein Fest außer Haus, denn wir werden liebenswürdigerweise immer zusammen eingeladen. Also nun kommen Sie, Fräulein Hell, ich werde Sie einigen sehr netten Herrschaften vorstellen, von denen ich überzeugt bin, daß sie sich gern mit Ihnen unterhalten, wenn Sie nur hübsch zu plaudern verstehen. Und dazu wird Ihnen Ihr kluges Köpfchen schon helfen.«

Und so hatte Ruth Susanna den Geschwistern Sanders und ihren Eltern und verschiedenen anderen Herren und Damen vorgestellt, darunter auch Fredi Fiebelkorn, dem Sohn des Kommerzienrats. Und Susanna Hell staunte freudig, weil all diese Menschen so freundlich zu ihr waren und gar keinen Unterschied machten zwischen ihr und den anderen. Und am meisen widmete sich ihr Fredi Fiebelkorn, nachdem er seine Verlegenheit ein wenig überwunden hatte unter Susannas freundlichen, gütigen Augen.

Er entdeckte zu seinem großen Behagen, daß es sich auch mit einer jungen Dame ganz reizend plaudern ließ, wenn sie so lieb und reizend war wie dieses Fräulein Hell.

»Ihr Name paßt wundervoll zu Ihnen, mein gnädiges Fräulein, alles an Ihnen ist so licht und hell«, sagte er und freute sich, daß es ihm gelang, diese Schmeichelei ohne Stottern hervorzubringen.

Sie sah ihn lachend an.

»Ach, das ist nur der Abglanz dieses wundervollen Festes, da muß man so strahlen. So etwas erlebt man nicht alle Tage, und dafür muß man dankbar sein«, erwiderte sie.

Er blickte sie staunend an, wie ein Wesen aus einer anderen Welt.

»Feste sind doch meist schrecklich langweilig.«

Fast strafend sah sie ihn an.

»Oh, wie können Sie das nur sagen! Dies ist mein erstes Fest, das ich besuche, und ich bin auch nur durch die Güte der beiden Schwestern Rupertus dazu gekommen. Eigentlich bin ich nur hier, um Fräulein Nora Rupertus zum Singen zu begleiten, sonst wäre ich sicher gar nicht eingeladen worden.«

»Das wäre aber schade gewesen. Ich freue mich, daß Sie da sind.«

Susanna wurde sehr rot. Das war wohl das erste Kompliment, das ihr gemacht wurde, und sie fand Fredi Fiebelkorn sehr nett und liebenswürdig.

»Das ist doch gar nicht möglich? Was bedeutet für Sie die Anwesenheit einer so unscheinbaren Person wie ich?«

Er sah sie mit seinen hellblauen Augen außerordentlich wohlgefällig an. »Das können Sie vielleicht nicht begreifen. Aber es findet selten einmal eine junge Dame in der Gesellschaft Zeit für mich. Wissen Sie, ich bin schrecklich unbeholfen, und – dann stottere ich meist vor Verlegenheit, wenn mich die jungen Damen so ein bißchen spöttisch ansehen, und ich ihnen anmerke, daß sie viel lieber mit einem anderen Herrn sprechen oder tanzen. Ich glaube, Sie sind die erste junge Dame, die sich so lange mit mir unterhält und mir auch noch aufmerksam zuhört.«

Sie sah ihn mitleidig an. Nun ja, schön war dieser Herr Fiebelkorn nicht, aber er hatte so gute Augen und sah sie damit so dankbar an, daß ihr ganz warm ums Herz wurde.

»Oh, ich habe mich aber mit Ihnen sehr gut unterhalten«, sagte sie der Wahrheit gemäß.

»Wirklich? Ist das wahr?«

Sie sah ihn ehrlich und offen an.

»Sonst würde ich es nicht sagen.«

»Dann darf ich Ihnen noch ein Weilchen Gesellschaft leisten?«

»Wenn Sie mit meiner Gesellschaft vorlieb nehmen wollen?«

»Ich freue mich, wenn ich mit Ihnen plaudern kann, mein gnädiges Fräulein.«

Und so saßen diese beiden Menschen zusammen, alle anderen hatten anderweitig zu tun, und niemand achtete auf sie. Und diese beiden jungen Leute, die ein wenig stiefmütterlich vom Schicksal behandelt worden waren, Susanna in Beziehung auf Wohlstand, und Fredi Fiebelkorn in bezug auf seine persönlichen Eigenschaften, vergaßen alles um sich her und fanden immer mehr, daß sie sich wundervoll unterhielten. Susanna brachte es fertig, Fredi alles verlegene Unbehagen vergessen zu machen, und er löste wiederum alle Scheu von Susanna, so daß sie offen und rückhaltlos mit ihm über ihre Sorgen und Nöte sprach. Und natürlich schwärmte sie ihm auch begeistert von den Schwestern Rupertus vor, erzählte ihm, was sie sonst keinem Menschen anvertraut hätte, von ihrem warmen Wintermantel und woher das hübsche Kleid stamme, das sie trug. Sie berichtete ihm von ihrem und Ruths gemeinsamem Studium und daß sie Ruth Stunden gab und damit herrlich viel Geld verdiene – »denken Sie nur, hundertundzwanzig Mark im Monat« –, und daß Ruth, wenn sie auch die vermögenslose Schwester sei, doch viel, viel reicher sei als sie selbst.

Der einzige Sohn des vermögenden Kommerzienrats Fiebelkorn hörte dem allem mit einem Gefühl großer Rührung zu, und immer mehr vertiefte er sich in die schönen braunen Augen der kleinen Studentin. Und dann sagte er plötzlich: »Darf ich Sie meinen Eltern vorstellen, mein gnädiges Fräulein?«

Susanna wurde rot. Sie hatte ein wenig Angst, weil sie wußte, daß seine Eltern auf der anderen Seite des Saales saßen, daß sie also mit ihm durch den ganzen Saal würde gehen müssen. Aber sie willigte tapfer ein, ahnungslos, daß Fredis Vater ein reicher Kommerzienrat war. Fredi machte so gar nicht den Eindruck, als sei er der einzige Sohn und Erbe eines Millionärs.

Er erhob sich und bot ihr den Arm. Ein bißchen

schüchtern legte sie ihre schlanke Hand hinein, und er führte sie mit einem stolzen Gefühl.

Seine Eltern sahen ihm erstaunt entgegen. Noch nie hatten sie ihren Sohn in Gesellschaft einer jungen Dame mit einem solch stolzen, zufriedenen Lächeln gesehen.

»Liebe Eltern, ihr gestattet, daß ich euch Fräulein Hell vorstelle. Ihr müßt die junge Dame kennenlernen, ich unterhalte mich wundervoll, und sie hat so viel Geduld mit mir«, sagte er.

Susanna küßte die Hand der Kommerzienrätin und ergriff dann auch die Hand von Fredis Vater, der sie prüfend ansah. Die Eltern waren glücklich, daß ihr Fredi so strahlte und sich so gut unterhielt, und waren sehr nett und liebenswürdig zu Susanna. Diese hörte jetzt von einem anderen Herrn, daß Fredis Vater als Herr Kommerzienrat angeredet wurde, und sah ganz erschrocken zu Fredi auf.

Dieser führte sie im Triumph wieder auf ihren Platz zurück.

»Warum sehen Sie mich so erschrocken an, Fräulein Hell?«

»Ach, mein Gott, ich hörte, daß Ihr Herr Vater Kommerzienrat ist. Wenn ich das vorher gewußt hätte, wäre es mir nicht eingefallen, mich Ihren Eltern vorstellen zu lassen. Sie müssen es recht anmaßend von mir gefunden haben.«

»Aber nein, was denken Sie, sie sind froh, daß ich eine junge Dame gefunden habe, die mir so gut gefällt und die sich vor allen Dingen mit meiner Gesellschaft begnügt.«

»So etwas dürfen Sie nicht sagen, von einem Begnügen kann doch keine Rede sein. Aber ich bitte Sie nun sehr, widmen Sie sich nun den anderen Damen, es kommt mir nicht zu, Sie so lange in Anspruch zu nehmen.«

Er sah sie sehr traurig an.

»Ach, nun schicken auch Sie mich fort – Sie haben sicher genug von mir und meiner Unterhaltung.«

Erschrocken sah sie zu ihm auf.

»Aber nein, das dürfen Sie doch nicht denken. Ich darf Sie nur nicht länger für mich allein in Anspruch nehmen.«

Seine Augen leuchteten auf.

»Seien Sie einmal ganz ehrlich, ist das Ihr einziger Grund?«

»Aber freilich, was sollte ich sonst für einen Grund haben?«

»Dann schicken Sie mich nicht fort?« bat er ernst.

Ihr Gesicht überflog eine dunkle Röte unter seinem bittenden Blick.

»Nein, nein – wenn Sie nicht – ach nein, fortschikken werde ich Sie doch nicht, wenn – wenn Sie bleiben wollen.«

»Ja, das will ich – mit aller Dringlichkeit, ich bin so lange nicht so glücklich gewesen, wie in Ihrer Gesellschaft – vielleicht noch nie.«

Wieder wurde sie rot.

»Das darf ich nicht anhören.«

»Doch, glauben Sie nur nicht, daß ich Redensarten mache, wie das junge Männer gern tun. So bin ich nicht. Ich – ich bin im Grunde ein sehr einsamer Mensch und schließe mich schwer an andere an. Bei Ihnen ist mir das so leicht geworden – Sie ahnen nicht, was mir das wert ist. Seien Sie doch ein bißchen gut zu mir!«

Susanna war seltsam berührt durch diese Bitte des reichen jungen Mannes. Eine große Wärme stieg in ihrem Herzen für ihn auf.

»Das wird mir gar nicht schwerfallen, Herr Fiebelkorn, Sie sind ja auch so gut zu mir. Alle Menschen sind hier so lieb zu mir, vor allem Fräulein Ruth und ihre Schwester. Aber Sie noch viel mehr. Und ich bin Ihnen viel zu dankbar, daß Sie sich so liebenswürdig meiner annehmen, als daß ich Ihren Wunsch unerfüllt lassen würde. Aber da sehe ich, daß Fräulein Nora Rupertus mich braucht, Fräulein Ruth hat mir ein Zeichen gegeben. Ich muß schnell zum Flügel hinüber, um zur Begleitung bereit zu sein.«

»Aber Sie plaudern nachher noch eine Weile mit mir, wenn Sie fertig sind?« bat er dringend.

Sie sah ihn errötend an. Ihr Herz wurde so warm und weit. Es war ein herrliches Gefühl für sie, daß dieser junge Mann sich so sehr um ihre Gesellschaft bemühte.

»Gern, sehr gern!«

»Ich setze mich dicht beim Flügel nieder, damit Sie gleich wissen, wo ich mich aufhalte.«

Sie nickte ihm mit einem reizenden, schüchternen Lächeln zu, das ihn so sehr beglückte, wie noch nie ein Frauenlächeln. Dieser reiche junge Mann hatte sich rettungslos in die kleine Studentin verliebt, in ihre liebe frauliche Art, in ihr bescheidenes Wesen, in ihre echt menschliche Güte. Er sah niemand mehr als sie. All die geputzten und zum Teil sehr schönen jungen Damen waren ihm gleichgültig. Er hatte nur noch Augen für seine jüngste Bekanntschaft, Susanna Hell.

Susanna war also an den Flügel getreten und erwartete Nora, die wie eine stolze junge Fürstin am Arm eines Herrn herbeikam.

›Mein Gott, wie ist sie schön!‹ dachte Susanna.

Sie besprach sich mit Nora, die etwas erstaunt in das angeregte Gesicht Susannas sah, weil diese so viel hübscher und anziehender aussah als sonst. Sie hatte sie noch nicht in dem hübschen, kleidsamen Abendkleid gesehen, das sie doch, wie Susanna glaubte, ihr geschenkt hatte.

»Ich hoffe, Sie unterhalten sich gut, Fräulein Hell?« fragte Nora, während sie in einem Notenheft blätterte.

»Ach, es ist wundervoll, so ein herrliches Fest habe ich noch nie erlebt.«

Das hörte Fredi Fiebelkorn, der ganz in der Nähe auf einem Sessel Platz genommen hatte, und es wärmte ihm das Herz.

Seine Mutter trat zu ihm.

»Nun, Fredi, unterhältst du dich gut heute abend?«

»Ja, Mutter, es ist ein herrliches Fest«, sagte auch er und sah mit strahlenden Augen zu Susanna hinüber, die es hören mußte und auch hörte. Aber sie wandte sich nicht nach ihm um, ließ sich am Flügel nieder und begann das Vorspiel zu dem ersten Lied von Brahms, das Nora gewählt hatte.

Fredi Fiebelkorn war wohl der einzige, der über Noras Gesang nicht das herrliche Spiel Susannas vergaß. Und nur Ruth hatte noch das rechte Verständnis für die Leistung Susannas. Nora aber fühlte, wie wundervoll leicht und sicher Susanna sie begleitete und nickte ihr lächelnd zu, als reicher Beifall ihren Gesang belohnte. Sie sang noch ein Lied von Grieg und eins von Schumann, und Susannas Begleitung schmiegte sich künstlerisch ihrem Gesang an.

Kommerzienrat Fiebelkorn trat an Nora heran, wie die anderen, um ihr für den Genuß zu danken.

»Sie haben wundervoll gesungen, mein gnädiges Fräulein; wäre es sehr vermessen von mir, wenn ich Sie bitten würde, am nächsten Dienstag auch bei uns ein paar Lieder zu singen?«

Nora sah ihn lächelnd an.

»Gern, Herr Kommerzienrat, wenn ich jemand habe, der mich begleiten kann.«

Diese Worte hatte Fredi gehört, der ebenfalls herangetreten war, um gleichzeitig mit seinem Vater seinen Dank hervorzustammeln. Vor Nora hatte er immer eine besondere Scheu. Aber als er jetzt ihre Worte hörte, ergriff er, ganz gegen seine Art, die Gelegenheit und sagte eifrig: »Vielleicht ist Fräulein Hell so liebenswürdig, ebenfalls unser Gast zu sein und Fräulein Rupertus zu begleiten, Vater?«

Dem Kommerzienrat war es hauptsächlich darum zu tun, Nora im rechten Licht vor Arnold von Rautenau erscheinen zu lassen. Aber immerhin rechnete er es Susanna Hell sehr hoch an, daß sie seinen schüchternen, beklommenen Erben ein wenig aus seiner Zurückhaltung gelockt hatte. So wandte er sich schnell zu Susanna und bat sie, am Dienstag sein Fest zu besuchen und Fräulein Rupertus zu begleiten. Sie war sehr verwirrt und verlegen und sah unsicher von Fredi zu Nora. Diese nickte ihr aber aufmunternd zu.

»Ja, bitte, Fräulein Hell, es wäre mir so lieb, wenn Sie mich wieder begleiten würden.«

Jetzt war auch Ruth herangetreten und hörte, um was es sich handelte. Und sie hatte sehr wohl bemerkt, daß Fredi Fiebelkorn sich sehr lebhaft für Susanna zu erwärmen schien. Auch sie redete dieser nun zu. Und so willigte Susanna nur zu gern ein. Aber als sie einen Augenblick mit Ruth allein stand, sagte sie bittend:

»Ich darf mich Ihnen aber anschließen, Fräulein Rupertus, ich wage mich nicht allein in das Haus des Kommerzienrats.«

Ruth lachte.

»Sie kleiner Angsthase, es wird Sie niemand beißen. Ich habe nämlich schon abgesagt, am Dienstag gehe ich nicht schon wieder in Gesellschaft. Aber warten Sie – ich sorge für passende Einführung.«

Sie wandte sich zu Fredi, der schon wartend bereit stand.

»Herr Fiebelkorn, Fräulein Hell ist ein wenig schüchtern und bat mich, sie am Dienstag ins Schlepptau zu nehmen. Aber ich bin leider verhindert, dem Fest im Haus Ihres Vaters beizuwohnen. Würden Sie vielleicht die Liebenswürdigkeit haben, Fräulein Hell abholen zu lassen?«

Fredis Augen strahlten in die Susannas.

»Oh, ich werde Fräulein Hell selbst abholen, das ist doch selbstverständlich.«

Ruth unterdrückte ein kleines Lächeln und überließ Susanna ruhig Fredi Fiebelkorns Gesellschaft.

Und so war auch der weitere Verlauf dieses Abends für Susanna und Fredi ein Urquell der Freude. Sie fanden beide diesen geselligen Abend wundervoll und hätten doch keines anderen Menschen Gesellschaft dazu gebraucht.

Am Dienstag abend blieb Ruth also allein zu Hause. Vergeblich hatte Nora sie noch einmal zu bestimmen versucht, sie zu begleiten, aber Ruth schüttelte lachend den Kopf. »Nein, Nora, geh du ruhig mit Frau von Werner allein. Mir ist es nun mal ein Greuel, jede Woche zwei oder drei Gesellschaften zu besuchen. Ich freue mich aber, daß die kleine Hell eingeladen ist, sie ist ganz auseinander vor Wonne, wenn sie auch von den schrecklichsten Gewissensbissen zerrissen wird, daß sie schon wieder einen Abend der Geselligkeit widmen soll, statt ihren Büchern. Ich habe es ihr aber einfach als eine Pflicht der Dankbarkeit gegen dich hingestellt, daß sie dich zum Gesang begleitet, und da hat sie denn alle Selbstvorwürfe über Bord geworfen. Das arme Ding soll ruhig mal ein paar frohe Stunden genießen, sie blüht ja förmlich auf, weil sie ein wenig Freude genießt. Und — ganz unter uns — ich glaube, der junge Fiebelkorn hat ernstlich bei ihr Feuer gefangen.«

Nora sah Ruth verblüfft an.

»Glaubst du?«

»Mir schien es so.«

»Nun — wenn ihm das ernst wäre, nicht übel für ein armes Mädchen. Ich gestehe dir ganz offen, daß ich mal daran gedacht habe, diesen reichen Kommerzienratserben für mich als Mann zu erobern, aber er ist mir doch etwas zu fad; ich hoffe doch noch eine andere Gelegenheit zu finden.«

Ruth strich ihr über die Wangen.

»Nein, Nora, für dich ist das kein Mann! Du hast ja die Auswahl und nichts zu versäumen.«

»Nun, ich bin schon fast vierundzwanzig Jahre, Ruth, beinahe ein altes Mädchen, und ich glaube, ich muß jetzt Ernst machen. Aber als ernster Fall kommt bisher höchstens Georg Reinhard in Frage.«

»Der Maschinenfabrikant?«

»Ja. Er ist sehr reich, seine Fabriken gehen sehr gut, wie man mir sagte, und er ist eine ganz ansehnliche Erscheinung, wenn er auch schon fünfundvierzig Jahre alt ist. Und — ich brauche nur zu wollen, dann erklärt er sich, das habe ich im Gefühl.«

71

»Ich finde, er ist ein angenehmer Mensch, sehr zuverlässig und bestimmt, ein Mann, der weiß, was er will. Aber — die Hauptsache ist, daß du ihn liebst.«

Nora lachte und tippte Ruth mutwillig an die Nase.

»Ach, weißt du, Ruth, ich glaube, ich kann mich gar nicht ernsthaft verlieben und habe vielleicht schon zu lange darauf gewartet. Georg Reinhard ist mir ganz angenehm und sympathisch, mehr nicht. Ich würde es aber vielleicht daraufhin wagen — aber heute will ich erst noch einmal eine Möglichkeit, mich in einen reichen Mann zu verlieben, abwarten. Der Kommerzienrat hat mir heute einen ganz außergewöhnlichen Tischherrn versprochen, einen Herrn von Rautenau, Großgrundbesitzer, reich und unabhängig. Den will ich mir erst noch ansehen. Ist auch der nicht imstande, mein hartes Herz zu rühren, dann werde ich doch wohl Georg Reinhard mit meiner Hand beglücken, sonst begehe ich möglicherweise eines Tages die Dummheit, mich in einen armen Mann zu verlieben.«

Mit ernsten Augen sah Ruth die Schwester an.

»Georg Reinhard wird vielleicht auch am wenigsten enttäuscht sein, wenn er erfahren muß, daß nicht du die Erbin bist.«

Nora zog nachdenklich die Stirn zusammen.

»Möglich! Aber wie gesagt — heute sehe ich mir erst den Großgrundbesitzer an. Ich will mal sehen, was mein Herz zu ihm sagt. Also gute Nacht, Ruth, wenn ich heimkomme, dann schläfst du sicher schon längst.«

»Sicher! Gute Nacht, Nora, viel Vergnügen!«

Mit Kuß und Umarmung verabschiedeten sich die ungleichen Schwestern. Ruth blieb allein zurück, ging in ihr Arbeitszimmer und beschäftigte sich mit ihren Büchern.

Nora fuhr mit Frau von Werner zum Haus des Kommerzienrats Fiebelkorn, wo bereits eine lange Wagenreihe vor dem Eingang stand.

Es waren zu dieser Festlichkeit gegen achtzig Personen geladen, und so füllte eine bunte, glänzende Gesellschaft die vornehm und kostbar ausgestatteten Räume.

Nora wurde gleich wieder von allen Seiten umringt, und auch Georg Reinhard war bald an ihrer Seite. Nora war liebenswürdig wie immer zu ihm, hütete sich aber, ihm mehr Entgegenkommen zu zeigen als den anderen. Er hob sich allerdings aus ihrer Verehrerschar vorteilhaft ab, obwohl er schon fünfundvierzig Jahre alt war. Seine kraftvolle, mittelgroße Gestalt und der kluge, rassige Kopf ließen ihn angenehm auffallen zwischen den anderen nichtssagenden Erscheinungen.

Aber Noras Augen flogen etwas zerstreut umher, während sie mit ihm plauderte, und dann zuckte sie plötzlich ganz leise, für ihn unbemerkbar, zusammen, als sie neben Kommerzienrat Fiebelkorn eine hohe männliche Erscheinung auftauchen sah, mit einem ausgeprägt vornehmen Kopf. Sie wußte sogleich, daß das Herr von Rautenau war. Und sie mußte dem Kommerzienrat recht geben, dieser Mann hatte nicht seinesgleichen unter all den anwesenden Gästen, unter allen Männern, die sie kannte. Er gefiel ihr sehr, gleich beim ersten Blick, aber sie beherrschte sich tadellos, sprach mit Georg Reinhard ruhig weiter und wandte sich erst lächelnd um, als der Kommerzienrat sie ansprach.

»Mein gnädiges Fräulein, Herr von Rautenau bittet um die Ehre, Ihnen vorgestellt werden zu dürfen.«

Da wandten sich langsam ihre Augen Arnold von

Rautenau zu, diese flammenden, bezaubernden Augen, die siegreich aus dem schönen Gesicht leuchteten.

Arnold verbeugte sich vor ihr und neigte sich artig über die ihm gereichte Hand. Und dabei dachte er:

›Schön ist diese junge Dame, daß mancher seinen Verstand bei ihrem Anblick verlieren würde. Ich wünschte wohl, daß ich ihr auch gefiele. Schade, daß sie nicht blond ist.‹

Und als er sich aufrichtete, sah er Nora mit seinen stahlblauen Augen an, als wollte er sie bis ins Herz hinein ergründen. Sie wurde ein wenig unruhiger unter seinem Blick, als sonst unter dem Blick von Männeraugen. Unleugbar war dieser Mann ganz dazu geschaffen, eine Frau zu bezaubern, zu fesseln. Und soweit Noras kühle Natur, die ihre flammenden Augen Lügen strafte, Feuer zu fangen vermochte, fing sie Feuer unter seinen Blicken, die seine feste Absicht verrieten, sich Hals über Kopf in dieses schöne Mädchen zu verlieben.

Arnold ließ sich gar keine Zeit, irgend etwas zu überlegen, er redete sich ein, daß er Noras Schönheit bewunderte, daß er sich ohne Schwierigkeit für sie entflammen könne, und begann ihr sogleich entschieden den Hof zu machen.

Für Nora war es keine Seltenheit, daß ein Mann sich sofort entflammte bei ihrem Anblick, aber es kam nicht oft vor, daß ihr das ein so angenehmes Gefühl einflößte. Unbedingt kam sie ihm auch sogleich mehr entgegen, und so waren sie schon beide in den Beginn eines Flirtes verstrickt, noch ehe er sie zu Tisch führte. Der Kommerzienrat hatte Georg Reinhard bald davongeführt mit dem Bemerken, daß er sich seiner Tischdame zur Verfügung stellen müsse. Georg Reinhard hätte viel lieber Nora zu Tisch geführt, doch konnte er diesen Wunsch natürlich nicht äußern. Zu seinem Verdruß hatte er dazu seinen Platz auch noch auf derselben Tafelseite wie Nora, und weit genug von ihr entfernt, daß er sie weder sehen noch hören konnte.

Nora vermißte ihn jedoch in keiner Weise. Arnold von Rautenau verstand es, sie ganz zu fesseln, und sie war so sehr in ein Gespräch mit ihm vertieft, daß sie für nichts anderes ein Auge hatte. Sie war sich sogleich klar, daß Arnold von Rautenaus Persönlichkeit die Georg Reinhards ganz in den Schatten stellte. Und soweit ein Mann Einfluß auf sie ausüben konnte, gelang das Arnold. Er stürzte sich gleichsam mit geschlossenen Augen in diesen Flirt mit dem schönen Mädchen und entfaltete eine bezwingende Liebenswürdigkeit, die ihn selbst am meisten überraschte.

Kurzum, der Plan des Kommerzienrats schien glanzvoll zu gelingen. Zwischen Arnold von Rautenau und Nora entspann sich eine Annäherung, die beide Teile mehr gefangennahm, als je bisher eine Beziehung mit einem Partner des anderen Geschlechts.

Freilich kamen für Arnold auch an diesem Abend Augenblicke, wo er über sich selbst stutzte und sich fragte: ›Ist das dein Ernst, oder zwingst du dir Gefühle auf, die du in Wirklichkeit gar nicht empfindest? Unleugbar ist diese Nora Rupertus schön und imstande, einen Mann zu tausend Torheiten zu treiben, aber vielleicht willst du dich nur zu der Torheit treiben lassen, deinen gesunden Verstand ein bißchen zu verlieren, damit du vor dir selbst besser dastehst, wenn du sie um ihre Hand bitten wirst. Du bist ja schon ganz fest dazu entschlossen, mein Lieber – und so ist es auch am besten, du verlierst dich immer tiefer in dieses Gefühl. Sie versteht es schon, einem Mann die Sinne zu verwirren, also laß sie dir verwirren und sieh nicht rechts und links, nur immer geradezu in ihre gefährlich schönen Augen. Du suchst ja diese Gefahr mit Inbrunst, also verliere dich in dieser Gefahr, die immerhin sehr süß und verheißungsvoll sein kann.‹

Und Nora ließ sich in eine ähnliche Stimmung versinken. Es prickelte ihr zum erstenmal in den Adern unter dem Blick eines Mannes, und sie war bezaubernder als je. Aber bei ihr war es gewissermaßen eine Torschlußpanik, sie sagte sich, wenn es ihr nicht gelingen würde, sich in diesen Mann zu verlieben, dem doch sicher alle Frauenherzen widerstandslos zuflogen, dann würde es überhaupt nicht mehr geschehen. Und sie ließ sich treiben von diesem Gefühl und vergaß alle ihre anderen Verehrer, vergaß auch Georg Reinhard, der sich einige Meter von ihr entfernt vor Sehnsucht nach ihrem Anblick verzehrte und sie trotz aller Bemühung doch nicht erblicken konnte.

Schräg gegenüber von Nora und Arnold von Rautenau saß Susanna Hell an der Seite Fredi Fiebelkorns. Dieser hatte es bei seinen Eltern mit einer bei ihm seltenen Entschiedenheit und Lebhaftigkeit durchgesetzt, daß er nicht nur Fräulein Hell abholen, sondern sie auch zu Tisch führen durfte. Und diese beiden in ihren Ansprüchen so bescheidenen Menschen schwebten im siebten Himmel. Schon auf der Fahrt hatten sie sich wundervoll unterhalten, und Fredi war es gelungen, alles Bangen und alle Unsicherheit aus Susannas Herzen zu vertreiben. Unter seinem Schutz fühlte sie sich sicher und wohlgeborgen und gab sich den für sie seltenen Tafelgenüssen mit einer Gückseligkeit hin, die ihren Tischherrn immer wieder rührte und entzückte. Für diese beiden Menschen erblühte ein stilles, aber tiefes und heiliges Glück. Ihre Herzen flogen einander zu mit der Inbrunst einsamer Menschen, für die es gerade nur den einen einzigen Menschen gab, der ihrem Leben Inhalt und Vollkommenheit geben konnte. Fredi fühlte sich als Susannas Beschützer ganz gehoben, dies Amt gab ihm eine ungeahnte Willenskraft und riß ihn aus seiner schüchternen Gleichgültigkeit, die vielleicht nur eine Furcht war, sich lächerlich zu machen. Er hatte gewissermaßen immer ein Minderwertigkeitsgefühl gehabt, und das war unter Susannas verständiger Güte mit einemmal verflogen. Er gab sich heute auch freier und ungezwungener den anderen Gästen seiner Eltern gegenüber, und sein Vater und seine Mutter sahen erstaunt, wie er aus sich herausging, wie seine Augen strahlten und wie lebhaft und munter er war. Und etwas unsicher sahen sie immer wieder auf die kleine Studentin, die anscheinend dies Wunder an ihrem Sohn vollbracht hatte. Sie wußten nicht recht, wie sie sich ihr gegenüber einstellen sollten, hatten aber doch ein heimliches Gefühl der Dankbarkeit für sie, denn was ihr in so kurzer Zeit gelungen war, war noch niemandem geglückt, nicht einmal ihrer elterlichen Fürsorge. Nachdem die Tafel aufgehoben war, wurde musiziert, und nun bat der Kommerzienrat auch Nora, ihre Lieder zu singen. Fräulein Hell wurde ebenfalls von Fredis Vater gebeten, die Begleitung zu übernehmen, und Fredi erhob sich stolz, um sie zum Flügel zu führen.

»Fräulein Hell will auch die Liebenswürdigkeit haben, ein kleines Klavierkonzert zu geben, lieber Vater, sie hat es mir versprochen.«

Der Kommerzienrat staunte seinen Sohn an, weil er so selbständig vorging, und klopfte ihm erfreut auf die Schulter.

»Das ist ja sehr schön. Womit wird uns Fräulein Hell erfreuen?«

»Sie wird die Mondscheinsonate von Beethoven spielen, Vater, ich werde es nach Fräulein Rupertus' Liedern selbst ankündigen.«

Staunen befiel den alten Herrn. Noch vor kurzer Zeit hätte er seinem Sohn goldene Berge versprechen können, um ihn zu bewegen, einige Worte vor der Gesellschaft zu sprechen; er hätte es nicht getan. Und nun erbot er sich selbst. Was war mit dem Jungen geschehen?

Fredi aber wollte, daß Susanna Hell nicht nur so nebensächlich als Noras Begleiterin dastehen sollte, sie sollte ein Klavierkonzert geben, damit ihr auch selbst wohlverdienter Beifall zuteil werden würde. Er hatte freilich alle Überredungskunst aufbieten müssen, um Susanna zu dieser Zusage zu bewegen. Aber nun war er auch sehr stolz darauf, daß er es erreicht hatte.

Und hochaufgerichtet führte er sie zum Flügel.

Arnold von Rautenau hatte sich nach der Tafel nicht von Nora getrennt, zum größten Leidwesen von Georg Reinhard, der sich vergeblich bemühte, Noras Aufmerksamkeit auf sich zu lenken. Sie schien vollständig in die Unterhaltung mit diesem neu aufgetauchten Gast vertieft zu sein. Und Georg Reinhard war zum erstenmal brennend eifersüchtig. Bisher hatte er keinen der anderen Verehrer Noras gefürchtet, er hatte sehr wohl gemerkt, daß sie keinen mehr auszeichnete als ihn. Jetzt zum erstenmal merkte er, daß sie besonderen Anteil für einen Mann an den Tag legte, und das machte ihn sehr unglücklich, denn er liebte das schöne Mädchen tatsächlich mit aller Inbrunst eines gereiften Mannes, und er allein hatte nie Wert auf ihren Besitz gelegt. Er war selbst reich genug, um nicht nach Vermögen bei der Frau, die er erwählte, sehen zu müssen. Und Nora war also im Begriff, sich durch das schnell aufgeflammte Wohlgefallen an Arnold von Rautenaus fesselnder Persönlichkeit eine gute Gelegenheit entgehen zu lassen. Sie ahnte ja nicht, daß Arnold von seinem großen Grundbesitz nicht ein Stein mehr gehörte und daß alles in die Hände seiner Gläubiger übergegangen war. Als sie heute ihre Lieder sang, sang sie diese nur für Arnold von Rautenau. Nicht, daß sie sich tatsächlich in ihn verliebt hatte — sie war eine jener Frauen, die nur sich selbst mit großer Inbrunst lieben und für andere nur wenig Gefühl übrig haben. Vielleicht wirkte der hochgewachsene Mann mit dem bedeutenden Gesicht ein wenig auf ihre Sinne, aber wenn sie geahnt hätte, daß er arm war, hätte sie nicht den Funken eines wärmeren Gefühls an ihn verschwendet. Nora wollte unbedingt eine glänzende Heirat eingehen, obwohl sie wußte, daß Ruth es ihr nie an etwas würde fehlen lassen.

Und Arnold von Rautenau ließ seinen Blick nicht von dem stolzen, schönen Mädchen. Er und sie verstrickten sich beide mit Vorbedacht in ein gegenseitiges Wohlgefallen, das aber beiderseitig nur auf Hineinsteigerung beruhte.

Und als Nora ihre Lieder gesungen hatte und von allen Seiten umringt wurde, durchbrach er mit kühner Selbstverständlichkeit die Mauer ihrer Verehrer und führte sie wieder davon, an Georg Reinhards traurigen Augen vorüber.

Als Arnold von Rautenau an diesem Abend das Fest des Kommerzienrats verließ, war er fest entschlossen, sich unter allen Umständen um die Hand der schönen Nora Rupertus zu bewerben.

Er hatte sie gefragt, ob er am anderen Tag kommen dürfe, um sich zu erkundigen, wie ihr das Fest bekommen sei, und sie hatte es ihm nur zu gern gestattet. Auch sie wollte diese günstige Aussicht in der Lotterie des Lebens nützen, da sie ihn für sehr reich hielt und er ihr immerhin viel besser gefiel als je zuvor ein Mann, der ihren Weg gekreuzt hatte.

VI

Mit einem Blumenstrauß versehen, fuhr Arnold von Rautenau am nächsten Tag zur Besuchsstunde an der Villa Rupertus vor. Er stand im Vestibül vor dem Diener und bat ihn, Fräulein Nora Rupertus seinen Besuch zu melden. Nora war aber erst diesen Morgen, als sie sich erhob, eingefallen, daß sie sich zu einem Morgenritt durch den Tiergarten mit Georg Reinhard und einigen anderen Herren und Damen verabredet hatte. Sie hatte geglaubt, Arnold von Rautenau werde nicht gar so zeitig seinen Besuch machen, und wollte jedenfalls den Ritt nicht versäumen. So hatte sie dem Diener aufgetragen, falls Besuch für sie kommen werde, möge man sagen, daß sie um zwölf Uhr bestimmt zurück sein würde.

Das richtete der Diener gerade aus, als Ruth die Treppe herunterkam. Sie trug ihr schlichtes Straßenkleid und war gerade im Begriff, einen Spaziergang zu machen. Ihre Augen richteten sich forschend auf den Besucher, und dieser sah zu der schlanken jungen Dame empor. Durch das große, bunte Treppenhausfenster fielen die Sonnenstrahlen über Ruths goldig flimmerndes Haar, und Arnold von Rautenau sah mit einem seltsamen Empfinden auf diese lichtumflossene Gestalt. Ruths blondes Haar und die hellschimmernden, perlmutterfarbigen Augen fesselten ihn vom ersten Augenblick an. Blonde Frauen waren von jeher sein Entzücken gewesen, und etwas in den lichtgrauen Augen der jungen Dame wirkte auf ihn wie eine Zauberkraft. Bis ins Innerste bewegt sah er in ihr Gesicht, das sich ihm fragend zuwandte.

Und in Ruths Innerem erwachte auch in demselben Augenblick ein eigenartiges Empfinden, als sie in die stahlblauen Augen und das vornehm geprägte Gesicht des Besuchers sah. Nora hatte ihr heute morgen, als sie ausnahmsweise schon mit Ruth das Frühstück eingenommen hatte, von Arnold von Rautenau erzählt und ihn als die fesselndste Erscheinung des gestrigen Festes geschildert. Sie hatte ihr auch gesagt, daß sie heute seinen Besuch erwarte und deshalb pünktlich von ihrem Morgenritt nach Hause kommen werde.

Ruth hatte heute kein Kolleg gehabt und erwartete auch Susanna Hell nicht zum Unterricht. Aus Rücksicht für Susanna hatte Ruth die Unterrichtsstunde auf den nächsten Tag verschoben. So war sie frei und wollte einen ihrer beliebten langen Spaziergänge unternehmen. Sie pflegte dazu ein wirklich nicht mehr sehr kostbares Straßenkleid zu tragen und legte auch keinen Pelzmantel an, der sie am schnellen Ausschreiten gehindert hätte. Den Hut und die Handschuhe trug sie noch in der Hand, so daß das Sonnen-

81

licht ungehindert auf ihr Blondhaar fallen konnte. Sie besaß einen sehr schönen Teint, der sehr licht war, und zart gerötete Wangen, denn am Tag verschmähte sie es, Puder aufzulegen. So sah sie also freilich nicht nach einer reichen Erbin aus. Und doch erschien sie Arnold von Rautenau so reizvoll und bezaubernd, daß er seinen Blick nicht von ihr lassen konnte.

Er war heute morgen in einer wenig beneidenswerten Stimmung gewesen. Der Zauber, der von Nora auf ihn ausgeübt worden war oder den er sich eben nur eingebildet hatte, war verflogen, und er wäre am liebsten wieder nach Rautenau zurückgefahren, wenn die bittere Notwendigkeit ihn nicht festgehalten und zu Nora getrieben hätte.

In dieser Stimmung trat ihm nun Ruth entgegen, die so ganz dem Bild glich, das er sich von den Frauen gemacht hatte. Ihn störte ihr schlichter Anzug nicht, er sah nur das liebe, reizende Gesicht, das blonde Haar, den lichten, zarten Teint und die hellschimmernden Augen. Sogleich sagte er sich, daß er da wohl Noras Schwester gegenüberstehe, und von einem starken Gefühl getrieben, verneigte er sich und sagte: »Verzeihung, mein gnädiges Fräulein! Ich habe wohl die Ehre und das Vergnügen, Fräulein Rupertus gegenüberzustehen?«

Ruth hatte ihre Fassung zurückgewonnen, die ihr einen Augenblick bei seinem Anblick abhandengekommen war. Und leise den Kopf neigend, sagte sie, so ruhig sie konnte: »Ja, ich bin Ruth Rupertus. Sie wollen gewiß meine Schwester Nora sprechen?«

Ruth hatte sich gleich gesagt, daß dies der Mann sein müsse, von dem Nora ihr erzählt hatte.

Arnold von Rautenau verbeugte sich.

»Ich hatte den Vorzug, Ihr Fräulein Schwester gestern im Haus des Kommerzienrats Fiebelkorn kennenzulernen, und bin gekommen, um mich nach dem Befinden des gnädigen Fräuleins zu erkundigen.«

»Meine Schwester hat mir davon gesprochen, daß sie Besuch erwarte. Aber sie hatte eine Verabredung zu einem Morgenritt vergessen und mußte diese Verabredung halten. Sie wird jedoch Punkt zwölf Uhr zurück sein. Wenn Sie also ein Viertelstündchen mit meiner Gesellschaft vorlieb nehmen wollen?«

Es blitzte in seinen Augen auf wie Freude.

»Behindere ich Sie aber nicht in Ihrem Vorhaben? Mir scheint, Sie wollen ausgehen?«

»Das ist nicht wichtig!«

»Gestatten Sie mir erst, mich vorzustellen – mein Name ist Rautenau.«

Sie neigte den Kopf.

»Ich hörte Ihren Namen von meiner Schwester. Bitte, legen Sie ab und begleiten Sie mich ins Empfangszimmer.«

Der Diener, der noch bereitstand, nahm Arnold den Mantel ab, und Ruth hatte indessen schnell ihre Jacke abgelegt. Hut und Handschuhe legte sie auf ein Tischchen. Und nun stand sie in einer weißen Bluse, die sie unter der Jacke zu ihrem Faltenrock trug, vor ihm. Aber erst, als er ihr dann im Empfangszimmer gegenübersaß, merkte er, daß die anscheinend so schlichte weiße Bluse kostbare Qualitätsarbeit war. Aber das wunderte ihn viel weniger, als daß die Schwester von Nora Rupertus ein so wenig vorstellendes und unbedingt nicht der neuesten Mode entsprechendes Kleid trug. Die Bluse schien ihm besser in die Verhältnisse dieses reichen Hauses zu passen. Zuerst war die

Unterhaltung etwas stockend und gezwungen, aber die beiden jungen Menschen sahen sich dabei mit lebhaftem Interesse an, und beide bedauerten es gar nicht, daß Nora nicht anwesend war. Aber das wußte einer vom anderen nicht.

Langsam kamen sie besser ins Gespräch, und Ruth dachte dabei: ›Wie schade, daß er anscheinend bei Nora Feuer gefangen hat, dieser Mann könnte mir sehr gefallen, mir ist seinesgleichen noch nicht begegnet, und es ist kein Wunder, daß meine sonst so kaltblütige Schwester anscheinend von ihm bezaubert war.‹

Arnold von Rautenau aber dachte: ›Schade, daß dies nicht die reiche Schwester ist. Was für ein entzückendes Geschöpf! In sie zu verlieben sollte mir nicht schwerfallen.‹

Und als er noch keine Viertelstunde mit Ruth geplaudert hatte, wußte er schon, daß es ihm unmöglich sein würde, sich um Nora Rupertus zu bewerben. Heute würde er sich ganz sicher nicht mehr in die Stimmung von gestern abend versetzen können, nie mehr – nachdem er Ruth Rupertus kennengelernt. Wie wunderbar entsprach dieses Mädchen dem Bild, das er sich stets von der Frau gemacht hatte, die er hätte lieben können!

Ruths blonde, lichte Erscheinung drängte sich ihm mit einer Macht ins Herz hinein, daß er wünschte, Nora möge noch recht lange ausbleiben, damit er noch länger in diese lichtgrauen schimmernden Augensterne sehen könne, dem weichen, klaren Klang ihrer Stimme lauschen dürfe. Denn auch diese warme, dunkle Stimme schmeichelte sich ihm ins Herz. Und noch nie hatte er so tief bedauert, daß er arm war, wie jetzt.

Unter dem klaren, ehrlichen Blick dieses reizenden, lieblichen Mädchens schämte er sich, daß er die Absicht gehabt hatte, sich um ihre Schwester zu bewerben, nur, weil sie reich war und ihn und Rautenau retten konnte. Nein — um diesen Preis wollte er nicht gerettet werden. Das wußte er jetzt. Vor diesen grauen Augen die seinen niederschlagen zu müssen in brennender Scham darüber, daß er ein berechnender Mitgiftjäger war, das vermochte er nicht. Jetzt wurde ihm erst wieder so recht klar, zu welch niedrigem Spiel er sich hatte verleiten lassen wollen.

Aber — war er nicht schon zu weit gegangen, Nora Rupertus gegenüber? Er versuchte sich klarzumachen, was er gestern abend mit dieser gesprochen hatte. Hatte er etwa schon irgendwelche bindenden Worte fallen lassen? Aber nein — er war ein wenig kühn geworden in seinen Artigkeiten, hatte Nora wahrscheinlich etwas feuriger in die Augen geblickt, als es hätte sein sollen, aber zu weit war er nicht gegangen, als daß er nicht einen ehrenvollen Rückzug antreten konnte. Und das wollte er. Er mußte gleich heute einen anderen Ton ihr gegenüber anschlagen, mußte versuchen, seine Kühnheit von gestern auf eine übermütige Festlaune hinauszuspielen. Am liebsten hätte er Nora nicht wiedergesehen.

Auch Ruth hing, während sie mit ihm plauderte, allerlei Gedanken nach. Auch sie fühlte etwas beklommen, wie sich das Wesen und die Persönlichkeit dieses Mannes in ihr Herz schmeichelten. Der bewundernde Blick seiner Augen entging ihr nicht, und sie fragte sich zaghaft, ob er wohl ein Don Juan sei, denn Nora hatte doch erzählt, daß er ihr sogleich auf Tod und Leben den Hof gemacht habe. Und Nora pflegte in dieser Beziehung nicht zu übertreiben.

Wie schade, wenn dieser Mann ein leichtfertiger Frauenjäger wäre, das würde ihr sein Bild sehr trüben. Und sie richtete sich wie in jäher Abwehr empor und versuchte, kühl und förmlich zu sein. Aber da sah er sie so seltsam bittend und dringend an, daß sie diese Abwehrstellung sogleich wieder aufgab. Sie plauderten weiter, und dann fanden sie plötzlich keine Worte mehr, sahen einander nur an wie in dieser Befangenheit und fanden aus diesem Schweigen, das beredter war als viele Worte, nicht mehr zurück. Bis Arnold von Rautenau sich plötzlich einen Ruck gab und sich aufrichtete, als müsse er fliehen. Er atmete tief auf, sah Ruth mit großen, ernsten Augen an und sagte dann mit unsicherer Stimme: »Ich möchte mich doch lieber zurückziehen, Fräulein Rupertus hat anscheinend ganz vergessen, daß ich ihr einen Besuch machen wollte.«

Ruth schrak zusammen.

»O nein, sie hat es sicher nicht vergessen.«

Er zögerte eine Weile, sagte dann aber fest und bestimmt: »Ich wünschte aber, daß sie es vergessen hätte.«

Sie sah ihn betreten an. »Warum?«

Er beugte sich vor und sah ihr tief in die Augen.

»Mein Benehmen mag Ihnen unverständlich sein, mein gnädiges Fräulein, vielleicht bringt es mich bei Ihnen in ein falsches Licht. Und das möchte ich nicht. Ich bin, seit ich Ihnen hier gegenübersitze, in einen sonderbaren Zwiespalt mit mir selbst gekommen. Vielleicht habe ich gestern abend Ihrem Fräulein Schwester gegenüber nicht so gehandelt, wie ich es hätte tun sollen. Das ist mir erst in dem Augenblick ganz klar geworden, als ich Ihnen gegenüberstand.«

Sie preßte benommen die Hände zusammen.

»Ich verstehe Sie nicht.«

»Nein, Sie können mich auch nicht verstehen, verstehe ich mich doch selbst kaum. Aber ein Mann sollte sich nie, durch was es auch sei, bestimmen lassen, sich selbst untreu zu werden. Und ich bin mir gestern abend untreu geworden – und – habe mich erst wiedergefunden, während ich mich hier mit Ihnen unterhalten habe. Ich will das Gefühl, das mich bei Ihrem Anblick befallen hat, gar nicht zu ergründen suchen, will es Ihnen auch nicht erklären – kurzum, während ich in Ihre ehrlichen, klaren Augen hineinsah, befiel mich eine tiefe Scham, daß ich mir untreu geworden bin. Verzeihen Sie, wenn ich Ihnen mit diesen Worten lästig falle, aber ich bitte Sie ganz ergebenst, mir zu gestatten, Ihnen zu erklären, was mit mir vorgegangen ist, seit ich Sie kennengelernt habe. Bitte – darf ich Ihnen alles sagen, ganz offen, wie ein Mensch sonst nur vor seinem vertrautesten Freund spricht? Ich möchte mich vor Ihnen zu entschuldigen suchen, wenn ich plötzlich mein Verhalten zu Ihrem Fräulein Schwester völlig umstelle. Hoffentlich nicht zu spät, um ihre Herzensruhe nicht zu gefährden. Darf ich sprechen?«

Sie sah unruhig in sein erregtes Gesicht.

»Wenn ich Ihnen damit einen Dienst erweisen kann?«

»Ja, durch meine offene Beichte Ihnen gegenüber hoffe ich meine Selbstachtung wieder zu gewinnen, die mir gestern verlorengegangen ist, zum erstenmal in meinem Leben.«

»So sprechen Sie«, sagte sie, ebenfalls erregt und unruhig.

Und da begann Arnold von Rautenau zu erzählen, von seinen schlechten Verhältnissen, seinem verzweifelten Kampf mit dem Dasein, der Angst, seine Heimat zu verlieren, von dem Besuch des Kommerzienrats Fiebelkorn, von dem Vorschlag, den dieser ihm gemacht habe, und wie er sich dazu hatte verleiten lassen, den Versuch zu wagen, die Gunst der reichen Erbin zu gewinnen. Ohne Rückhalt schilderte er ihr dann, wie er sich gestern abend durch seine Bewunderung von Noras Schönheit hatte bestimmen lassen, sich in eine Art Verliebtheit hineinzusteigern, wie er sich bewußt in die reiche Erbin hatte verlieben wollen, weil er nur dann sich dazu hätte entschließen können, sich um sie zu bewerben.

»Ich bin dann ins Hotel zurückgegangen mit einem zwiespältigen Gefühl, mein gnädiges Fräulein, halb zufrieden, daß ich Ihr Fräulein Schwester schön genug fand, um sie mir begehrenswert erscheinen zu lassen, und andererseits niedergedrückt, daß ich mich in eine solche Stimmung hineingesteigert hatte. Heute morgen erwachte ich mit einem Gefühl des Katzenjammers, peitschte mich aber nochmals auf mit dem Gedanken, daß es mir schon noch gelingen werde, mich ganz ernsthaft in Ihr schönes Fräulein Schwester zu verlieben. So kam ich hier an – und dann sah ich Sie. Und mit einemmal wurde mir klar, daß ich mich unmöglich um die reiche Erbin bewerben könne, weil sie eben eine Schwester hat, die mit ihren hellen, klaren Augen mir tief ins Herz hineinleuchtete. Ihre Augen, mein gnädiges Fräulein, riefen mir zu: ›Bleib dir selbst und deinem Ideal treu!‹ Mein Ideal kann nur eine blonde Frau sein. So, mein gnädiges Fräulein, nun wissen Sie alles – und nun lassen Sie mich gehen, ehe

Ihr Fräulein Schwester nach Hause kommt. Sagen Sie ihr, was Sie wollen — ich gebe Ihnen Vollmacht. Und ich werde nun nichts mehr von den zehntausend Mark ausgeben, die mir Kommerzienrat Fiebelkorn vorgestreckt hat, damit ich hier als anscheinend vermögender Gutsbesitzer auftreten kann. Ich werde ihm den Rest des Geldes zurückgeben und nach Rautenau zurückkehren. Dort will ich warten, bis meine Gläubiger einen Käufer für Rautenau finden, der es dann selbst bewirtschaften wird. Was aus mir wird, weiß ich nicht, aber irgendwie wird ein Mann, der ehrlich arbeiten will, doch ein bescheidenes Fortkommen finden.

Jedenfalls rette ich mir eins aus dem Untergang meines Hauses: meine Selbstachtung und das Recht, an Sie denken zu dürfen, wie an ein wunderschönes und bedeutungsvolles Ereignis meines Lebens. Sie sind arm — vielleicht nicht so arm wie ich, aber doch wohl arm genug, daß Sie von einem vermögenslosen Mann, wie ich es bin, nicht in ein unbestimmtes Schicksal mit hineingerissen werden dürfen. Deshalb darf ich nichts weiter davon sagen, welches Gefühl Sie in mir ausgelöst haben. Aber danken lassen Sie sich bitte dafür, daß Sie mich durch Ihre Erscheinung aufgerüttelt haben, daß Sie mich durch Ihre klaren Augen zurückgehalten haben, mir selbst untreu zu werden. Ich danke Ihnen — und ich bin trotz allem froh und glücklich, daß Sie, freilich nur wie eine flüchtige Lichtgestalt, in mein Leben traten. Glauben Sie mir — noch nie habe ich so bitter empfunden, daß ich verarmt bin, so vollständig verarmt, daß es ein Verbrechen wäre, zu versuchen, eine andere Armut an mich zu binden. Leben Sie wohl, mein gnädiges Fräulein — empfehlen Sie mich Ihrem Fräulein Schwester.«

Er verbeugte sich tief vor Ruth, sah ihr noch einmal mit einem seltsam schmerzlichen Blick in die Augen, die groß und fassungslos in den seinen ruhten – und ging schnell hinaus.

Als sich die Tür hinter ihm geschlossen hatte, sprang Ruth auf, als wolle sie ihm nacheilen, aber dann sank sie wieder in ihren Sessel zurück, faltete die Hände ineinander und sah bestürzt und unruhig vor sich hin.

Arnold von Rautenaus Geständnis hatte sie seltsam berührt. Sie konnte nur staunen, daß er ihr das alles so offen gebeichtet hatte. Und sie mußte sich wehren, dem Bedeutung zu geben, was doch so deutlich durch seine Worte geklungen hatte, daß sie – ja sie – einen so tiefen Eindruck auf ihn gemacht hatte, daß es ihm nun unmöglich erschien, sich in eine andere zu verlieben.

›Mein Gott‹, dachte sie, ganz aus dem Gleichgewicht gebracht, ›ist es denn möglich, daß ich, meine schlichte Persönlichkeit, so auf einen Mann wirke, daß er beim ersten Sehen so viel für mich empfinden kann?‹

Und doch, hatte nicht auch er auf sie einen so tiefen Eindruck gemacht, gleich beim ersten Sehen, hatte nicht auch sie sofort gefühlt, daß er anders war als bisher alle anderen Männer? Gab es nicht eine Liebe auf den ersten Blick?

Sie wußten beide nichts voneinander, nur was ihre Augen miteinander gesprochen, konnte bestimmend auf ihr beiderseitiges Empfinden gewirkt haben. Aber sie hatte doch sofort das sichere Gefühl gehabt, daß er ein Ehrenmann war. So konnte auch er erkannt haben, daß sie ein ehrlicher, wahrhaftiger Charakter war.

Wie es auch sei — er hatte einen tiefen Eindruck auf sie gemacht, und es schmerzte sie sehr, daß er so schnell wieder aus ihrem Leben verschwunden war. In seine Not, in sein Elend ging er zurück — lieber, als daß er sich an eine reiche Frau verkauft hätte. Wie herrlich das doch war! Um nicht vor ihr die Augen niederschlagen zu müssen, ging er lieber wieder in sein sorgenvolles Dasein zurück. Aber für sie war es doch ein seltsam quälender Gedanke, daß er nun einer ungewissen, sorgenvollen Zukunft entgegenging. Konnte sie nichts tun, ihm zu helfen? Sie war doch reich — so sehr reich —, hatte im Überfluß, was ihm mangelte. Wenn sie ihm von ihrem Überfluß geben würde, wäre ihm geholfen. Aber nein, nie würde er Geld von ihr annehmen, ein Mann, der so sehr darunter litt, daß er sich hätte verkaufen sollen, der nahm kein Geld von einer Frau.

Wie konnte sie ihm nur helfen?

Und was sollte sie Nora sagen, wenn sie kam und den erwarteten Besucher nicht vorfand? Da vor ihr auf dem Sessel lagen noch die Blumen, die er Nora hatte bringen wollen. Was hätte nur daraus werden sollen, wenn er seine Werbung ernstlich weitergeführt hätte, wenn er dann hätte erkennen müssen, daß Nora arm war, wie er selbst? Und Nora? Wie hätte es auf sie gewirkt, hätte sie zu spät erkannt, daß Herr von Rautenau ein armer Schlucker war und kein reicher Großgrundbesitzer, wie sie geglaubt hatte?

Ein leises Lächeln irrte um Ruths Mund. Ach, Nora würde wohl sehr schnell über diese Enttäuschung hinwegkommen, wenn sie hörte, daß Herr von Rautenau arm sei. Ja, sie brauchte Nora nur dies zu sagen, dann würde sie froh sein, daß aus der kleinen Tändelei nicht mehr geworden war. Und vielleicht kehrte sie dann reumütig zu der sicher sehr uneigennützigen Liebe des Herrn Georg Reinhard zurück.

Hoffentlich zeigte sie diesem heute morgen nicht zu sehr, daß er nichts mehr zu hoffen habe. Aber nein, Nora war vorsichtig.

Und dann schoß es Ruth wieder durch den Kopf, was wohl geworden wäre, wenn sie mit der Schwester nicht die Rollen getauscht hätte, wenn Herr von Rautenau sich ihr selbst genähert hätte, mit dem Wunsch, sich in die reiche Erbin zu verlieben. Ob ihm das gelungen wäre? Ober ob er dann auch ihr gegenüber Hemmungen gehabt haben würde?

Nun, wie es auch sei – es war schade, daß er so schnell wieder aus ihrem Leben verschwand, sehr schade. Und schade war auch, daß sie ihm nicht helfen konnte. So vielen Menschen hatte sie schon Hilfe gebracht – sollte es unmöglich sein, ihm beizuspringen?

Sie grübelte angestrengt darüber nach, ohne zu einem Ergebnis zu kommen. Denn nun kam ihre Schwester zurück. Ruth begegnete ihr im Vestibül und hörte gerade, daß der Diener der Schwester auf ihre Frage berichtete, daß Herr von Rautenau dagewesen, aber schon wieder fortgegangen sei. Bestürzt wandte sich Nora nach der Schwester um.

»Herr von Rautenau ist schon wieder fort?«

»Ja, Nora, er hat fast eine halbe Stunde vergeblich auf dich gewartet.«

Die Schwestern traten ins Wohnzimmer.

»Wo ist Frau von Werner? Konnte die ihn nicht noch etwas festhalten?«

»Frau von Werner ist doch unterwegs, um Einkäufe zu machen.«

»Ach, richtig, das hatte ich vergessen. Zu dumm – ich wollte schon längst wieder da sein, aber Georg Reinhard war heute gar nicht loszuwerden. Ich konnte nur mit Mühe einer ernstlichen Werbung entgehen.«

Ruth sah die Schwester ernst an.

»Vielleicht ist es besser, du nimmst seine Werbung endlich an, denn mit Herrn von Rautenau wirst du dich wohl kaum weiter befassen.«

Nora stutzte und sah sie forschend an.

»Wie kommst du darauf, Ruth?«

Ruth faßte ihre Hand.

»Nora, du warst im Irrtum, als du annahmst, daß Herr von Rautenau ein reicher Grundbesitzer ist. Er ist im Gegenteil sehr arm, steht dicht vor dem völligen Zusammenbruch und lebt nur noch durch die Gnade seiner Gläubiger auf Rautenau, bis diese einen Käufer für Rautenau gefunden haben.«

Mit großen, entsetzten Augen sah Nora sie an.

»Mein Gott, Ruth, woher weißt du denn das?«

»Von ihm selbst. Er machte durchaus kein Hehl daraus, Nora. Und er war auch nur da, um sich von dir zu verabschieden und dir Blumen zu bringen, als Dank für den reizenden Abend, den er mit dir verlebt hat. Er – er sagte mir, du seiest eine wunderschöne Frau, und über diesen Abend in deiner Gesellschaft habe er für kurze Stunden seine Sorgen und Nöte vergessen. Er läßt sich dir gehorsamst empfehlen.«

Ruth sagte das, um Arnold von Rautenau in den Augen ihrer Schwester nicht klein und häßlich erscheinen zu lassen. Ihr war, als müsse sie ihn davor bewahren, in einem niedrigen Licht zu stehen.

Nora biß sich ärgerlich auf die Lippen.

»Mein Gott, Ruth, da wäre ich ja in eine schöne

Bedrängnis hineingeraten, wenn ich mich näher mit ihm befaßt hätte. Ich denke, er ist reich. Kommerzienrat Fiebelkorn sagte mir das doch?«

»Wer weiß, warum er das getan hat. Der Kommerzienrat ist sein Hauptgläubiger. Vielleicht hat er gehofft, daß er durch dich eine reiche Heirat macht, damit er wieder zu seinem Geld kommt.«

Eine Weile sah Nora noch ärgerlich vor sich hin.

»Das wäre ja beiderseitig eine schöne Enttäuschung gewesen«, sagte sie dann plötzlich, warf sich in einen Sessel und lachte — lachte sich die ganze Verstimmung von der Seele. Ruth atmete auf. Herzweh gab es also bei Nora nicht, das war ihr lieb. Und nach einer Weile sagte Nora aufatmend: »Also ist es doch ganz gut, daß ich Georg Reinhard gestattet habe, heute nachmittag den Tee mit uns zu trinken. Ich tat es zwar nur, um ihn loszuwerden, aber nun will ich es als einen Fingerzeig des Schicksals betrachten. Ich — ich werde sehr nett zu ihm sein und ihn dafür entschädigen, daß er gestern schwere Ängste ausgestanden hat, als er merkte, daß ich mich etwas gründlicher mit Herrn von Rautenau befaßte. Also ein armer Schlucker ist er? Schade! Ein entzückender Mensch! Aber er ist arm und daher nichts für mich. Mir scheint, ich bin doch vom Schicksal dafür bestimmt, Frau Reinhard zu werden.«

»Du nimmst das gottlob sehr leicht, Nora. Aber ich riet dir doch, Herrn Reinhard nicht im umklaren zu lassen, daß du nicht die reiche Schwester bist — man soll nicht mit einer Lüge in ein Verlöbnis gehen.« Nora sprang auf und umarmte Ruth lachend.

»Sei nur ruhig, ihm ist es nicht wichtig, ob ich arm oder reich bin, und es hat keine Gefahr, ihm das wie beiläufig beizubringen. Ich werde keine große Sache

daraus machen. Aber nun muß ich mich umkleiden.
Bis nachher, Ruth!«

Und sie zog sich auf ihr Zimmer zurück. Ruth sah
ihr aufatmend nach. Und nun trat sie endlich ihren
Spaziergang an. Aber ihre Gedanken flogen hinter
Arnold von Rautenau her, und immer wieder grübelte
sie darüber nach, wie sie ihm helfen könnte.

VII

Ruth war noch nicht bis zur nächsten Straßenecke
gekommen, als ihr, um diese Ecke biegend, Fredi Fiebelkorn entgegenkam. Er begrüßte sie sehr lebhaft
und aufgeregt.

»Ach, gottlob, daß ich Sie treffe, mein gnädiges
Fräulein, ich war auf dem Weg zu Ihnen. Ich habe
etwas auf dem Herzen und wollte Ihnen eine Bitte vorlegen. An Ihr Fräulein Schwester wage ich mich damit
nicht heran, aber zu Ihnen habe ich ein großes Vertrauen, seit ich weiß, wie nett Sie zu Fräulein Hell
gewesen sind. Darf ich Sie ein Stück begleiten?«

Ruth wäre freilich lieber allein gewesen mit ihren
unruhigen, aufgescheuchten Gedanken, aber Fredis
bittende Augen ließen es nicht zu, ihn zurückzuwei-
sen.

»Bitte, wenn Sie Zeit dazu haben, gern«, sagte sie.

Eine Weile schwiegen sie beide und gingen nebeneinander her, bis sie in einen unbebauten Teil des Gru-
newalds kamen. Da nahm Fredi all seinen Mut zusammen, sah Ruth wieder bittend an und sagte: »Ich
möchte gern mit Ihnen über Fräulein Hell sprechen.«

Nun wurde Ruth aufmerksam. Susanna Hell war ihr immer lieber geworden, und sie hätte ihr gern gründlich zu einem besseren Dasein geholfen, war sich nur noch nicht klar darüber, wie sie das anfangen sollte. Forschend sah sie Fredi an.

»Über Fräulein Hell?«

»Ja, mein gnädiges Fräulein. Es ist nämlich – ich – nun ja, ich möchte gern öfter einmal mit Fräulein Hell zusammentreffen. Nun weiß ich von ihr, daß sie jede Woche dreimal bei Ihnen ist, um Ihnen Unterricht zu geben. Eine andere Gelegenheit, mit ihr zusammenzutreffen, habe ich nicht – und – so möchte ich Sie bitten, mir zu erlauben, zuweilen – so anscheinend ganz zufällig, bei Ihnen mit Fräulein Hell zusammenzutreffen.«

So, nun war es heraus, und Fredi atmete erlöst auf. Ruth aber sah ihn scharf und forschend an.

»Ist das nicht eigentlich ein etwas – nun – sagen wir – ungewöhnliches Anliegen, Herr Fiebelkorn?«

Treuherzig sah er sie mit seinen wasserblauen Augen an und bekam eine rote Stirn.

»Ach nein, mein gnädiges Fräulein, Sie dürfen nichts Schlimmes darüber denken, ich will doch eben nur Gelegenheit haben, mich Fräulein Hell zu nähern.«

»Und wenn Ihnen das gelingen würde – wie denken Sie darüber, wenn Fräulein Hell bei diesem – Spiel – ihre Herzensruhe verliert? Bedenken Sie doch, sie ist ein armes Mädchen, das einen schweren Lebenskampf führt, und sie hat weiter nichts zu verlieren als ihren guten Ruf. Soll ich durch Erfüllung Ihrer Bitte dazu beitragen, daß sie ihn verliert?«

Erschrocken sah er sie an.

»Um Gottes willen, so dürfen Sie nicht über mein Anliegen denken. Ich merke schon, ich muß ganz offen zu Ihnen sein, damit Sie ganz klar sehen und keine falschen Schlüsse ziehen. Also – ich habe mein Herz vollständig an Fräulein Hell verloren. Ich habe noch nie einer Frau gegenüber dies starke, reiche Glücksgefühl gehabt wie bei ihr. Eigentlich vom ersten Augenblick an, da ich mit ihr sprach, wußte ich, das war ein Mensch, zu dem ich schrankenloses Vertrauen fassen konnte, ein Mensch, der Gefühle in mir auslöste, die ich bis dahin nie empfunden habe.

Ich – nun ja – ich glaube, ich spiele in der Gesellschaft so etwas wie eine komische Rolle; so töricht bin ich ja doch nicht, um das nicht zu merken. Ich bin überhaupt nicht so blöd, wie die meisten Menschen annehmen, nur – ich habe eben Hemmungen, kämpfe solange ich denken kann, mit einem quälenden Minderwertigkeitsgefühl, weil ich weiß, daß meiner Person irgend etwas anhaftet, das die Leute veranlaßt, sich über mich lustig zu machen. Gerade, daß ich das weiß, läßt mich immer tolpatschiger erscheinen. Und bisher war mir deshalb jede Geselligkeit, die ich besuchen mußte, eine Strafe.

Dabei bin ich im Grund eine durchaus aufs Ernste eingestellte Persönlichkeit, was ich aber bisher keinem Menschen glaubhaft machen konnte. Aber da kam Fräulein Hell, und vom ersten Augenblick an fühlte ich, daß sie mich anders wertete als alle anderen Menschen, sie nahm mich ernst, durchaus ernst. Und in ihren schönen, guten Augen las ich so viel Teilnahme, so viel Verständnis, daß ich mir mit einemmal wie erlöst vorkam, und sofort der Wunsch in mir wach wurde, dieses liebe, reizende Geschöpf mir als Lebenskameradin zu gewinnen. Kurzum, ich liebe Susanna Hell und habe das frohe Gefühl, daß sie mir zum mindesten eine große Zuneigung entgegenbringt. Ich darf ja nicht hoffen, daß auch sie sich so schnell in mich verliebt hat, aber eben darum möchte ich öfter mit ihr zusammentreffen, um mir ihre Liebe erringen zu können.

Die wenigen Stunden, in denen ich mit ihr zusammensein konnte, haben mich schon zu einem ganz anderen Menschen gemacht — ich hätte früher nie den Mut aufgebracht, in dieser Weise vorzugehen, Sie zum Beispiel um diesen Dienst zu bitten. Aber jetzt kann ich es. Um sie mir zu erringen, könnte ich, glaube ich, etwas ganz Schweres vollbringen. Wenn ich Ihnen sage, daß ich versuchen will, Susannas Jawort zu erhalten, daß sie meine Frau wird, dann werden Sie mir doch helfen. Fräulein Hell hat mir so schwärmerisch von Ihrer Güte berichtet. Alles hat sie mir erzählt, von dem Wintermantel, dem Kleid, der liebevollen Aufnahme. Und da habe ich Mut gefaßt und habe mir gesagt, vielleicht werden Sie auch mir helfen. Gerade von Ihrer schlichten und doch so großen Menschenliebe hat sie mir gesprochen. Sie sollen allen Menschen gern behilflich sein, hat sie mir gesagt — so bitte ich Sie, auch mir zu helfen. Denn glauben Sie, auch ich bin in einer tiefen Not, wenn auch nicht in äußerer Beziehung. Wenn ich mir Susanna Hell nicht zur Frau erringen kann, dann — ja dann versinke ich noch viel, viel tiefer als zuvor in diesem Minderwertigkeitsgefühl.«

Erregt schwieg er still und sah Ruth flehend an. Mit einem seltsamen Gefühl der Rührung hatte sie ihn angehört, und nun sah sie ihn mit ihren helleuchtenden Augen teilnahmsvoll an.

»Was Sie mir sagen, stellt die Sache natürlich in ein ganz anderes Licht. Ich freue mich, daß Susanna Hell von Ihnen als vollwertiger Mensch erkannt worden ist. Das ist sie wirklich. Und ich wünschte ihr von Herzen, daß sie Ihre Gefühle erwiderte, damit sie von Ihnen aus ihrer immerhin sehr sorgenvollen Lage erlöst werden könnte. Aber − ehe ich dazu Stellung nehme, wie ich Ihnen helfen könnte, muß ich Sie fragen: Was werden Ihre Eltern zu alledem sagen? Ich kann doch nicht eine Sache begünstigen, der Ihre Eltern feindlich gegenüberstehen würden. Das sehen Sie doch ein?«

»Gewiß, mein gnädiges Fräulein, ohne weiteres. Aber ich glaube, da kann ich Sie beruhigen. Meine Eltern wünschen dringend, daß ich mich verheirate. Natürlich werden sie dabei an ein Mädchen aus gleich guten Verhältnissen denken, denn mein Vater sieht das meiste im Leben nur vom geschäftlichen Standpunkt an. Das meiste, aber doch nicht alles. Sein Gefühl für meine Mutter und mich spielt hier keine Rolle. Wenn ich ihm klarmache, daß es für mich ohne Susanna Hell kein Lebensglück gibt, dann wird sich zunächst der Geschäftsmann in ihm ein bißchen zur Wehr setzen, aber dann wird die Liebe zu seinem Sohn siegen. Davon bin ich fest überzeugt. Und meine Mutter − die will nur mein Glück. Und beide sind Susanna Hell schon im Innern sehr dankbar, denn sie haben gemerkt, daß diese mich gewissermaßen aus meinem Minderwertigkeitsempfinden gerissen hat. Sie staunen und sind froh darüber, daß ich plötzlich imstande bin, aus mir herauszugehen, mit Nachdruck etwas zu wollen, und daß ich nicht mehr ängstlich nach einem Mausloch suche, in das ich mich verkriechen möchte.«

Ruth mußte lachen.

»Nach Mauslöchern hält Fräulein Hell aber auch immer mit Inbrunst Ausschau, wenn es gilt, der Öffentlichkeit gegenüberzutreten.«

Er nickte strahlend.

»Das ist ja gerade das Gute! Bei ihr muß ich den Beschützer spielen, und das gibt mir Mut und Kraft zu dieser Rolle.«

Gerührt reichte sie ihm die Hand.

»Gut, ich helfe Ihnen. Was tun wir also?«

»Sie sollen mir nur gestatten, so oft ich Zeit habe, montags, mittwochs und freitags nach elf Uhr Besuch bei Ihnen zu machen. Bitte, bestimmen Sie auch Ihr Fräulein Schwester, mich dann zu empfangen. Und dann sollen Sie mich mit Fräulein Hell zusammentreffen lassen. Sie darf natürlich nichts ahnen von unserem Abkommen, das würde sie unsicher machen. Alles weitere findet sich dann schon. Wollen Sie mir das gestatten? Sie können mir genau die Zeit angeben, in der ich nicht mehr störend in Ihre Unterrichtsstunden hineinfalle.«

Ruth nickte zustimmend.

»Diese Erlaubnis erteile ich Ihnen gern. Und – Fräulein Hell pflegt zuweilen das zweite Frühstück mit uns einzunehmen – wie denken Sie darüber, wenn wir Sie zuweilen auffordern, ebenfalls daran teilzunehmen, so ganz zwanglos und ohne Umstände?«

Seine Augen glänzten auf.

»Wundervoll! Sie sind wirklich ein gütiger, verständnisvoller Mensch. Ich danke Ihnen – danke Ihnen von ganzem Herzen und hoffe, daß Sie mir einmal Gelegenheit geben, Ihnen auch einen Dienst zu erweisen.«

In Ruths Kopf stieg ein Gedanke auf.

»Wenn ich Sie nun beim Wort nehmen würde?«

»O bitte, tun Sie das.«

»Nun, ich möchte Sie um einen Dienst bitten, aber – die Sache ist noch nicht ganz spruchreif. Morgen vielleicht bin ich schon im klaren darüber, und dann werde ich Ihnen sagen, welchen Dienst Sie mir erweisen können. Da haben Sie gleich einen Vorwand: kommen Sie morgen zu uns. Ausnahmsweise habe ich meine Unterrichtsstunde auf morgen verlegt, weil ich wollte, daß Fräulein Hell nach der Gesellschaft bei Ihnen ein wenig Ruhe haben sollte. Dann sieht es ganz unverfänglich aus, wenn Sie morgen kommen, wo Sie Fräulein Hell eigentlich nicht bei mir vermuten können. Sie sagen dann dem Diener, er möge mir melden, daß Sie mich in einer geschäftlichen Angelegenheit sprechen möchten. Mein Anliegen betrifft wahrscheinlich wirklich etwas Geschäftliches. Und inzwischen wäre ich Ihnen dankbar, wenn Sie zu erfahren suchten, ob Herr von Rautenau heute Ihren Vater aufgesucht, und was er mit ihm besprochen hat. Aus irgendeinem Grund möchte ich das gern wissen. Sie haben mir heute ein so großes Vertrauen bewiesen, daß ich Ihnen in einer für mich wichtigen Sache das gleiche tun möchte.«

Er sah sie strahlend an.

»Das freut mich, es beweist mir Ihre Wertschätzung. Und ich verspreche Ihnen, daß ich mich Ihres Vertrauens würdig zeigen werde.«

»Das nehme ich als selbstverständlich an, aber ich danke Ihnen schon im voraus. Und nun möchte ich Sie bitten, mich allein weitergehen zu lassen. Ich habe nämlich angestrengt über eine wichtige Sache nachzudenken. Das gelingt mir immer am besten, wenn ich ganz allein einen kleinen Bummel mache. Deshalb war ich unterwegs.«

»Oh, dann muß ich um Verzeihung bitten, daß ich Sie gestört habe.«

»Ist nicht nötig. Ihre Sache ist mir auch wichtig, denn sie soll das Glück zweier Menschen fördern. Also auf Wiedersehen morgen, Herr Fiebelkorn!«

»Nur noch eine Frage: Wann darf ich mich bei Ihnen melden lassen?«

»Kurz vor zwölf Uhr, dann sind wir mit unserer französischen Kunstgeschichte fertig und haben Zeit für Sie.«

»Ich werde pünktlich sein, mein gnädiges Fräulein. Nochmals innigen Dank für Ihre Güte und Ihr Verständnis.«

Sie reichte ihm mit einem Lächeln die Hand, und er beugte sich ohne jede schüchterne Befangenheit verehrungsvoll darüber. Dann ging er davon.

Ruth schritt weiter, und nun konnte sie endlich über das nachdenken, was ihr immer mehr am Herzen lag — wie sie Herrn von Rautenau helfen könne, natürlich, ohne daß dieser eine Ahnung hatte, daß die Hilfe von ihr kam. Ein Gedanke war in ihr aufgetaucht, ganz blitzartig und flüchtig, aber nun nahm der immer festere Gestalt an. Sie baute ihn aus, beleuchtete ihn von allen Seiten und fing an, sich für diesen Plan immer mehr zu erwärmen. Je weiter sie ihn ausbaute, um so mehr leuchtete er ihr ein, und schließlich warf sie den Kopf in ihrer lebhaften Art zurück, wie sie es immer tat, wenn sie einen Entschluß gefaßt hatte.

Inzwischen war sie an einen großen Sportplatz

gekommen, wo junge Damen und Herren alle Arten von Sport trieben. Sie blieb eine Weile stehen und sah zu, wie die Jugend hier planmäßig ertüchtigt wurde. Diese Bestrebungen waren ihr nichts Neues. Drüben in Kanada waren sie schon lange im Gang. Aber hier in Deutschland fehlten die großartigen Wintersport-plätze, die drüben in Kanada überall zu finden waren.

Nachdem sie den Sportspielen eine Weile zugesehen hatte, wandte sie sich um. Es war Zeit, heimzukehren, damit sie zum zweiten Frühstück noch zurechtkam.

VIII

Nora und Ruth saßen am Nachmittag mit Frau von Werner im Gartensaal, wo gewöhnlich der Tee einge-nommen wurde. Nora erwartete heute Georg Rein-hard mit einer leisen Unruhe und Ungeduld. Nach-dem sie von ihrer Schwester erfahren, daß Arnold von Rautenau ein armer, völlig ruinierter Landwirt war, hatte sie den Entschluß gefaßt, die Werbung Georg Reinhards nicht mehr abzuwehren. Sie fand, daß es nun wirklich für sie an der Zeit sei, sich zu verheira-ten. Und Georg Reinhard war immerhin derjenige ihrer Bewerber, der am meisten wert war, begünstigt zu werden. Nicht nur seines Reichtums wegen, son-dern weil er ein ansehnlicher Mann war, an dessen Seite man sich sehen lassen konnte, und weil er ent-schieden der einzige war, der bei seiner Werbung am wenigsten an ihren angeblichen Reichtum dachte. Sie hatte sich im Verlauf des Tages reiflich überlegt, wie sie die Sache zur Entscheidung bringen sollte. Ruths

Mahnung, nicht mit einer Lüge in ein Verlöbnis zu gehen, wollte sie doch beherzigen und Georg Reinhard auf eine kluge Art beibringen, daß sie nicht die reiche Schwester sei. Immerhin wollte sie ihm dieses Geständnis aber auf eine Art machen, bei der sie gut abschneiden und in einem günstigen Licht stehen würde. Er sollte nicht erfahren, daß sie die reiche Schwester auf ihren Wunsch gespielt hatte, um Bewerber anzulocken, sondern sie wollte es so hinstellen, daß Ruth diesen Rollenwechsel gewünscht hatte, um sich die Mitgiftjäger fernzuhalten.

Und so war sie ziemlich fest entschlossen, Reinhards Hangen und Bangen heute ein Ende zu machen. Sie hatte das Ruth offen gesagt und sie gebeten, sich mit Frau von Werner auf irgendeine unverfängliche Weise zurückzuziehen, um ihr ein Alleinsein mit Georg Reinhard zu ermöglichen. Ruth hatte ihr das versprochen.

Und nun warteten die Schwestern auf Georg Reinhards Erscheinen. Und er traf sehr pünktlich ein. Seine Augen hingen in brennendem Entzücken an Noras Erscheinung, die allerdings bezaubernd war. Sie hatte sich besonders sorgfältig gekleidet, und das Kleid aus silbergrauem Schleierstoff über einem Unterkleid aus altrosa Seide stand ihr besonders gut und ließ die klassischen Unterarme und den stolzen, wohlgeformten Nacken frei. Ihr dunkles Haar schmiegte sich in großen Wellen um der feinen Kopf, und ihre dunklen Augen flammten berückend zu dem Mann hinüber, der ihr doch schon mit jeder Faser seines Seins ergeben war und die Augen nicht von ihr lassen konnte.

Er begrüßte die Damen, die ihn freundlich empfingen. Der Tee wurde gereicht, und dann plauderte man von allen möglichen Dingen, die nur irgendwie von Belang waren. Dann aber erhob sich Ruth und entschuldigte sich mit nötigen Pflichten.

»Ich muß noch für das Kolleg vorarbeiten und kann nicht länger in Ihrer Gesellschaft verweilen, Herr Reinhard. Sie entschuldigen mich, meine Schwester wird Sie ja gut unterhalten.«

Damit verabschiedete sich Ruth und ging hinauf in ihre Zimmer. Kaum dort angelangt, klingelte sie einem Diener und gab ihm den Auftrag, Frau von Werner zu melden, daß die elektrische Anlage in ihrem Zimmer nicht in Ordnung sei, sie möge so freundlich sein, einmal heraufzukommen.

Der Diener führte seinen Auftrag aus, und gleich darauf kam Frau von Werner und fragte Ruth erstaunt, was geschehen sei. Ruth zog sie lachend neben sich nieder auf einen Diwan.

»Es ist nichts geschehen, aber vermutlich wird etwas geschehen. Ich nehme an, daß meine Schwester sich endlich mit Herrn Reinhard verlobt, er hat ihr hartes Herz erweicht, und ich wollte ihm Gelegenheit verschaffen, sich mit ihr aussprechen zu können. Deshalb werden wir beide angeblich nun viel Schererei mit der elektrischen Anlage haben. Sie werden das nachher berichten, wenn es lange genug gedauert hat. So sieht es am unverfänglichsten aus.«

»Ah, nun bin ich im Bild. Sie hätten mir gleich vorher einen Wink geben sollen.«

»Nein, Sie sollten unbefangen bleiben, Frau von Werner. Wir werden jetzt ein halbes Stündchen plaudern, zum Arbeiten habe ich keine Lust, denn es erregt mich natürlich nicht wenig, daß sich meiner Schwester Schicksal entscheiden soll.«

»Nun, Fräulein Ruth, ich denke, Sie können ohne Sorge sein, wenn Fräulein Nora Herrn Reinhard ihre Hand gibt. Er ist ein sehr ehrenhafter, vornehmer Mann, und Sie können versichert sein, daß er wirklich nur sie liebt, nicht ihren angeblichen Reichtum. Ich beobachte doch auch, und mir scheint, keiner von den anderen Verehrern Ihrer Schwester ist so uneigennützig wie er.«

»Das hoffe ich auch, und deshalb habe ich Nora auch zugeredet, seinem Hangen und Bangen ein Ende zu machen.«

Die beiden Damen blieben nun, über dieses Ereignis sprechend, beisammen.

Unten im Gartensaal saßen sich Nora und Georg Reinhard gegenüber.

Als Frau von Werner abgerufen war, sagte Nora wie ärgerlich:

»Die elektrische Lichtanlage im Zimmer meiner Schwester ist schon seit gestern nicht recht in Ordnung, aber nun scheint eine ernste Störung eingetreten zu sein. Sie müssen nun ein Weilchen mit meiner Gesellschaft vorlieb nehmen.«

Georg Reinhard faßte Noras Hand und beugte sich vor, sie mit sehnsüchtigen Augen ansehend.

»Sie wissen ja, wie glücklich ich bin, wenn es mir vergönnt ist, einige Minuten mit Ihnen allein sein zu dürfen. Ich kann es ohnedies kaum noch ertragen, mein gnädiges Fräulein, immer nur steife Worte mit Ihnen wechseln zu dürfen. Warum nur weichen Sie mir immer aus? Gestern, bei Kommerzienrat Fiebelkorn, habe ich Höllenqualen ausgestanden, ich sah Sie in so angeregter Unterhaltung mit diesem Herrn von Rautenau, und da habe ich mich in Eifersuchtsqualen verzehrt.«

106

Sie sah ihn mit einem weichen, lockenden Blick an. »Das hatten Sie aber doch nicht nötig — ich — ich hätte mich viel lieber mit Ihnen unterhalten. Aber Herr von Rautenau war mir nun einmal von Kommerzienrat Fiebelkorn zum Tischherrn bestimmt.«

»Dafür hab ich ihn gestern herzhaft gehaßt. Ach, Nora, süße, angebetete Nora, warum weichen Sie mir immer aus, wenn ich von dem reden will, was mein Herz bewegt? Warum quälen Sie mich?«

Sie seufzte ein wenig und sah ihn dann in einer berückenden Weise von unten herauf an.

»Weil ich mir noch immer nicht klar war, Herr Reinhard, ob Ihre Empfindungen für mich ganz uneigennützig sind, und weil ich das nicht erproben kann, ohne ein Geheimnis meiner Schwester preiszugeben. Sie wissen nicht, wie sehr auch ich gelitten habe, weil ich mich Ihnen kühler zeigen mußte, als mir ums Herz war.«

Er preßte ihre Hand an seine Lippen, an seine Brust.

»Nora, darf ich mir Ihre Worte deuten, wie ich es mir wünsche? Bitte stellen Sie meine Liebe auf die härteste Probe — ich liebe Sie — liebe Sie inbrünstig und heiß, wie ich noch nie eine Frau geliebt habe, mit der ganzen Stärke und Leidenschaft des gereiften Mannes, der seine Gefühle nicht in kleiner Münze verzettelt hat. Ehe ich Sie kannte, habe ich nie daran gedacht, meine Freiheit aufzugeben, so bin ich fünfundvierzig Jahre alt geworden. Seit ich Sie kenne, habe ich nur die Sehnsucht, Sie zu meiner Frau zu machen, Ihnen nur Liebes zu erweisen. Wollen Sie nicht meine Frau werden, süße, angebetete Nora?«

Sie sah ihn mit einem träumerischen Blick an.

»Ihre Worte machen mich sehr glücklich, Georg Reinhard, aber ehe ich Ihnen Ihre Frage beantworte, muß ich Ihnen ein Geständnis machen, das Ihre Liebe erproben wird. Hören Sie mich an. Sie wissen, daß nur eine von uns beiden Schwestern eine vermögende Mutter hatte und deren Erbin geworden ist. Dies bin aber nicht ich. Meine Schwester Ruth ist die Erbin. Ihre Angst, eines Tages nur um ihres Geldes wegen von irgendeinem Glücksritter zur Frau begehrt zu werden, gab ihr den Wunsch ein, für die arme Schwester zu gelten. Sie bat mich flehentlich, ihre Rolle in der Gesellschaft zu spielen. ›Denn‹, so sagte sie, ›nähert sich dir ein Mann mit dem Wunsch, seine Frau zu werden, so kannst du seine Liebe erproben, indem du ihm offenbarst, daß du nicht die reiche Erbin bist, als die du giltst, und dann wird nur der zu dir halten, der dich wirklich liebt. Mich aber, die ich die arme Schwester spiele, wird nur der begehren, der mich wirklich liebt.‹ So habe ich meiner Schwester zuliebe diese Rolle gespielt — und nun entscheiden Sie, ob Ihnen Nora Rupertus auch als die arme Schwester begehrenswert erscheint.«

Erstaunt, aber nicht enttäuscht hatte er ihr zugehört. Und nun riß er sie glückstrahlend in seine Arme.

»Nora! Nur deshalb hast du mich so lange qualvoll warten lassen?«

Sie sah in seine glückstrahlenden Augen hinein, sah, wie sehr sie um ihrer selbst willen geliebt wurde, und nun wurde ihr doch warm ums Herz. Sie vergaß, daß sie ihm eben noch ein wenig Komödie vorgespielt hatte.

»Ja, Georg, nur deshalb, ich zitterte vor der Stunde, da ich dir dies Geständnis machen mußte.«

»Ach, du liebe, süße Törin, was gilt mir dein Geld? Dich will ich, dich liebe ich, dich begehre ich mit jeder Faser meines Seins.«

Und er preßte seine Lippen fest auf die ihren, küßte sie mit so heißer Inbrunst, daß auch ihr unter seinen Küssen warm wurde, und in dieser Minute hatte Nora Rupertus ganz vergessen, daß sie noch gestern den Gedanken erwogen hatte, sich einem anderen Mann zu eigen zu geben.

Als er den ersten heißen Durst an ihren Lippen gestillt hatte, sagte er innig: »Ich danke dir, meine Nora, daß du mir dies Geständnis gemacht hast. Deine Schwester kann ich ja so gut verstehen. Und ich werde ihr Geheimnis ebenso streng hüten, wie du es bisher getan hast.«

Nora war es im Grunde nun ganz gleichgültig, ob es jetzt bekannt wurde, daß Ruth die Erbin sei, aber sie mußte doch dafür sorgen, daß ihre Erzählung, weshalb sie die reiche Schwester gespielt hatte, glaubwürdig sei. Und so sagte sie schnell: »Ja, darum möchte ich dich bitten. Außer uns beiden Schwestern weiß nur Frau von Werner von dem Rollentausch, und die schweigt wie das Grab.«

»Darin werde ich mit ihr wetteifern, meine süße Nora.«

Und wieder stillte er seinen Durst an ihren roten Lippen und flüsterte ihr dazwischen all die süßen, zärtlichen Torheiten zu, die jedem Liebenden zu Gebot stehen, auch wenn er schon im reifen Mannesalter steht. Er versprach ihr, daß er ihr die Sterne vom Himmel herabholen würde, sie sollte an seiner Seite wie bisher in Glanz und Luxus leben, er sei reich genug, ihr jeden Wunsch erfüllen zu können und – sie müsse sehr, sehr bald seine Frau werden.

»Ich habe ja schon so viel versäumt, und in meinem Alter darf man keine glückliche Minute verschwenden.«

»Kokettiere doch nicht mit deinem Alter, Georg, du bist jünger als die meisten jungen Leute von heute, die schon als Greise auf die Welt kommen. Ich möchte dich nicht jünger haben. Die Generation, aus der du stammst, wird länger jünger bleiben als die Männer der heutigen.«

Das entzückte ihn wieder, machte ihn froh. Und sie freute sich seiner Glückseligkeit und war ganz zufrieden, daß sie nun mit allem Hangen und Bangen Schluß gemacht hatte. Sie waren noch tief in einem zärtlichen Gespräch, als Frau von Werner, nachdem sie sich vor der Tür noch durch einen lauten Zuruf an den Diener bemerkbar gemacht hatte, eintrat.

»Ich muß sehr um Entschuldigung bitten, daß ich so lange warten ließ. Aber mit diesen elektrischen Installateuren hat man viel Ärger. Wir bekamen einfach kein Licht in Fräulein Ruths Zimmern. Aber nun ist es doch endlich wieder in Ordnung, und Fräulein Ruth kann arbeiten.«

Nora lachte ein wenig und sah ihren Verlobten schelmisch an. »Ich glaube, ich muß Ruth noch einmal stören, Frau von Werner. Die elektrische Störung hat hier inzwischen eine Verbindung zustande gebracht. Gestatten Sie, daß ich Ihnen Herrn Reinhard als meinen Verlobten vorstelle?«

Frau von Werner war genug Frau von Welt, um ihr Erstaunen glaubwürdig zu machen. Sie beglückwünschte das Brautpaar, sprang wieder auf und sagte lebhaft: »Da muß ich aber doch nun gleich Fräulein Ruth herunterholen, damit sie ihr die frohe Eröffnung machen können.«

Und sie lief eilig davon, als sei kein Diener im Hause, den man nach Ruth schicken konnte. Georg Reinhard rechnete ihr das hoch an, denn nun konnte er sich doch erst noch einmal sattküssen an den roten Lippen seiner Liebsten.

Frau von Werner ging übrigens nicht selbst hinauf zu Ruth, sondern schickte draußen einen Diener hinauf und wartete, bis Ruth herunterkam. Sie wollte Nora die Eröffnung nicht vorwegnehmen. Als Ruth die Treppe herunterkam, sah sie Frau von Werner fragend an, diese legte aber schelmisch den Finger auf den Mund und ließ sie eintreten.

»Ich habe Fräulein Ruth nichts verraten, Fräulein Nora, das überlasse ich Ihnen selbst.«

Nora sprang auf und warf sich der Schwester in die Arme.

»Ruth, Georg will mich auch ohne einen Pfennig Vermögen haben, ich habe ihm freilich dein Geheimnis verraten müssen, aber er wird es gleich mir treu bewahren, damit du nicht in Gefahr kommst, von einem Mitgiftjäger deines Reichtums wegen begehrt zu werden.«

Ruth stutzte ein wenig, aber ein bedeutungsvoller Druck von Noras Hand auf ihren Arm machte ihr klar, daß sie diese Lesart gewählt hatte, um Georg Reinhard begreiflich zu machen, weshalb die Schwestern die Rollen getauscht hatten. Und zugleich blitzte in Ruth auch ein Gedanke auf, der es ihr jetzt wirklich wünschenswert erscheinen ließ, weiter vor der Öffentlichkeit als die vermögenslose Schwester zu gelten. Deshalb nickte sie Georg Reinhard zu, als dieser ihr nun auch versicherte, ihr Geheimnis zu wahren.

»Ich danke Ihnen dafür, Herr Reinhard, es ist mir

lieb, daß Sie schweigen werden. Und nun erst einmal meinen innigen Glückwunsch. Mögen Sie meine Schwester so glücklich machen, wie ich hoffe, daß sie an Ihrer Seite glücklich werden wird.«

Er beugte sich über ihre Hand.

»Wollen Sie mir nicht gestatten, Sie geschwisterlich mit ›du‹ und bei Ihrem Vornamen zu nennen? Ich wünsche mir von Herzen, Ihnen wie ein treuer Bruder nahezustehen.«

Da bot ihm Ruth mit einem herzlichen Blick ihre Lippen.

»Laß uns das ›Du‹ besiegeln, Georg, ich will dir eine treue Schwester sein.«

Sie saßen nun beisammen und hatten viel zu besprechen. Noras Hochzeitstag wurde auf Ende Januar festgelegt. Georg Reinhard selbst hätte ja gern den Tag noch früher bestimmt, aber da er in seinem Haus — er bewohnte eine Villa am Wannsee — noch allerlei Veränderungen treffen wollte, damit alles nach Noras Wünschen eingerichtet wurde, mußte er sich fügen. Nora meinte auch lachend, ihre Aussteuer werde ziemlich lange Zeit in Anspruch nehmen. Wie sie Ruth kenne, werde diese sie wie eine Prinzessin ausstatten.

Ruth strich ihr liebevoll über das Haar.

»Das ist selbstverständlich, Nora, du sollst alles haben, was dein Herz begehrt, und Georg kann versichert sein, daß du alle Hände voll zu tun haben wirst, um bis Ende Januar deine Aussteuer zu beschaffen, so wie sie dir gefallen wird.«

Georg sah Ruth mit einem warmen Blick an.

»Ich muß dir schon gestatten, so lange für meine Nora zu sorgen, bis sie meine Frau wird, aber dann werde ich dir dies Recht streitig machen. Für meine Frau werde ich allein eintreten.«

Ruth nickte ihm lächelnd zu.

»Wir werden uns nicht streiten, Georg, auch darum nicht.«

Sie reichten sich die Hände, und Nora räkelte sich wohlig in ihrem Sessel, sie fand es selbstverständlich, daß man sich darum stritt, wer sie in Zukunft verwöhnen sollte.

Georg blieb bis zum Abend, nahm mit den Schwestern und Frau von Werner gemeinsam das Abendessen ein und verabschiedete sich, nachdem ihm Ruth und Frau von Werner noch ein kurzes Alleinsein mit Nora beschert hatten. Morgen schon sollte die Verlobung durch Karten angezeigt werden. Und Nora sagte schelmisch, als er sie noch einmal in seinen Armen hielt: »Mein armer Georg, du wirst nun von allen Seiten um deine reiche Braut beneidet werden, und hast doch nur ein ganz armes Mädchen erobert.«

Er preßte sie glückselig an sich.

»Du bringst mir kostbare Schätze mit in die Ehe, Nora, um die ich viel beneidenswerter bin. Deine Schönheit, deine Anmut, deinen Charme, und vor allem – deine Liebe.«

Sie war ein wenig beschämt, und aus diesem Gefühl heraus sagte sie inniger, als sie es selbst für möglich gehalten hätte: »Ich will dich glücklich machen, Georg, du sollst es nicht bereuen, mich zur Gattin erwählt zu haben.«

Das klang wie eine feierliche Versicherung.

Er lachte glückselig auf.

»Süße Nora, ich bin ja schon von ganzem Herzen glücklich. Aber ich weiß, du wirst mich noch viel glücklicher machen.«

Und wieder preßte er sie leidenschaftlich zärtlich in seine Arme.

Dann ging er endlich, mit dem Versprechen, morgen vormittag wiederzukommen. Die Verlobungsfeier sollte am nächsten Sonnabend stattfinden. Das war vereinbart worden.

Als die Schwestern an diesem Abend allein waren, nachdem sich Frau von Werner zurückgezogen hatte, berichtete Nora genau, wie ihre Verlobung zustande gekommen war. Und ein bißchen verschämt sagte sie dann: »Brauchst mich nicht auszuzanken, Ruth, daß ich meiner Beichte ein kleidsames Mäntelchen umlegte. Ich konnte Georg doch wirklich nicht eingestehen, daß der Wunsch, unsere Rollen zu vertauschen, eigennützigen Wünschen entsprang. Sieh mal, es hätte ihm doch vielleicht ein wenig mißfallen, und er liebt mich so sehr, daß ich ihm das ersparen wollte.«

»Wenn du nur glücklich mit ihm wirst, Nora.«

»Du kannst ruhig sein. Frauen wie ich sind eben nicht imstande, ein himmelhochjauchzendes Glück zu empfinden. Das gibt es wohl überhaupt nur in den Märchenbüchern. Aber Georg ist mir sympathisch genug, daß ich mir ein Leben an seiner Seite recht angenehm ausmalen kann. Und – er liebt mich wirklich sehr. Das ist doch auch schön. Ich werde ihm gewiß eine gute Frau sein, das verspreche ich dir. Mach keine Sorgenaugen, es wird alles gutgehen. Ich bin zufrieden, daß es so kam. Weißt du, dieser Herr von Rautenau, der hätte vielleicht – immer vorausgesetzt, daß er reich gewesen wäre – doch zu sehr in einer Ehe mit mir die Oberhand gehabt. Der hätte mich vielleicht untergekriegt. Im übrigen ging er ja schnell genug wieder davon, hatte also wohl nicht einmal ernste Absichten auf mich als reiche Erbin. Weißt du, das wäre eigentlich ein Mann für dich. Nur wird er sich nicht um dich bewerben, eben weil er arm ist und dich für arm hält. Man hätte ihm eigentlich verraten sollen, daß du die Erbin bist.«

Ruth war sehr rot geworden.

»Mir ist es schon lieber, daß auch er mich für ein armes Mädchen hält. Aber hör mal zu, was ich mir heute überlegt habe. Ich hatte doch schon immer die Absicht – wie es Vater wünschte –, einen Teil meines baren Vermögens in Grundbesitz anzulegen.

Rautenau soll ein sehr stattlicher Besitz in einer landschaftlich reizvollen Lage sein – wenn ich nun dieses Gut kaufte? Ich würde Herrn von Rautenau damit vielleicht einen Dienst erweisen. Ich habe mir das durch den Kopf gehen lassen. Man könnte ihm dann die Verwaltung des Gutes übertragen und ihm so eine Stellung verschaffen, wenigstens eine bescheidene.«

Nora umarmte sie.

»Ach, meine liebe Ruth, hast du schon mal wieder jemand gefunden, der deine Hilfe brauchen könnte?«

»Ich würde wahrscheinlich in diesem Fall gut kaufen – und eine Gelegenheit, einem Menschen zu helfen, soll man sich nicht entgehen lassen.«

»Und man wird das bestimmt nicht tun, wenn man Ruth Rupertus heißt«, neckte Nora, sah aber dann plötzlich unter einem aufsteigenden Gedanken ihre Schwester scharf und forschend an und fuhr fort: »Sag mal, wie hat er dir eigentlich gefallen, dieser Herr von Rautenau?«

Sie sah, daß Ruth das Blut in die Wangen schoß.

»Ach – ganz gut – er macht einen sehr zuverlässigen Eindruck.«

»Aber er hat unbedingt sehr stark mit mir geflirtet.«

»Ja, etwas Ähnliches gab er ganz offen zu, es war wohl so etwas wie ein Abschied von einem Leben in der guten Gesellschaft. Er deutete das an und war ein wenig beschämt darüber. Ich glaube, er wollte dir nur einen Besuch machen, um sich deshalb bei dir zu entschuldigen.«

»Ihr habt euch wohl ziemlich lange unterhalten?«

»Etwas über eine halbe Stunde, er wollte ja eigentlich deine Rückkehr abwarten. Und da hat er mir ganz offen von seinen Sorgen gesprochen, er ist in einer ziemlich verzweifelten Lage. Ich will also versuchen, Rautenau zu kaufen und dann die Bestimmung zu treffen, daß Herr von Rautenau als Verwalter auf Rautenau wohnen bleibt und das Gut auf meine Rechnung bewirtschaftet. Meinst du nicht, daß man sich die Gelegenheit, ein gutes Werk tun zu können, nicht entgehen lassen soll?«

Es zuckte ein wenig um Noras Mund. Sie war klug und kannte ihre Schwester sehr genau. Und wenn sie nicht gewußt hätte, was für eine anziehende und fesselnde Persönlichkeit Arnold von Rautenau war, wäre ihr vielleicht kaum aufgefallen, daß Ruth errötete. Nun aber kam ihr eine leise Ahnung, daß Arnold nicht weniger auf Ruth gewirkt haben könne als auf sie. Aber sie ließ sich nichts anmerken und sagte nur ruhig: »Mir scheint wirklich, daß du da ein gutes Werk tun kannst. Wenn du doch einmal Grundbesitz kaufen willst, warum dann nicht Rautenau? Und da du jedenfalls dann eine vertrauenswürdige Persönlichkeit brauchst, die dir diesen Grundbesitz verwaltet, so wirst du mit Herrn von Rautenau wahrscheinlich nicht schlechter fahren als mit jedem anderen.«

»Nicht wahr, so dachte ich auch. Man könnte ja bei Kommerzienrat Fiebelkorn noch Erkundigungen über ihn einziehen. Mit dem müßte ich wohl irgendwie in Verbindung treten, bezüglich des Ankaufs. Aber — du kannst verstehen — gerade, weil ich Herrn von Rautenau kennengelernt habe, möchte ich nicht, daß er weiß, daß ich die Käuferin bin. Es würde ihn vielleicht beschämen.«

Wieder zuckte es um Noras Mund, doch meinte sie ganz sachlich: »Dann müßtest du das Gut durch einen Vertreter kaufen lassen.«

»Ganz recht. Ich dachte, vielleicht könnte mir der junge Fiebelkorn in dieser Angelegenheit nützlich sein. Ich traf ihn heute morgen auf einem Spaziergang, und da kam mir der Gedanke, ob man sich seiner nicht bedienen sollte.«

Ruth verriet nicht, was ihr Fredi Fiebelkorn in bezug auf Susanna Hell anvertraut hatte, es war nicht ihr Geheimnis, und sie war sehr verschwiegen und taktvoll.

»Fredi Fiebelkorn? Sollte er die geeignete Mittelsperson sein? Er macht einen wenig begabten Eindruck.«

»Darin täuscht du dich, Nora, er ist nur sehr verlegen, aber ich halte ihn für einen klugen und auch gewissenhaften Menschen. Ich hatte mir das so gedacht: Ich spreche mit Fredi Fiebelkorn und sage ihm, daß du schon lange die Absicht hättest, Grundbesitz zu erwerben, daß du aber nicht möchtest, daß davon in der Öffentlichkeit gesprochen wird. Ich hatte

Gelegenheit, Fredi Fiebelkorn eine kleine Gefälligkeit zu erweisen, und ich glaube, er ist mir sehr ergeben und wird mir gern behilflich sein. Wenn ich ihm vorstelle, wie unangenehm es dir wäre, wenn darüber gesprochen würde, dann wird er gewiß schweigen. Er kann dann alles in die Wege leiten, vor allen Dingen feststellen, ob Rautenau wirklich verkauft oder versteigert werden muß, und dann alles Weitere für uns erledigen. Ihm gegenüber gebe ich also dich als Käuferin aus, während wir vielleicht Herrn von Rautenau und der Öffentlichkeit gegenüber eine Mittelsperson als Käufer ausgeben. Das werde ich mit Fredi Fiebelkorn morgen besprechen, ich habe ihn schon gebeten, uns morgen in einer geschäftlichen Angelegenheit aufzusuchen.«

Nora nickte.

»Nun gut, es wird sich schon alles einrichten lassen. Vielleicht könnte dir auch Georg irgendwie behilflich sein.«

»Als ich heute mittag mit Fredi Fiebelkorn darüber sprach, wußte ich nicht, daß Georg heute schon dein Verlobter sein würde. Und dann möchte ich Georg auch nicht belästigen, er hat sicher genug mit seinen eigenen Geschäften zu tun. Außerdem sind Männer immer unerhört gründlich und weitschweifig in solchen Sachen, Georg würde vielleicht, um mir besonders gut zu dienen, allerhand andere Gutskäufe vorschlagen, würde erst genau ergründen wollen, welcher Kauf der günstigste sein würde, und − ich weiß nicht − ich ...«

»Ich verstehe schon, Ruth, dir liegt eben nur etwas an Rautenau, weil, nun ja − weil du an Herrn von Rautenau ein gutes Werk tun willst, ohne daß er es

118

ahnt. Es soll vielmehr aussehen, als erwiese er dir, beziehungsweise dem Käufer einen Dienst, wenn er die Verwaltung von Rautenau übernimmt?«

Ruth merkte nicht das leise Spottlächeln Noras. Sie nickte nur lebhaft.

»So ist es, Nora, du verstehst mich sehr gut. Also du gestattest mir, daß ich dich auch jetzt wieder als Erbin vorschütze?«

Nora lachte.

»Selbstverständlich, Ruth! Mir ist es ganz lieb, wenn ich verläufig noch im Mund der Leute als Erbin gelte, es hat viele Annehmlichkeiten, wenn man dabei nicht in Gefahr kommt, nur seines Geldes wegen begehrt zu werden.«

Ruth sah mit großen Augen vor sich hin.

»Das ist tatsächlich eine Gefahr, Nora. Ich bin dir sehr dankbar, daß du sie von mir abgewendet hast. Von diesem Standpunkt aus hatte ich unseren Rollentausch noch gar nicht betrachtet. Wenn man das tut, ist es wirklich wichtig, nicht für reich zu gelten.«

Nora sah die Schwester mit einem spitzbübischen Lächeln an.

»Mir scheint, seit ich mich verlobt habe, beginnst auch du an eine Heirat zu denken.«

Als habe Nora ihre geheimsten Gedanken bloßgelegt, so wurde Ruth dunkelrot und verlegen.

»Ich spreche doch nur so im allgemeinen. Also, wenn ich deiner bedarf, kann ich auf dich rechnen?«

»Selbstverständlich. Ich bin ja froh, dir auch mal einen Dienst erweisen zu können. Du hast so viel für mich getan, Ruth. Ich bin dir aufrichtig dankbar.«

Und mit einem warmen Gefühl umarmte Nora die Schwester. Ruth küßte sie herzlich.

»Ich werde auch immer bereit sein, für dich einzutreten. Georg wird mir das freilich jetzt streitig machen.«

Nora lachte.

»Nur keine Angst, auch der beste Ehemann hat mal eine Stunde, wo er nicht gern den Geldbeutel zieht, dann werde ich mich vertrauensvoll an dich wenden.«

»Das sollst du tun, meine Nora. Und nun wollen wir zur Ruhe gehen, daß du morgen frisch bist als junge Braut.«

Die Schwestern begaben sich zur Ruhe.

Ruth lag noch lange wach, sah mit großen Augen ins Dunkel – und dachte an Arnold von Rautenau. Sein anziehendes Gesicht stand ganz deutlich vor ihr, sie sah seine strahlenden Augen vor sich, den schmallippigen, ausdrucksvollen Mund, hörte im Geist seine Beichte noch einmal, und das Herz klopfte ihr unruhig, als sie sich jedes seiner Worte überlegte. Hatte er wirklich alle diese Worte zu ihr gesprochen? War es Einbildung von ihr gewesen, als sie aus diesen Worten herauszuhören gemeint hatte, daß sie einen tiefen Eindruck auf ihn gemacht hatte, einen so tiefen Eindruck, daß er Noras sieghafte Schönheit darüber vergaß und lieber wieder in Not und Sorge zurückging, als eine Frau zu heiraten, die er nicht liebte?

Auch an Noras Worte mußte sie denken: ›Das wäre eigentlich ein Mann für dich!‹ und ›Man hätte ihm verraten sollen, daß du die Erbin bist‹.

Sie schauerte zusammen. Nein, um Gottes willen, nein, nicht um alles in der Welt durfte er erfahren, daß sie die Erbin war. Sonst – wenn er wirklich kommen und um sie werben würde, weil ihre Besitzlosigkeit nicht mehr trennend zwischen ihnen stand, das würde ihr furchtbar sein.

Aber in Not und Elend sollte dieser Mann nicht verkommen, wenn sie es verhindern konnte. Und das konnte sie, wenn sie es nur klug genug anfangen würde. Fredi Fiebelkorn mußte ihr helfen, so wie sie ihm helfen würde, sich seine kleine Studentin zu erobern.

Ein Lächeln huschte um ihren Mund, ein gütiges, verstehendes Lächeln.

Die kleine Susanna — wie glücklich würde sie sein, wenn sie nicht mehr jeden Pfennig zehnmal herumdrehen mußte, wenn sie vielleicht gar ihren Angehörigen irgendwie helfen konnte. Das wird sie so sehr mit Dankbarkeit erfüllen, daß sie schon deshalb Fredi Fiebelkorn lieben würde.

Und lächelnd schlief sie ein.

IX

Arnold von Rautenau war von der Villa Rupertus aus sogleich zu Kommerzienrat Fiebelkorn gefahren, um ihn um eine Unterredung zu bitten. Der Kommerzienrat empfing ihn sofort.

»Nun, mein lieber Herr von Rautenau, was verschafft mir die Ehre?«

Arnold zog seine Brieftasche hervor und legte neun Tausendmarkscheine vor sich hin.

»Das Geld will ich Ihnen zurückbringen, Herr Kommerzienrat. Den zehnten Tausender habe ich trotz aller Sparsamkeit schon fast aufgebraucht, ich hatte einige notwendige Anschaffungen zu machen.

Aber nun soll kein Pfennig von diesem mir großmütig überlassenen Geld mehr verbraucht werden. Bitte, nehmen Sie es zurück.«

Erstaunt sah ihn der Kommerzienrat an.

»Aber warum denn?«

»Weil ich es nicht für den Zweck ausgeben kann, zu dem Sie es mir übergaben. Ich kehre heute noch nach Rautenau zurück und erwarte dort Ihre weiteren Maßnahmen.«

»Aber nun sagen Sie mir doch, was geschehen ist, daß Sie plötzlich das Hasenpanier ergreifen wollen? Ich glaubte, es sei alles in schönster Ordnung. Sie haben doch gestern abend auf Tod und Leben mit der schönen Nora Rupertus geflirtet, und es war nicht zu verkennen, daß Sie den größten Eindruck auf sie gemacht haben.«

»Das verhüte der Himmel! Ich schäme mir schon ohnedies die Augen aus dem Kopf, daß ich ein so unehrliches Spiel mit der jungen Dame getrieben habe. Kurz und gut, ich kann nicht tun, was Sie von mir verlangen, ich kann nicht um diese reiche Erbin werben, nicht um alle Schätze der Welt.«

»Sie waren aber doch gestern noch dazu entschlossen. Was hat Ihren Sinn gewandelt?«

»Ich will es Ihnen ehrlich bekennen. Sehr wohl war mir schon vorher nicht bei der ganzen Angelegenheit, geschämt habe ich mich von Anfang an, seit ich mich zu dieser Werbung entschlossen hatte. Es ist ein schändliches Gefühl, wenn ein Mann um Geld freien soll. Aber ich stürzte mich sozusagen mit geschlossenen Augen in dies Unternehmen, schon um Ihnen zu Ihrem Geld zu verhelfen. Aber da ist dann heute morgen ein großes Unglück geschehen — in meiner Lage ist es wenigstens ein Unglück, was für andere Leute vielleicht das Gegenteil bedeutet.«

»Was denn für ein Unglück?«

»Ich habe mich verliebt! Nein − nicht verliebt, ich habe mein ganzes Herz verloren, rettungslos, auf den ersten Blick, an eine junge Dame, die ebenso arm ist wie ich und die mir mit ehrlichen Augen so bis in mein innerstes Herz geleuchtet hat, daß ich unmöglich eine andere Frau heiraten kann. Ich werde natürlich auch diese geliebte, arme Frau nicht heiraten, weil ein Mann in meinen Verhältnissen kaum für sich sorgen kann, viel weniger für eine Familie.«

»Aber mein lieber Herr von Rautenau ...«

»Nein, nein, Sie brauchen nichts zu sagen, ich weiß selbst sehr wohl, daß ich mir den Luxus, mich in eine arme Frau zu verlieben, nicht leisten kann. Aber ich habe ihn mir trotzdem geleistet. Und damit ist Ihr schöner Plan zu Wasser geworden. Es tut mir leid, Sie so zu enttäuschen, aber es kann kein Mensch aus seiner eigenen Haut heraus. Diese Liebe auf den ersten Blick ...«

»Wird in zwei, drei Tagen überwunden sein, Herr von Rautenau, seien Sie doch vernünftig.«

»Nein, da kennen Sie mich schlecht. Nie werde ich dieses liebe, holde Geschöpf vergessen. Aber ich wußte, daß mir nichts half, als schleunige Flucht. Ich darf sie nicht wiedersehen, sie muß so schnell aus meinem Leben verschwinden, wie sie hineingekommen ist. Aber − vergessen werde ich sie nie, das weiß ich. Was wir Rautenaus einmal ins Herz geschlossen haben, das bleibt für alle Zeit darin verankert. Und nun bitte ich Sie nur noch, lassen Sie mich ohne Groll ziehen − und beschließen Sie mit den anderen Gläubigern, was aus Rautenau werden soll. Vielleicht finden Sie doch einen Käufer, der Sie zu Ihrem Geld kommen läßt. Ich will so lange, bis das geschehen ist, in Rautenau wirtschaften, so gut es geht, damit es nicht noch mehr herunterkommt. Hunderttausend Mark muß der Käufer ohne den Kaufpreis mindestens noch hineinstecken, damit es wieder flottgemacht wird. Wenn der neue Besitzer nicht die verwünschten Hypothekenzinsen zu zahlen hat und erst mal was in den Betrieb hineinsteckt, dann kommt es schon wieder hoch. Es ist ja ein ertragreicher Besitz, guter Boden, der nur bekommen muß, was er braucht, um gute Ernten zu bringen.

Also – Gott befohlen, Herr Kommerzienrat. Und wenn Sie vielleicht etwas hören sollten, wie und wo ein Mann gebraucht wird, der zwei starke Arme, einen klugen Kopf und den redlichen Willen hat zu arbeiten, dann denken Sie an mich, ich will es Ihnen ewig danken. Sonst muß ich über den großen Teich und dort untertauchen. Ohne Verbindungen bekommt man ja in Deutschland jetzt doch keine annehmbare Stelle. Drüben will ich ja, wenn es sein muß, Straßen kehren, aber hier in Deutschland nicht.«

Der Kommerzienrat sah ihn halb zornig, halb betreten an. Es war doch schade um diesen Prachtkerl. Aber vorläufig war er noch zu ärgerlich, um daran zu denken, wie er ihm eine Stelle verschaffen konnte. So ein bodenloser Unsinn von ihm, sich in ein armes Mädel zu verlieben, wo er eine reiche Frau bekommen konnte. Aber eigentlich war er ein verwünscht anständiger Mensch – böse konnte man ihm nicht sein.

»Dann ist es freilich wohl das beste, sie gehen vorläufig nach Rautenau zurück. Anständig von Ihnen, daß Sie mir das Geld zurückbringen. Ein anderer an Ihrer Stelle hätte es nicht wieder herausgerückt. Aber ohne Geld ist Berlin ein heißes Pflaster, da sind Sie in Rautenau besser aufgehoben. Ich werde mich dann mit den anderen Gläubigern in Verbindung setzen, und wir müssen sehen, einen Käufer für Rautenau zu finden, damit wir wieder zu unserem Geld kommen.«

»Zürnen Sie mir nicht, Herr Kommerzienrat. Ich erwarte also dann Ihre Entschließungen.«

Der alte Herr sah ihn an wie ein bissiger Hofhund. »Das ist ja das Unglück, daß man Ihnen nicht mal böse sein kann. Also Gott befohlen! Ich bin jetzt sehr verärgert, hatte mir das so schön gedacht — und da gehen Sie hin und verlieben sich über Hals und Kopf in ein armes Mädel. Hätten doch Ihr Herz ebensogut an ein reiches verlieren können.«

Arnold mußte ein wenig lachen.

»Gleich und gleich gesellt sich gern, Herr Kommerzienrat. Und das tollste ist, daß ich auch noch ganz unvernünftig glücklich bin, weil ich diesem geliebten Mädel begegnete.«

Bekümmert schüttelte der Kommerzienrat den Kopf.

»Das ist wirklich unerhört! Scheren Sie sich nach Hause! Ich bin wirklich sehr verdrießlich.«

»Ich hoffe, das wird sich wieder ändern. Leben Sie wohl, Herr Kommerzienrat. Und vielen Dank für Ihren guten Willen; ich glaube, Sie haben es gut mit mir gemeint, obwohl Sie dabei auf Ihren Vorteil bedacht waren.«

»Zum Kuckuck, ja, ich habe es gut gemeint. Deshalb ärgert mich ja die ganze Sache so sehr. Leben Sie so wohl, wie Sie können!«

Er reichte Arnold nun doch mit einem kräftigen Druck die Hand, dieser erwiderte den Händedruck und verließ den alten Herrn. Draußen atmete er tief auf. Gottlob, das war überstanden! Nun ins Hotel, den Koffer gepackt, die Rechnung bezahlt, und dann auf nach Rautenau!

Dies führte er auch aus. Und als er wieder im Zug saß und nach Rautenau zurückfuhr, lag er mit geschlossenen Augen in der Ecke seines Abteils und rief sich das reizende Gesicht Ruths vor sein geistiges Auge. Ach, was hatte sie für liebe, schöne Augen, für herrliches, seidenglänzendes Blondhaar, für eine weiße, wundervolle Haut! Lieber Gott, daß du so etwas Schönes und Liebes geschaffen hast! Man kann nicht auch noch verlangen, daß du es für einen selbst geschaffen hast, das wäre vermessen, dachte er.

Aber er hätte brennend gern gewußt, wie Ruth Rupertus über ihn dachte und ob sie ihn schnell vergessen würde.

Fredi Fiebelkorn hatte seinen Vater ziemlich gründlich ausgeforscht, was Herr von Rautenau von ihm gewollt hatte. Er hatte diesen nämlich gesehen, als er das Haus seines Vaters verlassen hatte. In seinem Ärger schwatzte der alte Herr alles aus, verriet seinem Sohn, was für einen herrlichen Plan er mit Arnold gehabt, und wie dieser ihn umgestoßen hatte.

»Verliebt sich einfach Hals über Kopf auf den ersten Blick in ein junges Mädel, das selber nichts hat, und ich sitze nun da mit meiner Hypothek von vierhunderttausend Mark und verschiedene andere Gläubiger mit etwa einer Viertelmillion. Es ist zum Auswachsen!«

Fredi suchte sich die Worte seines Vaters möglichst genau zu merken, um sie Ruth wiederholen zu können. Er sagte nicht viel zu den Ausbrüchen seines Vaters, war mit seinen Gedanken nur bei dem Auftrag, den er von Ruth erhalten hatte. Denn er verehrte Ruth sehr, weil sie ihm helfen wollte, und vor allem, weil sie so gut zu Susanna Hell war.

Damit er nichts vergaß, machte er sich Notizen über das, was er von seinem Vater über Herrn von Rautenau gehört hatte. Er wußte nicht, worauf es Ruth besonders ankam, am besten war es also, er berichtete ihr alles, dann würde sie sich schon das für sie Beachtenswerte heraussuchen.

Am nächsten Vormittag machte sich Fredi auf den Weg zur Villa Rupertus. Er pflegte zwar um diese Zeit noch im Kontor seines Vaters tätig zu sein, aber wenn er etwas Besonderes vorhatte, konnte er sich ohne weiteres entfernen.

Fünf Minuten vor zwölf Uhr betrat er das Vestibül der Villa Rupertus. Er bat den herbeieilenden Diener, ihn Fräulein Ruth Rupertus in einer wichtigen geschäftlichen Angelegenheit zu melden. Der Diener begab sich, nachdem er ihn ins Empfangszimmer hatte eintreten lassen, hinauf in das Arbeitszimmer Fräulein Ruths und richtete die Meldung aus. Ruth hatte sie schon erwartet und sah dabei forschend in Susannas Gesicht. Sie sah, daß diese glühendrot wurde, als sie Fredis Namen hörte. Doch wagte Susanna nicht aufzusehen von ihren Büchern. Ruth gab dem Diener Weisung, daß sie sogleich erscheinen werde.

Als sich der Diener entfernt hatte, klappte Ruth das Buch zusammen, in das sich Susanna anscheinend noch vertiefte.

»Schluß für heute, Fräulein Susanna! Es ist ja ohnehin gleich zwölf Uhr. Sie können die Bücher forträumen und warten hier ein wenig. Sie bleiben heute zum zweiten Frühstück, Sie müssen doch meine Schwester zur Verlobung beglückwünschen.«

»Ach, Fräulein Ruth, ich möchte doch heute lieber nicht stören. Wenn nun der Verlobte Ihres Fräulein Schwesters kommen würde.«

»Nun, das wäre doch auch nicht schlimm. Aber er wird erst nachmittags wiederkommen, zum Tee, er war heute morgen sehr zeitig hier, um Noras Zimmer mit Blumen schmücken zu lassen.«

Susanna atmete tief und zitternd auf.

»Wie glücklich muß Ihr Fräulein Schwester sein!«

»Sie ist jedenfalls sehr übermütig und gut gelaunt«, sagte Ruth lächelnd.

»Auf jeden Menschen wirkt das Glück anders. Ich glaube, mich würde es sehr still machen. Aber für ein so armes und unscheinbares Mädchen wie mich gibt es kein Glück.«

Es zuckte um Ruths Mund.

»Das wollen wir doch erst abwarten. Also — Sie bleiben auf jeden Fall zum zweiten Frühstück.«

»Ach, liebes, verehrtes Fräulein Ruth, das kann ich doch nicht schon wieder annehmen.«

»Sie tun ein gutes Werk, Fräulein Susanna. Mit meiner Schwester ist heute kein vernünftiges Wort zu reden, und Herr Fiebelkorn, den ich jedenfalls auch zum zweiten Frühstück werde bitten müssen, ist auch kein guter Gesellschafter.«

Susanna ereiferte sich und ahnte nicht, daß sie in eine geschickt gestellte Falle ging.

»Oh, ich finde ihn sehr nett, Fräulein Ruth, wir

haben uns wundervoll unterhalten, und er spricht sehr anziehend über alles. Nur scheint er ein wenig schüchtern zu sein, was eigentlich doch bewunderswert ist bei einem so reichen, verwöhnten jungen Mann.«

»Er scheint aber doch sehr von sich eingenommen zu sein und sehr gleichgültig in jeder anderen Beziehung.«

»Ach, Fräulein Ruth, es tut mir sehr leid, daß Sie ihn so verkennen. Er ist durchaus nicht gleichgültig, wenn man nur erst seine Schüchternheit überwunden hat. Und von sich eingenommen ist er gewiß nicht, ich wüßte keinen Menschen, der eine bescheidencrc Ansicht von sich hat, als er. Suchen Sie ihn nur ein wenig besser kennenzulernen, er ist so ein guter und liebenswerter Mensch.«

In ihrem Eifer hatte Susanna genug verraten, um Ruth wissen zu lassen, daß auch sie ihm durchaus nicht kühl gegenüberstand. Sie sagte nun einlenkend: »Meinen Sie? Nun, mir wollte gestern, als ich ihn zufällig traf und etwas Geschäftliches mit ihm zu sprechen hatte, allerdings auch scheinen, als sei er wertvoller, als man bei flüchtiger Bekanntschaft annehmen könnte. Sie wissen, ich komme wenig in Gesellschaft. Aber wenn Sie ein so gutes Wort für ihn einlegen, werde ich versuchen, mir ein besseres Urteil über ihn zu bilden. Nun will ich ihn nicht länger warten lassen. Wir haben eine geschäftliche Unterredung, so lange lasse ich Sie allein hier oben. Dann aber werde ich Sie herunterbitten lassen. Sie können ja die Zeit inzwischen zu Ihrer eigenen Arbeit ausnützen.«

»Also wenn Sie durchaus wollen, daß ich bleiben soll, tue ich es natürlich gern. Ich arbeite inzwischen ein wenig vor für morgen.«

»Gut, Fräulein Susanna. Bis nachher!«

Ruth ging in das Empfangszimmer, wo Fredi erwartungsvoll saß. Er begrüßte Ruth artig und sah sie etwas unruhig an. Sie nickte ihm zu.

»Fräulein Hell ist soeben in meinem Arbeitszimmer, wir haben zusammen gelernt. Und was ich jetzt mit Ihnen zu besprechen habe, das muß ohne Zeugen geschehen. Bitte, nehmen Sie doch wieder Platz. Haben Sie vielleicht in Erfahrung gebracht, was Herr von Rautenau gestern mit Ihrem Vater besprochen hat, wenn er überhaupt bei ihm war?«

»Ja, er war bei ihm. Gerade als ich heimkam, sah ich Herrn von Rautenau das Haus verlassen. Und ich fand meinen Vater ziemlich aufgeregt und ärgerlich. Ich will Ihnen auch sagen, warum, obwohl ich sonst nicht über Dinge spreche, die man mir anvertraut.

Also, mein Vater hat eine ziemlich hohe Hypothek auf Rautenau stehen, und der Besitz ist auch sonst sehr hoch belastet, daß es nur eine Frage der Zeit ist, wann Rautenau unter den Hammer kommt. Mein Vater möchte das gern vermeiden, und so hat ihn mein Vater bewogen, zu versuchen, eine reiche Frau zu bekommen. Er hat ihm eine Dame unserer Gesellschaft empfohlen und ihn auf unserem Fest am Dienstag mit ihr bekannt gemacht. Ich — ich weiß nicht, ob ich Ihnen davon sprechen soll, daß es sich um Ihr Fräulein Schwester handelte, mein Vater würde mir sehr böse sein, wüßte er, daß ich dies ausspreche, aber mir scheint doch, daß auch das Ihnen wichtig sein könnte. Kurzum, mein Vater glaubte, es sei alles bestens in die Wege geleitet, er hoffte, daß aus dieser Verbindung, die Herrn von Rautenau retten würde, etwas werden könnte, aber da ist Herr von Rautenau

130

gestern zu ihm gekommen und hat ihm rundheraus erklärt, er könne seinen Plan um keinen Preis verwirklichen. Als mein Vater ihn fragte, warum nicht, hat er geantwortet, die Sache habe ihm von Anfang an nicht zugesagt, aber er habe sich dazu entschlossen, um seinen Gläubigern zu ihrem Geld zu verhelfen. Dann sei ihm aber plötzlich das Unglück geschehen, sich in ein armes Mädchen zu verlieben – nein –, er hat gesagt, daß er auf den ersten Blick sein ganzes Herz an sie verloren habe, und nun sei es ihm ganz unmöglich, eine andere zu heiraten, wenn er auch das geliebte Mädchen nie heimführen könne. Trotz allem sei er aber so unvernünftig glücklich, daß ihm das Schicksal dieses Mädchen in den Weg geführt habe. Und nun sei ihm ganz einerlei, was aus ihm werde. Er werde nach Rautenau zurückgehen und abwarten, was die Gläubiger beschließen würden. Er wolle Rautenau nicht weiter herunterkommen lassen, als nötig sei. Und – ja – das war wohl alles. Nein – er hat meinen Vater noch gefragt, ob er nicht eine Stellung für ihn wisse. Sonst müsse er über den großen Teich. Ohne Beziehungen bekäme er in Deutschland keine Stellung, die er anständigerweise annehmen könne. So, mein gnädiges Fräulein, ich glaube, das ist nun wirklich alles.«

Und Fredi holte tief Atem, so viel hatte er bisher noch nie auf einmal gesprochen.

In Ruths Gesicht war die Farbe gekommen und gegangen, und ihr Herz schlug bis zum Hals hinauf. War sie das Mädchen, dem Arnold von Rautenau auf den ersten Blick sein Herz geschenkt hatte? Sie konnte fast nicht mehr daran zweifeln. Und eine seltsame Unruhe löste diese Erkenntnis in ihr aus. Liebe erweckt Gegenliebe, das war ein alter Spruch. Sollte das auch bei ihr zutreffen? Sollte es möglich sein, daß auch ihr sprödes Herz, das sich noch keinem ergeben hatte, sich in so kurzer Zeit diesem Mann zugeneigt hatte, den sie doch kaum kannte? Freilich, alles, was sie von ihm wußte, nahm sie für ihn ein, und sie hatte immerfort an ihn denken müssen, seit sie ihn gesehen hatte.

Aber sie raffte sich jetzt auf und sagte, sich zu einem Lächeln zwingend: »Ich danke Ihnen herzlich für diesen Bericht, Herr Fiebelkorn.«

»Ist er von einiger Wichtigkeit für Sie gewesen?«

»Ja! Das heißt, die Liebesgeschichte des Herrn von Rautenau berührt mich nicht, und daß er sich meiner Schwester genähert hat, wußte ich schon. Aber meine Schwester — das braucht ja kein Geheimnis mehr sein — hat sich mit Herrn Reinhard verlobt, und die Verlobung soll schon heute durch Karten bekanntgegeben werden. Was mir, oder vielmehr meiner Schwester, in deren Auftrag ich mit Ihnen verhandle, von Belang ist, das ist der Umstand, daß das Rittergut Rautenau verkäuflich ist. Was ich Ihnen jetzt sage, wollen Sie aber streng verschwiegen behandeln, ich schenke Ihnen damit unser vollstes Vertrauen.«

»Das ich mir verdienen werde, mein gnädiges Fräulein.«

»Davon bin ich überzeugt. Also, meine Schwester will einen Teil ihres Vermögens, wie es ihr unser verstorbener Vater geraten hat, in Grundbesitz anlegen. Bisher hatten wir keine Gelegenheit, etwas Günstiges zu finden. Als wir nun zufällig von Herrn von Rautenau hörten, daß seine Besitzung wahrscheinlich verkauft werden muß, ist meine Schwester gleich auf den Gedanken gekommen, Rautenau zu kaufen. Sie weiß ja nun, daß Ihr Herr Vater einer der Hauptgläubiger ist, und daß ein Käufer gesucht wird. Da bin ich nun auf den Gedanken gekommen, mit Ihnen über diese Sache zu verhandeln, damit Sie meiner Schwester gewissermaßen als Vermittler dienen könnten. Wie die Dinge liegen — Sie wissen ja, daß Herr von Rautenau sich um meine Schwester bewerben sollte, und daß er wohl auch schon ein wenig angefangen hatte, ihr den Hof zu machen —, wäre es meiner Schwester sehr unangenehm, wenn Herr von Rautenau erführe, daß sie die Käuferin wäre, verstehen Sie mich?«

Fredi zeigte, daß Susanna Hell nicht ohne Grund für ihn eingetreten war, er sah Ruth verständnisvoll an.

»Gewiß, mein gnädiges Fräulein, das kann ich sehr gut verstehen.«

»Dann werden Sie uns auch helfen, Herr Fiebelkorn.«

»Aber sehr gern, es ist mir eine Auszeichnung, daß Sie sich meiner Hilfe anvertrauen wollen.«

»Gut, nun hören Sie weiter. Es widersteht meiner Schwester sehr, Herrn von Rautenau durch den Kauf gewissermaßen heimatlos zu machen. Außerdem müßte sie jemand haben, der Rautenau bewirtschaften könnte und ein Ehrenmann ist, so daß man ihm vertrauen kann. Was wir von Herrn von Rautenau gehört haben, hat uns die Überzeugung beigebracht, daß er unbedingt ein Ehrenmann ist.«

»Davon können Sie überzeugt sein. Mein Vater, der ihn lange kennt und der heute doch wirklich sehr ärgerlich auf ihn war, rief aus: ›Und das schlimmste ist, daß man diesen Prachtkerl noch bewundern muß wegen seiner vornehmen Gesinnung und seiner Anständigkeit. Man kann ihm nicht böse sein!‹ Sehen

Sie, mein gnädiges Fräulein, wenn mein Vater so etwas von einem Menschen sagt, dann muß er ganz erstklassig in seiner Denkart sein, denn mein Vater ist ein vorzüglicher Menschenkenner. Es würde mich für Herrn von Rautenau sehr freuen, wenn er auf diese Weise aus seiner üblen Lage käme und gar noch gleich eine anständige Stellung bekäme, die seinen Mann nährt. Es ehrt Ihr Fräulein Schwester sehr, daß sie ihm auf diese Weise helfen will, in Rautenau bleiben zu können und einen Wirkungskreis zu bekommen. Und ein guter Landwirt soll er sein, es hat ihm eben nur an dem nötigen Geld gefehlt, Rautenau wieder hochzubringen. Er wird das sicher tun, wenn Ihr Fräulein Schwester ihm die nötigen Mittel zur Verfügung stellt, erst einmal alles in Ordnung zu bringen. Dann wird es mit der Zeit eine ganz lohnende Geldanlage.«

»Daran ist meiner Schwester natürlich gelegen. Haben Sie wohl eine Ahnung, was Rautenau für einen Preis, für einen Wert hat?«

»Das kann ich Ihnen ziemlich genau sagen, da ich mit meinem Vater oft darüber gesprochen habe. Rautenau ist fast bis zur Höhe einer Million belastet, und ich nehme an, daß noch ungefähr hunderttausend Mark, vielleicht auch hundertfünfzigtausend, wenn alles gut instandgesetzt werden soll, hineingesteckt werden müssen. Dann aber ist es gut seine anderthalb Millionen wert und wird sich dementsprechend verzinsen. Herr von Rautenau hat zu hohe Zinsen zahlen müssen, außerdem die erste Hypothek, die mein Vater hat. Und das hat ihn vollends zugrunde gerichtet. Heruntergekommen, wie das Gut war, warf es eine solche Zinsenlast nicht mehr ab. Ich denke aber, daß ich mit gutem Gewissen Ihrem Fräulein Schwester Rautenau als gute und sichere Kapitalanlage empfehlen kann. Daß Sie Rautenau für etwa eine Million kaufen können, nehme ich bestimmt an, ich werde mit meinem Vater darüber sprechen, wenn Sie es wünschen, und die Vermittlung übernehmen.«

»Nun wohl, ich denke, daß meine Schwester einen solchen Betrag anlegen wird. Wir werden nachher bei Tisch — Sie bleiben selbstverständlch heute zum zweiten Frühstück bei uns — mit ihr darüber sprechen. Ich muß Ihnen ganz offen sagen, meine Schwester versteht sehr wenig von Geschäften und überläßt es mir, solche geschäftlichen Angelegenheiten zu ordnen. Ich bin schon jetzt überzeugt, daß sie hier zugreifen wird, wenn ich ihr dazu rate. Aber nun kommt, wie gesagt, der heikle Punkt. Der Name meiner Schwester soll Herrn von Rautenau gegenüber nicht genannt werden. Wie könnten wir das einrichten?«

»Das ist sehr einfach, mein gnädiges Fräulein, man schiebt da einfach einen Mittelsmann vor, auf dessen Namen das Geschäft geregelt wird.«

»Hauptsächlich dürfte auch Herr von Rautenau nicht ahnen, daß meine Schwester es ist, die ihn als Verwalter anstellt.«

»Ganz recht, also müßte er auch durch den Mittelsmann angestellt werden. Aber das alles können Sie ruhig meinem Vater überlassen, der wird Ihnen das alles nach Wunsch ordnen.«

»Meinen Sie?«

»Ganz bestimmt.«

»Und sind Sie auch überzeugt, daß Ihr Herr Vater den Namen meiner Schwester nicht preisgibt?«

Fredi lächelte.

»Mein gnädiges Fräulein, in geschäftlichen Dingen

versteht sich das bei meinem Vater von selbst, da können Sie unbesorgt sein.«

»Und Sie wollen alles Nötige mit Ihrem Vater besprechen?«

»Sehr gern.«

»Wie soll ich Ihnen danken?«

»Danken Sie mir nicht. Ganz abgesehen davon, daß ich Ihnen sehr zu Dank verpflichtet bin, ist ja der Kauf von Rautenau für meinen Vater sehr angenehm. Er kommt aus der ganzen Geschichte heraus, erhält sein Geld zurück und wird auch allerlei Ärger los.«

»Gut, ich rufe Ihnen jetzt Fräulein Hell zur Gesellschaft herunter und werde dann mit meiner Schwester noch einmal alles beraten. Sie entschuldigen uns dann wohl bis zum zweiten Frühstück, an dem auch Fräulein Hell teilnehmen wird. Übrigens – soll ich Ihnen was Nettes verraten?«

Seine Augen strahlten.

»Ich bin Ihnen so dankbar, daß Sie mir zu einem kurzen Alleinsein mit Fräulein Hell verhelfen. Und – was Nettes hört man immer gern.«

»Also, ich habe vorhin, als Sie mir in Fräulein Hells Gegenwart gemeldet wurden, ein wenig auf den Busch geklopft, denn sie wurde bei der Nennung Ihres Namens sehr rot. Ich sprach absichtlich etwas abfällig über Sie, zweifelte an Ihrer Klugheit, nannte Sie gleichgültig und so weiter. Da hätten Sie hören sollen, wie sie für Sie eingetreten ist, sie suchte mich eifrig zu bekehren, wollte mich überzeugen, daß Sie sehr fesselnd über alles zu sprechen wüßten, daß sie sich wundervoll mit Ihnen unterhalten habe, und daß Ihre Bescheidenheit bewundernwert sei bei einem so verwöhnten jungen Herrn. Ich solle Sie nur erst einmal

besser kennenlernen, Sie seien ein guter und liebenswerter Mensch. Vielleicht ist es nicht recht von mir,
daß ich das ausplaudere, denn dadurch hat sie ja verraten, daß sie Ihnen durchaus nicht gleichgültig gegen-
übersteht. Aber da ich Ihre ehrlichen Absichten kenne
und nicht will, daß Sie wieder Hemmungen haben, ist
es doch wohl gut, daß ich es Ihnen gesagt habe.«

Er küßte ihr inbrünstig die Hand.

»Wie lieb und gut von Ihnen. Nun habe ich schon
wieder ein bißchen mehr Mut. Ich danke Ihnen und
werde Ihnen meine Dankbarkeit beweisen dadurch,
daß ich die Sache Ihres Fräulein Schwesters tadellos
führen werde.«

»Gut, Herr Fiebelkorn. Und Sie sagen Ihrem Herrn
Vater auch, daß er Herrn von Rautenau ein anständiges Gehalt aussetzen soll, wie es dem Verwalter eines
so großen Gutes zukommt.«

»Das will ich alles mit Vater besprechen und Ihnen
dann seine Vorschläge überbringen — ich darf doch?«

Sie lachte. »Und möglichst immer zu einer Zeit, in
der Fräulein Hell hier im Haus ist.«

»Sie sind bewundernswert gütig.«

Sie winkte hastig ab.

»Ich habe die kleine Susanna Hell liebgewonnen
und möchte gern dazu helfen, daß sie glücklich wird.«
Er küßte ihr dankbar die Hand.

Ruth klingelte und gebot dem Diener, Fräulein Hell
herunterzurufen. Als Susanna erschien, mit einem ver-
dächtig roten Köpfchen, sagte Ruth, ihre Hand auf
ihren Arm legend: »Liebes Fräulein Susanna, ich habe
notwendig etwas Geschäftliches mit meiner Schwester
zu besprechen, was sich nicht aufschieben läßt. Darf
ich Sie bitten, inzwischen Herrn Fiebelkorn ein wenig

zu unterhalten? Er wird zum zweiten Frühstück bleiben wie Sie.«

Susanna warf einen schüchternen, verlegenen Blick zu Fredi hinüber.

»Natürlich gern, Fräulein Ruth, wenn Herr Fiebelkorn sich mit meiner Gesellschaft begnügen will.«

»Ich müßte Ihnen böse sein, daß Sie das bezweifeln können, mein gnädiges Fräulein«, sagte Fredi und sah sie mit strahlenden Augen an.

Ruth zog sich nun zurück und überließ die beiden jungen Menschen sich selbst. Sie ging in die Zimmer ihrer Schwester, wo diese mit Frau von Werner in Modezeitungen vertieft war. Die meisten Hefte waren schon durchgesehen worden, und Nora hatte sich eifrig Anmerkungen gemacht.

»Also, Nora, ich bin entschlossen, die sich mir bietende günstige Gelegenheit zum Ankauf eines großen Grundbesitzes zu ergreifen. Ich habe alles mit dem jungen Herrn Fiebelkorn besprochen, und er wird die Sache weiter in die Wege leiten. Weil du aber als Käuferin auftreten sollst, mußt du nachher bei Tisch Herrn Fiebelkorn, den ich, wie Fräulein Hell, zum zweiten Frühstück eingeladen habe, erklären, daß ich alles mit dir besprochen habe, daß du mit allem einverstanden und als ernstliche Käuferin für Rautenau in Betracht kommst. Er wird dann alles Weitere in die Wege leiten. Wir brauchen gar nicht in unmittelbare Verbindung mit Herrn von Rautenau zu treten. Ich denke, es wird sich alles nach Wunsch erledigen lassen.«

Nora nickte Ruth zu.

»Schön, Ruth, ich werde wieder einmal mit Nachdruck die reiche Erbin spielen, die mit dem Geld nur so um sich wirft. Was kostet denn so beiläufig Rautenau, damit ich auch darüber im Bild bin?«

»Der Kaufpreis beträgt wahrscheinlich eine Million.«

»Nun, das macht sich ganz großartig, ich werde diese Million mit Grazie ausgeben, wie alles Geld, das du mir schon zur Verfügung gestellt hast. Aber nun sieh mal hier, was ich mir für Kleider ausgesucht habe.«

Ruth wollte Fredi und Susanna so lange wie möglich Zeit lassen und vertiefte sich mit der Schwester und Frau von Werner in die Modezeitungen, bis der Gong zum zweiten Frühstück rief.

Fredi hatte eine eifrige Unterhaltung mit Susanna begonnen und sah ihr dabei ziemlich verräterisch in die Augen. Sie war sehr verlegen, suchte das aber zu verbergen. Er fragte sie zuerst, wie ihr das Fest im Haus seines Vaters bekommen wäre, und sie meinte, es sei ihr sehr gut bekommen, und sie denke noch immer daran wie an ein wunderschönes Märchen, das sie erlebt habe. Er brachte sie dann wieder dazu, ihm von zu Hause zu erzählen, von ihren Eltern, ihren Geschwistern. Und sie tat es in der liebreichen Art, die diese Familie Hell füreinander hatte. Trotz Not und Sorgen sei immer alles licht und hell daheim, weil man sich herzlich liebe. Und sie erzählte ihm davon, daß sie zuweilen träume, sie habe eine recht einträgliche Stellung erhalten und könne ihrem Vater alles wieder ersetzen, was er für ihre Ausbildung ausgegeben habe. Dann würde der Vater dem jüngsten Bruder vielleicht eine Tischlerei einrichten, wenn er ausgelernt habe, er sei sehr geschickt und werde es sicher weit bringen. Und den Schwestern könne er dann auch ein bißchen mehr helfen. Und Mutter müsse ein neues schwarzseidenes Kleid bekommen und so einen schönen warmen Wintermantel, wie sie ihn jetzt habe, und Vater würde sich wieder einmal Zigarren leisten können, damit er nicht mehr Pfeife zu rauchen brauche, was er schlecht vertrage.

Andächtig hörte er zu und überlegte schon, wie er es einrichten könne, all ihren Lieben das Leben etwas leichter zu machen, es würde gewiß bei den bescheidenen Ansprüchen sehr leicht sein.

Mit ganz verklärten Augen sah er in ihr jetzt so reizendes, belebtes Gesicht. Sie war schon etwas voller geworden, weil sie dank Ruths Unterrichtsentschädigung etwas besser leben konnte und auch zuweilen in Villa Rupertus zum Essen eingeladen war.

Aber plötzlich brach Susannas Erzählung ab.

»Ach, Fräulien Ruth wird mich schelten, daß ich Sie so schlecht unterhalte mit meinen eigenen, unwichtigen Angelegenheiten. Ich bitte um Verzeihung, wenn ich Sie damit belästigt habe. Aber das Herz ist mir immer so voll, wenn ich an meine Lieben daheim denke, und da schwatze ich dann drauflos.«

Er faßte ihre Hand, sie saß ihm am Tisch gegenüber.

»Alles war mir wichtig. Und wenn Sie sagen, der Abend im Haus meines Vaters sei Ihnen wie ein Märchen erschienen, so muß ich sagen, alles, was Sie mir von daheim erzählen, klingt mir wie ein Märchen. Ich habe es nicht für möglich gehalten, daß man in so bescheidenen Verhältnissen so zufrieden sein kann, wie Sie es mir schildern. Und Ihre Zukunftswünsche sind so rührend — aus eigener Kraft wollen Sie so weit vorankommen, daß Sie Ihren Lieben helfen können. Haben Sie denn noch nie daran gedacht, daß in der Zukunft ein Mann Ihnen alle Sorgen abnehmen könnte?«

Susanna sah ihn mit einem entsagungsvollen Lächeln an.

»Arme Mädchen bekommen keinen Mann, Herr Fiebelkorn, zumal wenn sie so reizlos sind wie ich.«

Er sah sie fast zornig an.

»Sie reizlos? Das dürfen Sie nicht sagen, da versündigen Sie sich.«

»Ich bin es aber doch«, sagte sie, ehrlich davon überzeugt.

»Nein, das sind Sie nicht. Mit solchen Augen, mit einer so anmutigen schlanken Gestalt, mit so reizenden kleinen Händen und so schönem dunklem Haar ist ein Mädchen nicht reizlos.«

Sie wurde dunkelrot, sah ihn aber dann mit einem eigenartig flehenden Blick an und sagte leise: »So etwas dürfen Sie mir nicht sagen, Herr Fiebelkorn. Wenn ich Ihnen das nun glaubte und eitel würde, das wäre eine schöne Bescherung.«

»Sie dürfen es aber glauben — ich — ich habe noch nie ein Mädchen kennengelernt, das mir so gut gefallen hätte wie Sie.«

Sie erhob sich verwirrt.

»Fräulein Ruth bleibt aber lange.«

Er sah sie traurig an.

»Langweile ich Sie so sehr?«

Erschrocken sah sie in seine traurigen Augen. Sie hob die Hände wie bittend empor.

»Nein, o nein, das dürfen Sie nicht glauben. Sie meinen es ja sicher gut, wenn Sie mir solche Dinge sagen, und wollen mir wahrscheinlich Mut machen, aber ich darf das wirklich nicht anhören. Bitte, lassen Sie uns von etwas anderem sprechen.«

»Nun gut, bitte erzählen Sie mir, was für Studien Sie mit Fräulein Rupertus betreiben.«

Sie begann zu erzählen, kam unwillkürlich ein wenig ins Lehrhafte und berichtete eifrig von Henry II. und seiner Liebe zu Diana von Poitiers. Er lauschte andächtig, und als sie eine Pause machte, sagte er: »Wie klug Sie sind, und wie gut Sie das zu schildern wissen! Am liebsten möchte ich auch kunstgeschichtlichen Unterricht bei Ihnen nehmen. Aber natürlich können Sie keinen Schüler mehr annehmen.«

Sie atmete tief auf und nahm das ganz ernsthaft.

»Leider nicht, es würde mich doch zuviel von meinem eigenen Studium ablenken. Und ich muß fleißig arbeiten, um die Stunden einzuholen, die ich für Fräulein Rupertus freihalte. Denn ich muß unbedingt mit der kürzesten Semesterzahl fertig werden, mein Vater könnte nicht noch länger die Studiengelder für mich bezahlen.«

»Dann muß ich also darauf verzichten. Aber mir ist in diesen Minuten aufgegangen, wie reizvoll Kunstgeschichte sein kann, und — nun — ich werde später einmal Unterricht nehmen, wenn — also später.«

Er hätte am liebsten gesagt: Wenn Sie erst meine Frau sein werden. Aber dazu fehlte ihm doch noch der Mut. Ein wahres Entsetzen packte ihn, wenn er daran dachte, daß sie ihn abweisen könnte. Und so schnell, wie er sich in sie verliebt hatte, würde sie sich nicht in ihn verlieben, er mußte erst eindringlich um sie werben, denn sie war ganz gewiß nicht eins von den Mädchen, die sich um Geld an einen Mann verkaufen. Fräulein Rupertus hatte das ja auch schon angedeutet, und er war überzeugt davon. Also mußte er noch Geduld haben und sich recht viel Mühe geben, ihr zu gefallen. Dazu mußte er möglichst oft mit ihr zusammenkommen, und er war Ruth innig dankbar, daß sie ihm dazu Gelegenheit geben würde.

Die beiden Liebenden schraken zusammen, als der Gong ertönte, und sahen sich wie aus einem Traum erwachend an. Und dann waren sie nicht mehr allein, Frau von Werner erschien mit den beiden Schwestern, und man ging zu Tisch.

Im Lauf der Mahlzeit sagte Nora dann zu Fredi Fiebelkorn: »Meine Schwester hat mir alles berichtet, was Sie in der geschäftlichen Angelegenheit mit ihr besprochen haben. Ich bin mit allem einverstanden und werde Ihnen sehr verbunden sein, wenn Sie die Angelegenheit mit Ihrem Herrn Vater besprechen und uns dann Bescheid bringen. Sie können, falls ich abwesend sein sollte, ruhig alles mit meiner Schwester besprechen, die ohnehin in solchen Dingen alles viel besser versteht. Ich habe in nächster Zeit mit meiner Ausstattung so viel zu tun, daß ich kaum zu etwas anderem kommen werde.«

»Dürfen wir Ihnen schon Glück wünschen zu Ihrer Verlobung?« fragte Susanna schüchtern.

Nora lachte.

»Warum nicht? Unsere Verlobungskarten sind wohl jetzt schon durch meinen Verlobten auf den Weg gebracht worden.«

Susanna und Fredi brachten nun Nora ihre Glückwünsche dar, die diese gut gelaunt in Empfang nahm.

Es wurde dann nicht mehr von dem Kauf von Rautenau gesprochen. Erst sollte Fredi mit seinem Vater sprechen.

X

Als Fredi von diesem Besuch in der Villa Rupertus wieder ins Kontor kam, ohne daß er erst zu Hause gewesen war, rief er gleich seinen Vater in dessen Arbeitszimmer an. Der Kommerzienrat war eben erst in seinem Geschäft angekommen und noch etwas atemlos, als Fredi sich meldete.

»Ich bin es, Vater.«

»So, so! Wo hast du denn gesteckt, warst doch nicht zu Tisch zu Hause, Fredi?«

»Ich hatte eine geschäftliche Abhaltung, Vater.«

»Was denn?«

»Das möchte ich dir sagen. Bist du für mich zu sprechen?«

»Jawohl, komm nur herüber.«

»Sogleich, Vater!«

Fredi hängte ab, ging hinaus und über den langen Flur, bis er am anderen Ende desselben vor dem Privatkontor seines Vaters stand. Er trat ein, und der Kommerzienrat sah ihm, an seinem Schreibtisch sitzend, entgegen.

»Also, was hattest du für geschäftliche Abhaltung, Fredi?«

Dieser lachte seinen Vater so frisch an, wie er es sonst selten tat. Das freute seinen Vater.

»Du siehst ja so vergnügt aus, Junge!«

»Bin ich auch, Vater, weil ich weiß, daß ich dir eine gute Nachricht bringe.«

»Na, dann schieß los, für gute Nachrichten bin ich immer aufnahmefähig.«

»Also – ich glaube, ich kann dir einen Käufer für Rautenau nachweisen.«

Der Kommerzienrat stutzte, sagte aber dann: »Bevor ich nicht das Geld dafür auf dem Tisch liegen sehe, glaube ich nicht daran.«

»Es ist aber eine ganz ernsthafte Sache. Was kostet Rautenau?«

Forschend sah der alte Herr seinen Sohn an, und es fiel ihm wieder auf, daß Fredi sich seit einiger Zeit seltsam verändert hatte. So unternehmungslustig blickten seine Augen. War daran wirklich die kleine Studentin schuld?

»Hm! Da wird wohl eine hübsche runde Million nötig sein, mein Junge. Vierhunderttausend Mark bekomme ich auf die erste Hypothek, die zweite Hypothek beträgt dreihunderttausend Mark, dann sind noch zwei zu hunderttausend Mark abzulösen, macht neunhunderttausend Mark. Außerdem habe ich noch hunderttausend Mark so langsam hineingebuttert, wenn Not am Mann war. Nun kannst du selbst rechnen.«

Fredi sah seinen Vater nachdenklich an. Es regte sich plötzlich in ihm der Geschäftsgeist, den er vom Vater geerbt hatte. Der Anlaß zu dieser Regung war der in ihm erwachte Wunsch, selbst Geld zu besitzen, damit er Susanna Hells Familie helfen konnte und auch etwas unabhängig von seinem Vater war.

»Eine Million bekommt ihr nicht für Rautenau«, sagte er, ruhig wägend.

»Es ist aber gut seine anderthalb Millionen wert, wenn etwa noch ein- bis anderthalb hunderttausend Mark hineingesteckt werden, um den Boden wieder ertragsfähig zu machen und notwendige Bauereien vorzunehmen. In wenigen Jahren ist es dann ohne Übertreibung anderthalb Millionen wert.«

»Nun ja, aber heutzutage findet ihr keinen Käufer, der außer der Million auch noch hunderttausend Mark und mehr flüssig hat.«

»Das ist ja eben der kritische Punkt, mein Junge, deshalb sage ich, daß ich erst das Geld auf dem Tisch liegen sehen muß, ehe ich daran glaube. Wie steht es nun mit dem Käufer, den du zu haben glaubst? Essig, nicht wahr?«

»Nicht Essig, Vater, wenn Ihr jeder zehn vom Hundert nachlaßt, die ich als Vermittler verdienen will.«

Der Kommerzienrat starrte seinen Sohn an, als sei er plötzlich ein fremder Mensch für ihn geworden.

»Was? Du willst Geld verdienen? So ganz selbständig – ohne meine Beihilfe?«

»Ja, Vater, einmal muß man doch anfangen, und dies ist ein günstiges Geschäft für mich. Ich bringe dir einen ernstzunehmenden Käufer, wenn man mir schriftlich zehn Prozent von der Million, die als Kaufpreis gilt, überläßt. Bitte, besprich das mit den anderen Gläubigern so schnell wie möglich, stellt mir den Gutschein aus über zehn vom Hundert der Kaufsumme als Vermittlungsgebühr, und dann werde ich euch den Käufer bringen.«

Der Kommerzienrat sprang auf, sah seinen Sohn mit strahlenden Augen an und umfaßte ihn.

»Goldjunge! Da lacht mir ja mein altes Herz! Nicht nur wegen des Käufers, den du in Aussicht stellst, sondern hauptsächlich deshalb, weil ich plötzlich in dir einen echten Kaufmann erkenne. Weiß Gott, so hat mich noch nichts gefreut! Also, wer ist der Käufer?«

Fredi sah den Vater lachend an.

»Das erfährst du, wenn ich den von allen Gläubigern unterschriebenen Gutschein über meinen Anteil in den Händen habe.«

Dröhnend lachte der Vater auf, drehte seinen Jungen einige Male um sich herum und sank prustend und stöhnend in seinen Sessel zurück.

»Fabelhaft, Fredi, ganz fabelhaft! Anders hätte ich das auch nicht machen können. Aber sag mir wenigstens, ist das wirklich eine ernsthafte Sache? Wirklich ein zahlungsfähiger Käufer?«

»Darauf kannst du dich verlassen, Vater, es geht alles richtig. Also, wenn ihr Rautenau an den Mann bringen wollt, dann entscheidet euch schnell.«

Der alte Herr erhob sich wieder und klopfte seinem Sohn auf den Rücken.

»Was ich für eine Freude habe an deiner Betriebsamkeit, Junge, die ist mir mehr wert als die halbe Million, die ich wieder haben soll. Jetzt zum erstenmal kann ich mit Ruhe daran denken, daß du einmal mein Nachfolger im Geschäft wirst. Mir scheint, es ist ein Wunder an dir geschehen.«

Ernsthaft sah Fredi seinen Vater an.

»Ja, Vater, und dies Wunder hat eine arme kleine Studentin zustande gebracht.«

Es zuckte in den Augen des alten Herrn auf. Er fühlte, daß sein Sohn die Wahrheit sprach, aber irgendwie war ihm diese Wahrheit noch unangenehm, sein Stolz sträubte sich dagegen, daß sein Sohn etwa ernste Absichten auf dieses bescheidene Mädchen haben könne.

Aber er ging jetzt nicht weiter darauf ein und faßte nach dem Fernsprecher.

»Also schnell sollen wir uns entscheiden?«

»Ja, Vater, ich möchte dies Geschäft für dich und mich schnell in Ordnung bringen«, sagte Fredi nachdrücklich.

Der Vater freute sich heimlich dieses Eifers, sagte aber nichts mehr darüber.

Er rief nun die drei anderen Hypothekengläubiger Arnold von Rautenaus an, sagte ihnen, daß unter Umständen ein Käufer für Rautenau vorhanden sei, und sie möchten schnellstens zu einer Besprechung zu ihm kommen. Die Herren sagten zu, sie alle hatten schwere Sorgen um ihr auf Rautenau angelegtes Geld. Bei den heutigen Zeiten, so dachten sie, würden sie Rautenau höchstens für einen sehr geringen Kaufpreis los werden, von dem sicher nur die erste, allerhöchstens noch ein Teil der zweiten Hypothek abgelöst werden könnte.

Nun hatte ihnen der Anruf des Kommerzienrats wieder einigen Mut gemacht, und sie kamen eilends herbei, um Näheres zu hören.

Fredi hatte sich unterdessen mit seinem Vater über andere geschäftliche Dinge unterhalten, und erfreut konnte der Vater auch hier feststellen, daß sein Sohn seinem Unternehmen jetzt mit einem ganz anderen, lebhafteren Anteil als bisher gegenüberstand. Fredi sah gewissermaßen jetzt alle Geschäfte von dem Standpunkt aus an, ob sie imstande sein würden, Susanna Hell, wenn sie erst seine Frau war, das Leben licht und schön zu machen.

Als die anderen Herren eingetroffen waren, wollte ihnen der Kommerzienrat alles erklären, aber mit einer den Vater verblüffenden Selbstverständlichkeit ergriff Fredi das Wort.

»Laß nur, Vater, ich werde den Herren die Sache selbst erklären.«

Und er setzte den Herren auseinander, daß er einen ernsthaften Käufer bringen werde, der sogar bereit sein würde, den vollen Kaufpreis für Rautenau zu bezahlen. Die Herren waren sehr froh und bestürmten Fredi, den Käufer zu bringen. Doch dieser stellte seine Bedingung. Zehn vom Hundert wolle er selbst als Vermittler dabei verdienen, sonst könne er dem Käufer ein anderes passendes Gut annehmbar machen, wo er bestimmt seine Vermittlungsgebühren vom Verkäufer bekommen werde. Er wolle nur seines Vaters wegen zuerst hier sein Angebot machen.

Der Vater staunte und staunte. Fredi machte seine Sache großartig. Susanna Hell wirkte im Hintergrund als treibende Kraft. Und die Angst, daß Fredi seinen kostbaren Käufer für eine andere Sache erwärmen werde, machte die Gläubiger Arnold von Rautenaus sehr willig. Es dauerte nur einige Minuten, bis Fredi seinen Schein in den Händen hatte, von allen Gläubigern, auch von seinem Vater, unterzeichnet.

»Nun muß ich noch bemerken, daß mein Käufer einige Bedingungen stellt«, sagte Fredi, worauf die Gesichter der Herren etwas länger wurden.

»Was für Bedingungen?« fragte Fredis Vater.

»Erstens verlangt mein Käufer, da er Rautenau nicht selbst bewirtschaften kann, daß Herr von Rautenau die Verwaltung des Gutes übernimmt und mindestens auf zehn Jahre abschließt.«

Der Kommerzienrat starrte seinen Sohn immer verblüffter an.

»Das ist ja prachtvoll, Junge! Das freut mich aber sehr. Diese Bedingung wird Herr von Rautenau mit Kußhand erfüllen!«

»Meinen Sie, Herr Kommerzienrat,« fragte einer der Herren.

»Aber selbstverständlich! Herr von Rautenau

wünscht nichts sehnlicher, als eine annehmbare Stellung zu finden, wenn ihm ein anständiges Gehalt gezahlt wird.«

»Über dies Gehalt mit Herrn von Rautenau zu verhandeln, überläßt der Käufer uns. Er selbst ist nicht in der Lage, Rautenau zu bewirtschaften, und ist überzeugt, daß Herr von Rautenau ein zuverlässiger, ehrenhafter Mensch ist.«

»Na selbstverständlich! Einen besseren und zuverlässigeren kann er nicht finden. Und er kennt Rautenau und die Bodenbeschaffenheit und weiß genau, wo es fehlt. Ich muß schon sagen, mein Junge, dieser Punkt nimmt mir einen Stein vom Herzen, wir brauchen Herrn von Rautenau doch nicht heimat- und brotlos zu machen.«

»Es freut mich auch, Vater, und die anderen Herren werden hoffentlich auch darüber froh sein«, sagte Fredi, scharf in die jetzt ziemlich unbeteiligten Gesichter der anderen Gläubiger blickend, für die eben nur in Frage kam, daß sie ihr Geld erhielten. Sein Vater hatte damals die erste Hypothek aus einer Art Freundschaftsgefühl für Arnold von Rautenaus Vater gegeben und sich mit einem bescheidenen Zinsertrag zufrieden erklärt. Die anderen Gläubiger hatten Jahr um Jahr die hohen Zinsen in Empfang genommen, bis Arnold von Rautenau sie einfach nicht mehr bezahlen konnte. Und während der Kommerzienrat sich um dessen Zukunft gesorgt hatte, war es den anderen gleichgültig gewesen, was aus dem jungen Besitzer von Rautenau werden würde. Nun versicherten sie auf Fredis unmittelbare Frage freilich, daß sie sich auch freuten, aber Fredi merkte sehr wohl, daß diese Versicherung nicht aus dem Herzen kam.

»Gut«, sagte er. »Nun kommt die zweite Bedingung. Der Käufer will als solcher ungenannt bleiben. Ich darf Ihnen jetzt nur sagen, daß es sich um eine Dame handelt, die nicht bekannt werden lassen will, daß sie sich mit solchen Geschäften befaßt, und die außerdem mit Herrn von Rautenau persönlich bekannt ist, ihn aber nicht wissen lassen will, daß sie die Käuferin von Rautenau ist. Alles Geschäftliche soll durch mich oder meinen Vater erledigt werden. Du wirst das ja schon machen, lieber Vater, und einen Stellvertreter finden, dem man das nötige Vertrauen entgegenbringen kann?«

Sein Vater hatte gestutzt. In seinen kleinen, klugen Augen blitzte ein Schein des Verständnisses auf. Er sagte aber weiter nichts über die Vermutung, die in ihm aufgeblitzt war, sondern meinte nur ruhig: »Das kann uns ja gleich sein. Wenn die Dame nicht genannt sein will, dann werden wir das schon zu ihrer Zufriedenheit besorgen. Nicht wahr, meine Herren?«

Niemand hatte etwas einzuwenden. Und so war die Angelegenheit jetzt so weit erledigt, daß Fredi Fiebelkorn die weiteren Verhandlungen führen konnte. Er versprach, alles schnellstens zu erledigen, und die Herren entfernten sich.

Als sie das Haus des Kommerzienrates verlassen hatten, standen sie noch eine Weile zusammen und tauschten ihre Meinungen aus. Sie waren alle drei der Ansicht, daß sie der junge Fiebelkorn übers Ohr gehauen hatte, man hätte sich nicht bluffen lassen sollen, denn natürlich hätte er den Käufer oder die Käuferin auch herbeigebracht, ohne den ansehnlichen Gewinnanteil zu erhalten, eben, weil sein Vater doch mit der Hauptsumme beteiligt war. Aber diese

Erkenntnis kam nun zu spät, man hatte den Gutschein unterschrieben, und der eine von ihnen sagte achselzuckend: »Was wollen Sie, meine Herren, er schafft uns einen Käufer, der die volle Kaufsumme zahlt. Wir hätten Rautenau auch billiger weggegeben, wenn wir ein Angebot bekommen hätten. So büßen wir schließlich nur zehn vom Hundert ein, während wir auf andere Weise vielleicht zwanzig bis vierzig vom Hundert hätten verlieren müssen.«

Und mit dieser Einsicht gingen sie getröstet davon.

Als Vater und Sohn oben allein waren, nahm der alte Herr Fredi in seine Arme.

»Ich bin ganz stolz auf dich, Fredi, fabelhaft hast du die Verhandlung geführt, ich hätte es selbst nicht besser tun können. Und deinen Vater kannst du natürlich doch nicht hinter das Licht führen — ich weiß, wer die ungenannte Käuferin ist: Fräulein Nora Rupertus! Mir scheint, sie hat doch mehr Feuer gefangen bei Arnold von Rautenau, und deshalb will sie ihm zu einer Stellung verhelfen. Sie hofft vielleicht, sich ihn auf diese Weise doch noch zu erobern, und wer weiß — vielleicht gelingt es ihr doch. Na, was sagst du zu dem Scharfsinn deines Vaters?«

Fredi lachte.

»Dir kann ich ja zugestehen, daß Nora Rupertus Rautenau kaufen will. Du mußt ihren Namen doch erfahren, wenn du den Verkauf abschließt, obwohl du einen Vertreter stellen sollst. Was aber deine Ansicht über die Beweggründe betrifft, so gehst du gewaltig irre. Sie will nur nicht das Gefühl haben, daß sie den früheren Besitzer heimatlos macht, das würde ihr diesen Besitz vergällen. Sie will ihn auf zehn Jahre verpflichten. Außerdem hält sie ihn eben wirklich für einen zuverlässigen Mann, in welcher Ansicht ich sie nach gutem Willen kräftig bestärkt habe, und da sie einen tüchtigen Verwalter für das Gut braucht, ist sie auf ihn verfallen.«

Der alte Herr machte ein schlaues Gesicht.

»Das hat sie dir weismachen können, mein guter Junge, lehre mich die Frauen kennen. Ich habe doch gemerkt, wie heftig sie Feuer gefangen hatte an unserem Festabend. Sie will das natürlich nur nicht zugestehen. Aber mich macht sie nicht dumm!«

Wieder lachte Fredi.

»Diesmal bist du aber wirklich auf dem Holzweg, Vater. Warte nur, bis die Abendpost oder die nächste Morgenpost kommt, dann wirst du das einsehen.«

»Was soll das heißen?«

»Nein, nein, ich verrate nichts, freue mich aber auf die Überraschung. Und nun wollen wir alles Nähere vereinbaren, Vater. Willst du an Herrn von Rautenau schreiben und ihn fragen, ob er den Posten annimmt?«

»Na, und ob er ihn annehmen wird! Mit Vergnügen. Das mußt du schon mir überlassen, ihm das mitzuteilen, ich freue mich, daß der Prachtkerl gut untergebracht ist. Du mußt natürlich Fräulein Nora Rupertus mitteilen, daß sie noch eine größere Summe in die Sache hineinstecken muß, um Rautenau wieder in Blüte zu bringen.«

»Habe ich ihr bereits gesagt, und sie ist mit allem einverstanden. Ich habe allerdings die ganze Verhandlung mit Fräulein Ruth Rupertus geführt, die in geschäftlichen Dingen besser Bescheid weiß und anscheinend alle Geschäfte für ihre Schwester führt. Sie hat mir übrigens auch ans Herz gelegt, daß wir

Herrn von Rautenau ein anständiges Gehalt anbieten sollen, es soll da keineswegs geknausert werden.«

»Das freut mich um so mehr. Der Prachtkerl kommt da mit einem Schlag aus aller Not heraus, ohne daß er sich an eine reiche Frau verschachern muß. Und ein zehnjähriger Vertrag auf dieser Grundlage, das ist schon eine Sache. Er wird da sicher eine ganz unabhängige Stellung haben. Weißt du was, ich fahre selber nach Rautenau — seine Freude muß ich sehen.«

»Es ist gut, Vater.«

»Aber, da fällt mir ein — wenn er nun auch nicht durch uns erfährt, wer die Käuferin von Rautenau ist, wie will sie denn das vertuschen, wenn sie mal in Rautenau Aufenthalt nehmen will?«

»Das scheint gar nicht ihre Absicht zu sein, sie will nur, wie es ihr Vater ihr geraten hat, einen Teil ihres Vermögens in Grundbesitz anlegen.«

»Hm! Wenn das also nur ein Teil ihres Vermögens ist, dann muß sie reicher sein, als ich annahm. Denn sie besitzt doch noch den Hauptanteil der Aktien der Kennedy-Aktiengesellschaft. Das ist schon eine Sache für sich, ganz abgesehen von der prächtigen Villa und so weiter.«

»Ja, sie scheint wirklich sehr vermögend zu sein.«

»Aber nun möchte ich mal wissen, mein Junge, wie sie gerade darauf gekommen ist, dich mit diesem Geschäft zu betrauen?«

Fredi schoß klug abermals eine Bresche in den von ihm nur geahnten heimlichen Widerstand seines Vaters gegen den Einfluß Susannas an ihn.

»Das verdanke ich auch der kleinen Studentin, Vater.«

Der sah ihn verblüfft an.

»Wieso denn?«

»Nun, Fräulein Hell hat Fräulein Ruth Rupertus, der sie doch Unterricht in der französischen Kunstgeschichte gibt, so viel von meiner Klugheit und Vertrauenswürdigkeit erzählt, daß Fräulein Ruth mich ihrer Schwester empfohlen hat. Eigentlich käme also der Gewinnanteil an diesem Geschäft mindestens zur Hälfte Fräulein Hell zu. Aber ich glaube, sie würde sie glatt zurückweisen, so arm sie auch ist. Ich muß da mal sehen, wie ich ihr meine Dankbarkeit auf andere Weise bezeugen kann. Denn schließlich, alter Herr, rettet sie dir auf diese Weise auch eine schöne Summe.«

Der Kommerzienrat strich sich über die Stirn, als sei ihm zu heiß.

»Na, na, nur nicht zu rasch mit den jungen Pferden, Fredi!«

»Doch, Vater, es ist doch so. Aber sei nur nicht bange, ich werde Fräulien Hell schon angemessen entschädigen.«

Etwas unsicher und mißtrauisch sah der Kommerzienrat seinen Sohn an.

»Bleib nur mit der Kirche im Dorf.«

»Keine Angst, Vater, ich — ich weiß schon, was ich will!«

Nun mußte der alte Herr doch wieder seiner Freude Ausdruck geben über die so schnell erwachte Entschiedenheit seines Sohnes. Er klopfte ihm auf die Schultern, und dann sagte er, ein bißchen die Fühler ausstreckend: »Na ja, man kann ja der kleinen Studentin irgendwie seine Dankbarkeit bezeigen. Aber nun muß ich dich entlassen, ich habe noch andere dringende Geschäfte zu erledigen.«

155

»Es ist gut, Vater. Aber — was ich noch sagen wollte: Willst du mich in Zukunft nicht etwas mehr auch in wichtigere Geschäfte einführen als bisher? Ich verspreche dir, so zuverlässig und tüchtig zu sein, daß du mir in jeder Beziehung vertrauen kannst. Ich weiß, daß ich mich bisher nicht ausgezeichnet habe. Aber das soll jetzt anders werden. Mit einemmal ist mir sozusagen der Knoten geplatzt, Vater, und das Verständnis ist mir aufgegangen. Ich begreife jetzt plötzlich, was du immer mit Geschäftssinn bezeichnest, und die Lust, Geld zu verdienen, ist in mir wach geworden.«

Der alte Herr staunte seinen Sohn wie ein Wunder an und sagte ganz gerührt: »Wie ich mich darüber freue, Fredi, kann ich dir gar nicht sagen. Ich werde deinen Wunsch mit Freuden erfüllen, und wenn du dich weiter so bewährst, wie in den letzten Tagen, dann sollst du bald Prokura erhalten.«

In Fredis Augen blitzte es auf. Er drückte seinem Vater stumm die Hand und ging schnell hinaus.

Sein Vater sah ihm versonnen nach.

›Solche Wunder vollbringt doch nur die Liebe. Mir scheint, mein guter Fredi hat sich tüchtig angebrannt bei dem kleinen Mädchen. Es braucht ja deshalb nicht gleich geheiratet zu werden. So töricht wird sie ja nicht sein, zu glauben, daß ich zu einer Heirat meine Einwilligung geben würde. Man kann ihr aber später unter der Begründung, daß sie uns dieses Geschäft durch ihre Empfehlung vermittelt hat, eine Abfindung geben. Diese erste Liebe meines Sohnes wird ja nicht ewig dauern, und er hat spät genug angefangen, sich um die holde Weiblichkeit zu kümmern. Man muß ihn gewähren lassen. Immerhin hat diese Liebe ihn zu

einem ganz anderen Menschen gemacht, dafür muß
ich der kleinen Studentin dankbar sein.‹

So sagte der alte Herr zu sich selbst, ahnungslos,
daß Fredi an nichts ernsthafter dachte, als Susanna
Hell zu seiner Frau zu machen.

Fredi war jedenfalls selig, daß er zunächst einmal
eine ansehnliche Summe verdienen würde und damit
Susanna später manche Freude bereiten konnte. Bei
allem dachte er nur an sie.

XI

Am anderen Morgen erhielt der Kommerzienrat die
Verlobungsanzeige von Nora Rupertus mit Georg
Reinhard. Und nun gingen all seine schlauen Vermu-
tungen in die Brüche. Wenn Nora Rupertus sich mit
Georg Reinhard verlobt hatte, dann hätten doch
Arnold von Rautenaus Bemühungen gar keinen
Zweck gehabt. Und er hätte doch an dem Festabend in
seinem Haus Gift darauf genommen, daß Nora und
Arnold sich ineinander verliebt hatten.

Er schob seiner Frau die Verlobungsanzeige zu, die
sich nach Frauenart sehr dafür begeisterte, und fragte
dann seinen Sohn: »Du wußtest also um diese Verlobung, Fredi?«

Dieser sah ihn lachend an.

»Ja, Vater, ich sagte dir doch schon, du solltest auf
die Post warten.«

»Da ist mir nur schleierhaft, weshalb Nora Rupertus den Ankauf von Rautenau nicht durch ihren Verlobten vornehmen läßt?«

157

»Diese Frage legte ich gestern Fräulein Ruth Rupertus vor, und diese sagte mir, ihre Schwester wolle auch in Zukunft alle ihre Geldgeschäfte von denen ihres künftigen Gatten getrennt halten, da er ohnedies zu sehr von seinen Geschäften in Anspruch genommen sei.«

»Allerdings, die Firma Reinhard ist ein großes Unternehmen. Und uns kann es ja schließlich gleich sein. Also ich fahre jetzt gleich los, um alles mit Herrn von Rautenau zu besprechen. Du kannst dafür sorgen, daß eine hübsche Blumenspende mit unseren Glückwünschen an die junge Braut geschickt wird.«

»Das soll geschehen, Vater, ich werde auch selbst nach der Villa Rupertus gehen und Bescheid bringen, daß du persönlich mit Herrn von Rautenau verhandeln wirst.«

»Gut, tue das.«

Der Kommerzienrat ließ seinen Mercedes vorfahren und fuhr wenige Minuten später davon. Als er etwa drei Stunden später in Rautenau ankam, mußte Arnold von Rautenau aus den Ställen geholt werden, wo er nach dem Rechten sah. Halb erstaunt, halb unruhig sah er den Kommerzienrat an, als er ihm gegenübertrat.

»Womit kann ich dienen, Herr Kommerzienrat?«

»Das läßt sich nicht in drei Worten sagen. Ich komme, um Ihnen eine gute Nachricht zu bringen.«

Etwas zweifelnd sah Arnold, dessen Gesicht besonders ernst war, ihn an.

»Ich habe verlernt, an gute Nachrichten zu glauben.«

»Na, dann lernen Sie es eben wieder. Aber erst muß ich einen Happen essen, und vielleicht kann ich ein

158

Glas Grog oder Glühwein bekommen. Es war verwünscht kühl auf der Fahrt, und es ist schon kalt auf dem freien Land.«

Arnold gab Befehl, den gewünschten Imbiß zu bringen, und während der Kommerzienrat aß, fragte er, Arnold mit einem seltsam verlegenen Blick ansehend: »Haben Sie heute in der Frühe eine Verlobungsanzeige bekommen?«

Verwundert sah ihn Arnold an.

»Nein! Wer hat sich denn verlobt?«

»Fräulein Rupertus!«

Einen Augenblick wurde Arnold blaß, für ihn und seine Gedanken gab es ja jetzt nur noch ein Fräulein Rupertus, nämlich Ruth, der sein Herz gehörte. Aber er nahm sich zusammen, so daß der Kommerzienrat ihm nichts anmerkte.

»So, Fräulein Rupertus? Welche von den Schwestern meinen Sie denn?«

»Nun, natürlich Nora, das müssen Sie doch schon an meiner Verlegenheit merken. Da hätte ich Sie schön aufs Glatteis geführt, wenn Sie auf meinen Rat gehört hätten.«

Arnold lachte befreit und herzlich auf.

»Ach — gottlob!«

»Wieso gottlob?«

»Nun — daß ich nun nicht daran schuld bin, daß nichts aus der Geschichte geworden ist. Ein Stein ist mir vom Herzen gefallen, ich kam mir ganz schuldbewußt vor, daß ich eine Gelegenheit versäumt hatte, Ihnen zu Ihrem Geld zu verhelfen.«

»So, das hat Ihnen wenigstens leid getan?«

»Sehr!«

»Na, dann werden Sie sich freuen, wenn ich Ihnen

meine gute Nachricht auskrame – für Rautenau hat sich ein Käufer gefunden.«

Arnold von Rautenau wurde sehr blaß, das merkte man trotz seiner gebräunten Haut.

»So? Also ein Käufer! Dann – nun ja –, dann werde ich wohl bald mein Bündel schnüren können. Als ehrlicher Kerl müßte ich mich eigentlich freuen, daß Sie nun zu Ihrem Geld kommen – aber, weiß Gott, ich kann's nicht, jetzt noch nicht. Es tut doch sehr weh, daß einem die Heimat verschlossen wird, als wenn sie einem nie gehört hätte.«

»So warten Sie doch ab, Mann, sehen Sie nicht so erbärmlich drein. Das gute an dieser Nachricht kommt ja erst – Sie sollen durchaus nicht fort, der Käufer stellt sogar die Bedingung, daß Sie bleiben und die Verwaltung übernehmen, weil er Rautenau nicht selbst bewirtschaften kann. Sie werden Rautenau wieder aufbauen können, allerdings für einen anderen Besitzer – aber ich denke, das ist besser, als in Amerika Straßen zu kehren.«

Arnold von Rautenau biß die Zähne aufeinander, als könne er nur so seine Fassung bewahren. Und erst nach einer Weile, als er sich mühsam gefaßt hatte, stieß er hervor: »Das hätte mich fast umgeworfen, Herr Kommerzienrat! Ich hatte wahrhaftig Angst, daß ich losheulen würde wie ein Schuljunge. Ist das wahr, was Sie sagen? Ich soll in Rautenau bleiben, es wieder aufbauen dürfen, aller Sorgen um die vertrackten Zinsen ledig – nein – das ist doch viel zu schön, um wahr zu sein.«

Die Stimme schlug ihm zuletzt doch über, er sprang auf und stellte sich ans Fenster, dem Kommerzienrat den Rücken zukehrend.

Der sah gerührt zu ihm hinüber.

»Glauben Sie nur daran, es wird wahr. Und wir können sogar das Gehalt für Sie festsetzen und werden nicht schüchtern sein; der Käufer ist reich genug, um sich die Verwaltung etwas kosten zu lassen. Und ich kenne Sie genug, um zu wissen, daß Sie für Ihr Gehalt Tüchtiges leisten werden.«

Arnold drehte sich wieder zu ihm herum, wenn auch sein Gesicht noch vor unterdrückter Erregung zuckte. Er ergriff die Hand des alten Herrn und drückte sie so fest, daß dieser eine kleine Grimasse nicht unterdrücken konnte.

»Ich danke Ihnen für dies Vertrauen – Sie sollen sich nicht in mir täuschen. Herrgott im Himmel! Ich war in einer sehr niedergeschlagenen Stimmung wieder hierher zurückgekehrt.«

»So, so! Und dabei sagten Sie mir, daß Sie sich trotz allem sehr glücklich fühlten, weil Sie sich so gründlich verliebt hatten?«

Arnold strich sich über die Stirn.

»Ja, ich war ganz unvernünftig glücklich darüber, daß der liebe Gott ein Wesen geschaffen hatte, dessen Anblick mich so gepackt, so ganz aus den Fugen gebracht hatte. Aber nun ich wieder so ganz allein hier auf Rautenau hauste, kam doch das Elend doppelt über mich, daß ich darauf verzichten muß, dies holde, liebe Wesen an meine Seite zu holen, ganz abgesehen davon, daß ich nicht einmal wußte, ob sie sich auch unter besseren Verhältnissen von mir holen lassen würde. Na, wie gesagt, ich war in einer jammervollen Verfassung. Und nun bringen Sie mir so eine Freudenbotschaft. Aber sagen Sie mal, Herr Kommerzienrat, ein Verwalter bekommt doch wohl ein ganz anständiges Gehalt — davon können doch zur Not auch zwei Menschen leben? Warten Sie mal einen Augenblick, da steigt ein Gedanke in mir auf, der so schön und leuchtend ist, daß ich ganz fassungslos bin.«

Und er stützte seine Arme auf den Tisch, preßte sein Gesicht in die Hände und lauschte in sich hinein. So saß er eine Weile, während der Kommerzienrat den Kopf schüttelte und seinen Teller von sich schob. Nach einer Weile sagte er halb gerührt, halb unmutig: »Ich glaube, Sie wälzen da wilde Entschlüsse in ihrer Brust herum, überlegen, ob Sie die Dummheit machen sollen, das arme Mädel, an das Sie Ihr Herz verloren haben, zur Frau Verwalter zu machen. Statt sich eine Frau zu suchen, die Ihnen was mitbringt.«

Arnold hob das Gesicht, und seine Augen strahlten nun ganz unvernünftig glücklich in die des alten Herrn.

»Alter Herr, waren Sie mal jung? Waren Sie mal so richtig von ganzem Herzen verliebt?«

Der Kommerzienrat lachte.

»Na, ich denke doch!«

»Dann ist's ja gut, dann werden Sie mich vielleicht doch verstehen, wenn Sie auch tun, als sei es nicht der Fall. Also darauf können Sie bauen: Erhalte ich wirklich die Stelle und willigt sie ein, das goldene, süße Geschöpf, dann wird sie Frau Verwalter. Aber so weit will ich noch nicht denken. Man soll nicht auf rinnenden Sand bauen, und was Sie mir da gesagt haben, ist für mich vorläufig noch zu unbestimmt. Ich kann noch nicht fest daran glauben.«

»Das können Sie schon, wenn Sie die Bedingung erfüllen, die der Käufer gestellt hat. Er verlangt nämlich, daß Sie mindestens auf zehn Jahre Vertrag machen.«

Der junge Mann sprang auf, starrte den alten Herrn an und sank dann wieder in seinen Sessel zurück.

»Zehn Jahre – zehn Jahre ein gesichertes Auskommen, in denen man auch für spätere, ungewisse Zeiten was zurücklegen kann? Und da soll ich mich vielleicht noch lange bedenken? Nein, nein, mein lieber, verehrter Herr Kommerzienrat, nicht einen Augenblick. Da fasse ich zu mit beiden Händen. Was besseres wird mir ja nie geboten. Und ich kann das, was ich gelernt habe, endlich ausnützen. So viele Kräfte liegen in mir brach. Der neue Besitzer von Rautenau würde mir doch auch genug zur Verfügung stellen, daß ich alle Schäden ausbessern lassen und den Boden durch guten Dünger wieder ertragfähig machen kann. Und Vieh müßte zur Genüge angeschafft werden, Leute wären einzustellen. Dann will ich Gewähr leisten, daß sich in zwei, drei Jahren Rautenau so verzinst, daß der Käufer zufrieden ist.«

»Auch das wird erfüllt werden. Was denken Sie denn, was die ganze Umstellung noch für Kapital erfordern wird?«

Arnold sah ihn unruhig an.

»Hunderttausend Mark wären unbedingt nötig, vielleicht auch noch etwas mehr.«

»Nun gut, das ist schon bewilligt. Es soll alles gründlich in Ordnung gebracht werden. Eine Million zahlt der Käufer blank auf den Tisch, Ihre Gläubiger werden befriedigt, sie müssen nur dem Vermittler eine Vergütung zahlen. Aber das tragen wir gern. Und was sonst noch sein muß, können Sie in Rechnung stellen, es wird bewilligt.«

»Wenn der Käufer hier in Rautenau wohnen will, müßte freilich auch das Herrenhaus neu eingerichtet werden, sofern er auf ein behagliches Heim rechnet.«

»Vorläufig ist davon nicht die Rede. Der Käufer will in Rautenau nur einen Teil seines Vermögens anlegen in der Hoffnung, daß es sich mit der Zeit gut verzinst. Leben wird er nicht in Rautenau, und das ist Ihnen vielleicht ganz angenehm, dann haben Sie noch mehr das Gefühl, selbständig zu sein.«

»Der Käufer lebt in Berlin?«

»Ja.«

»Dann werde ich wohl zuweilen dorthin kommen müssen, um Rechnung ablegen zu können und Bericht zu erstatten, wie hier alles geht?«

Der Kommerzienrat überlegte eine Weile.

»Nun«, sagte er langsam, »Sie werden wohl alles Geschäftliche mit mir besprechen müssen, der Käufer will durchaus nichts damit zu tun haben.«

»Wie heißt er denn?«

»Das kann ich Ihnen vorläufig auch noch nicht sagen, da die Verhandlungen erst abgeschlossen sein sollen, ehe er seinen Namen genannt sehen will«, sagte der Kommerzienrat, der ja noch nicht klar darüber war, wie der Mittelsmann heißen würde, auf dessen Namen der Kauf vorläufig abgeschlossen werden sollte.

Für Arnold von Rautenau war der Name seines neuen künftigen Herrn auch noch nicht so wichtig. Erst mußte er seinen Vertrag in Händen haben, ehe er ganz daran glaubte.

Er besprach allerlei mit dem Kommerzienrat, machte diesem allerlei Vorschläge, was erneuert und verbessert werden mußte, und als der Kommerzienrat

164

dann die Heimfahrt antrat, sagte Arnold noch: »Ich kann ja dann in das Verwalterhaus übersiedeln, das freilich sehr herabgekommen ist und erst ein wenig erneuert werden muß.«

»Das will ich mit dem Käufer besprechen, er kann sich darüber aussprechen, wie er es haben will. Also auf Wiedersehen, mein lieber Herr von Rautenau. Ich habe mich gefreut, Ihnen diese gute Nachricht bringen zu können. Leben Sie wohl! Sobald alles im klaren ist, komme ich noch einmal her. Sollten Sie etwas wissen wollen, ehe ich mich melde, fragen Sie bei mir an.«

»Das will ich tun!«

Arnold brachte den Kommerzienrat bis zu seinem Wagen, half ihm hinein, und mit einem warmen Händedruck verabschiedeten sich die beiden Männer. Arnold sah dem Wagen nach, wie er nach einer Weile in die große Hauptstraße einbog und davonrollte. Dann ging er wieder ins Haus zurück.

Die treibende Unruhe seiner aufgestörten Gedanken ließ ihn aber nicht lange ruhen. Er ließ sich sein Pferd satteln und jagte über die Wiesen und Felder, die schon ihren Winterschlaf angetreten hatten. Dieser Ritt in der herben, kalten Luft machte ihm wieder einen klaren Kopf. Seine Gedanken aber flogen zu Ruth Rupertus. Würde sie sich begnügen, die Gattin eines Verwalters zu werden, wenn es ihm gelang, ihre Liebe zu gewinnen? Und wie sollte er es anstellen, um sie zu werben, da er doch nicht in ihrer Nähe sein konnte? Aber irgendwie würde er da schon Rat werden, nur hätte er gern gewußt, ob sie das sicher sehr üppige Leben im Haus ihrer Schwester mit seiner so viel bescheideneren Häuslichkeit vertauschen würde. Ihre Schwester hatte sich also verlobt? Sonderbar, daß sie dann so stark mit ihm geflirtet hatte an jenem Abend. Wenn sie jetzt schon verlobt war, dann mußte sie doch ihren Verlobten schon gekannt haben. Aber wer weiß, Frauen sind unberechenbar, vielleicht hatte sie durch ihre Tändelei mit ihm nur den Mann, dessen Frau sie werden wollte, reizen wollen. Das kam vor. Jedenfalls war er froh und erleichtert, daß er mit seinem Spiel keine Herzenswunde geschlagen hatte.

Aber vielleicht war die arme Schwester nun im Haus der reichen Schwester überflüssig, wenn diese sich verheiratete, vielleicht bezog der Gatte der schönen Nora dies Haus mit.

Dann war Ruth Rupertus vielleicht doch nicht abgeneigt, ihm nach Rautenau zu folgen. Was er ihr in der Häuslichkeit nicht bieten konnte, bot ihr die landschaftlich schöne Umgebung.

Er sah sich forschend um, sein Blick schweifte bis zu den Thüringer Bergen hinüber, die sich in der Ferne kulissenartig ineinanderschoben. Schön – wunderschön war das Bild. Seine Brust hob sich in einem tiefen Atemzug. Ruth! Ruth! Wo du hingehst, da will auch ich hingehen, hatte die biblische Ruth gesagt. Würde das Ruth Rupertus auch sagen, vorausgesetzt, daß es ihm gelang, ihre Liebe zu erringen? Sie hatte ihn doch mit einem so lieben Blick angesehen, der ihm bis ins Herz hinein geleuchtet hatte, das er ihr für alle Zeit zu eigen gab. »Ruth Rupertus, wirst du mich lieben können?«

So fragte er sich immer wieder und hoffte und plante. Am liebsten wäre er gleich zu ihr geeilt, um ihr diese Frage vorzulegen. Aber er sagte sich, daß er ja noch gar keine Gewißheit hatte, ob er wirklich angestellt würde. Er mußte in Ruhe abwarten, wenn es auch schwerfiel. Und er ritt nach Hause und vertiefte sich in die Frage, was in Rautenau alles würde geschehen müssen, wenn es verkauft, und er als Verwalter eingestellt sein würde. Da hatte er viel zu planen und zu denken.

XII

Fredi Fiebelkorn war gegen zwölf Uhr wieder in der Villa Rupertus eingetroffen. Er traf nur Ruth zu Hause, die wieder mit Susanna Hell zusammen arbeitete, denn heute war Freitag, und gestern war Susanna nur als Ersatz für den Mittwoch zum Unterricht gekommen. Nora und Frau von Werner waren in die Stadt gefahren, um für Noras Aussteuer Bestellungen zu machen. Die beiden Damen wollten sich in einem Hotel mit Georg Reinhard treffen, dort mit ihm speisen und am Nachmittag ihre Einkäufe fortsetzen. Denn da im Januar schon die Hochzeit sein sollte, hatte man keine Zeit zu verlieren. Nora war so glücklich, wie sie bei ihrem Wesen sein konnte. Ihr Verlobter betete sie an, las ihr jeden Wunsch von den Augen ab, und aus seinen Augen strahlte eine echte Glückseligkeit, wenn er seine schöne Braut ansah. Er war gestern zum Tee und zum Abendessen in der Villa Rupertus gewesen, und zwischen ihm und Ruth entspann sich ein sehr nettes geschwisterliches Verhältnis.

Am nächsten Mittwoch sollte eine große Verlobungsfeier stattfinden, zu der alle Bekannten der Schwestern eingeladen wurden. Am Sonntag vormittag sollten die Schwestern mit Frau von Werner die

Villa Georg Reinhards am Wannsee besuchen, weil Nora ihre Wünsche bezüglich der Ausstattung der für sie bestimmten Zimmer äußern sollte. Ruth war durch alles das nicht aus ihrem Gleichmaß gekommen. Frau von Werner nahm es ihr ab, Nora auf ihren Einkäufen zu begleiten, und sie besuchte ruhig weiter ihre Vorlesungen, arbeitete mit Susanna oder allein und dachte in der Hauptsache an den Kauf von Rautenau und an Arnold von Rautenau.

So empfing sie Fredi Fiebelkorn also allein, Susanna wieder auf ihrem Zimmer zurücklassend. Diese sollte wieder zu Tisch bleiben, und auf ihre Einwände, die nicht sehr ernsthaft waren, hatte Ruth erwidert: »Wenn Sie mich jetzt im Stich lassen, Fräulein Susanna, da meine Schwester schon keine Zeit für mich hat, werde ich ganz vereinsamt sein. Ich müßte heute ganz allein speisen; wenn Sie nicht bleiben, kann ich auch Herrn Fiebelkorn nicht bitten, mir Gesellschaft zu leisten. Ich würde es sehr wenig nett von Ihnen finden, wenn Sie nicht bleiben wollten. Sie können jetzt ruhig hier in meinem Zimmer arbeiten, bis ich das Geschäftliche mit Herrn Fiebelkorn erledigt habe. Zum Essen kommen Sie dann hinunter.«

Da hatte Susanna sich nur zu gern gefügt.

Ruth ging hinunter ins Empfangszimmer, wo Fredi auf sie wartete. Sie begrüßte ihn herzlich und berichtete ihm gleich, daß er wieder zum Essen bleiben müsse, ihre Schwester und Frau von Werner seien in der Stadt, und er und Fräulein Hell müßten ihr Gesellschaft leisten.

»Ich hoffe, es ist Ihnen nicht unangenehm?« fragte sie ihn mit reizender Schelmerei.

»Ach, mein verehrtes, gnädiges Fräulein, Sie wissen,

wie dankbar ich Ihnen bin für diese Erlaubnis«, sagte Fredi ganz verklärt.

»Nun, meine Schwester wird mich jetzt viel allein lassen, und da rechne ich stark darauf, daß Sie und Fräulein Hell mir recht oft Gesellschaft leisten. Die Geschwister Sanders werden heute zu mir zum Tee kommen. Da bin ich auch zum Tee nicht allein. Aber nun erzählen Sie mir, wie weit die Angelegenheit mit Rautenau gediehen ist.«

Fredi berichtete ihr, daß die Gläubiger samt seinem Vater sehr froh seien, daß Rautenau einen Käufer gefunden habe, daß sein Vater bereits nach Rautenau gefahren sei, um mit Arnold von Rautenau zu verhandeln, ob er den Verwalterposten annehmen werde.

»Wir zweifeln nicht daran, daß er gern zugreifen wird. Mein Vater wird dann das Gehalt mit ihm festsetzen und alles Nötige mit ihm besprechen. Mein Vater sorgt auch dafür, daß der Kauf unter einem anderen Namen abgeschlossen wird, oder vielmehr, daß niemand erfährt, wer der wirkliche Käufer ist. Wenn Sie es wünschen, will mein Vater dann in Zukunft gern alles Nötige mit Herrn von Rautenau an Ihres Fräulein Schwester Stelle besprechen.«

»Das wäre meiner Schwester sehr lieb. Es ist sehr liebenswürdig von Ihrem Herrn Vater, daß er uns auf diese Weise helfen will. Sagen Sie ihm vorläufig unseren Dank. Am Mittwoch werden wir ihm an der Verlobungsfeier meiner Schwester unseren Dank noch selber aussprechen.«

»Mein Vater könnte ja vielleicht, damit Sie überhaupt nichts mit alledem zu tun hätten, alles weitere mit Herrn Reinhard besprechen.«

Ruth schüttelte heftig den Kopf.

»Nein, nein, meine Schwester will ihren Verlobten nicht noch mehr mit Arbeit überlasten. Im übrigen will sie in Beziehung auf ihr Vermögen ganz selbständig bleiben. Mein künftiger Schwager ist völlig damit einverstanden.«

Darüber wunderte sich Fredi freilich ein wenig, aber ihm konnte das ja gleich sein.

Er versprach Ruth, am nächsten Tag wiederzukommen und ihr zu berichten, was sein Vater in Rautenau ausgerichtet hatte.

Lächelnd sah Ruth ihn an.

»Morgen am Sonnabend, wenn Fräulein Hell nicht hier ist?«

Er bekam eine rote Stirn.

»Das soll mich doch nicht abhalten, Ihnen etwaige wichtige Nachrichten zu bringen.«

»Oh, das muß belohnt werden. Ich werde Fräulein Hell morgen zum Tee einladen, dann können Sie vielleicht zur Teestunde kommen.«

»Gern, wie gern! Sie sind sehr gütig, ich danke Ihnen.«

Und nun wurde Susanna heruntergerufen, denn es war Zeit zum Essen. Natürlich mußte Ruth sich unbedingt noch auf einige Minuten entfernen, um Fredi Gelegenheit zu geben, mit Susanna allein zu sein. Und Ruth beeilte sich auch nicht sehr, zurückzukehren. Sie kam erst, als aufgetragen wurde, und entschuldigte sich, daß die Zofe sie so lange aufgehalten habe, weil an ihrem Kleid etwas nicht in Ordnung gewesen sei. Fredi dankte Ruth diese kleine Unwahrheit mit einem ergebungsvollen Blick. Er war seiner kleinen Studentin in diesem kurzen Alleinsein wieder ein wenig nähergekommen und hatte seine Zeit gut genützt, das verrieten Susannas rotes Köpfchen und der Glanz ihrer Augen.

Die drei Menschen speisten in bester Stimmung zusammen, und Susanna pries wieder einmal ihr Glück, das ihr jetzt fast jeden Tag etwas Wunderschönes und Gutes bringe, als müsse es nachholen, was es zuvor vergessen habe. Wie immer vertiefte sie sich mit der Andacht in das gute Essen, und Ruth und Fredi sahen sich gerührt an.

Fredi sehnte sich danach, Susanna recht bald von Herzen verwöhnen zu können. Und als sie sich ganz schuldbewußt anklagte, daß sie jetzt so manche Arbeitsstunde versäume, um sie im Wohlsein zu vergeuden, hätte er ihr am liebsten gesagt: ›Laß doch das dumme Studieren, du bist längst gescheit genug und sollst dich nicht mehr abplagen!‹ Aber vorläufig konnte er ihr das noch nicht sagen, wohl wurde er ihrer Gegenliebe immer sicherer, aber er mußte erst noch seine Eltern an den Gedanken gewöhnen, daß er ein armes Mädchen zur Frau haben wollte.

Am nächsten Tag kam er zum Tee und fand Ruth zunächst allein. Er berichtete, was sein Vater mit Herrn von Rautenau verhandelt hatte.

»Er ist sehr damit einverstanden, den Posten als Verwalter anzunehmen, und will seine ganze Kraft in die Dienste des neuen Besitzers von Rautenau stellen. Er wird einen genauen Plan ausarbeiten, was für Verbesserungen vorgenommen werden müssen, gleich mit den dazu gehörigen Kostenanschlägen, sobald der Vertrag mit ihm unterzeichnet ist. Mein Vater wird also jetzt unverzüglich den Verkauf von Rautenau abschließen, mit allen von Ihnen gewünschten Vorsichtsmaßregeln.«

Ruths Augen hatten aufgeleuchtet, als sie hörte, daß Arnold von Rautenau die ihm gebotene Stellung mit so viel Freude angenommen hatte. Sie ließ sich aber ihre Erregung nicht anmerken und sagte nur: »Die Kaufsumme läßt meine Schwester sogleich auf das Konto Ihres Herrn Vaters überweisen, ebenso eine weitere Summe von zweihunderttausend Mark, die Herrn von Rautenau, je nach Bedarf, zur Zahlung aller Ausbesserungen und Neuanschaffungen zur Verfügung stehen sollen. Meine Schwester wünscht, daß alles instandgesetzt und auch genügend Vieh für den Betrieb angeschafft werden soll. Ebenso etwa notwendige Maschinen. Ich will Ihrem Herrn Vater so wenig Mühe wie möglich machen. Er soll nur die Berichte des Herrn von Rautenau jeweilig entgegennehmen und mir dann zustellen.«

»Gut, Fräulein Rupertus! Sie brauchen aber keine Bange zu haben, daß Sie meinen Vater überlasten, er wird sich Ihnen gern zur Verfügung stellen. – Da fällt mir ein, Vater wollte noch von Ihnen hören, ob Herr von Rautenau seine Wohnung jetzt im Verwalterhaus aufschlagen soll. Es soll ziemlich geräumig sein, aber schlecht im Stande, und es müßte daher wohl erst in Ordnung gebracht werden.«

Ruth überlegte. Ein leises Rot war ihr in die Stirn getreten. Es widerstrebte ihr, Arnold von Rautenau in das Verwalterhaus zu verweisen, sie sagte sich aber, wenn sie das nicht tun würde, könnte es auffallen. So sagte sie nach einer Weile: »Vorläufig kann ja Herr von Rautenau im Herrenhaus wohnen bleiben, bis das Verwalterhaus gründlich wiederhergestellt ist. Meine Schwester wünscht, daß nichts in Unordnung bleiben soll. So soll auch das Verwalterhaus gut ausgestattet werden, so daß Herr von Rautenau später eine behagliche und anständige Wohnung hat. Bitte, lassen Sie ihn das wissen, daß der Käufer Wert darauf legt, daß der Verwalter gut untergebracht wird. Später soll dann auch das Herrenhaus in Angriff genommen werden und entsprechend ausgestattet werden. Bitten Sie Herrn von Rautenau, dem neuen Besitzer dann alle Pläne des Herrenhauses, unter Umständen auch des Verwalterhauses, einzuliefern. Meine Schwester wird dann später mit einem Architekten verhandeln, der das Herrenhaus ausstatten soll. Wenn wir auch vorläufig dort nicht wohnen wollen, so ist es doch möglich, daß wir später einmal einige Sommermonate in Rautenau verbringen. Erwünscht wäre meiner Schwester auch eine Photographie des Herrenhauses, damit sie sich wenigstens ein Bild von ihrem neuen Besitz machen kann.«

»Das wird selbstverständlich alles erledigt werden. Hier ist eine Aufzeichnung meines Vaters, wie der zehnjährige Vertrag für Herrn von Rautenau abgefaßt werden soll, mit der Gehaltsangabe und den üblichen Verpflichtungen und Vergünstigungen. Bitte, sehen Sie ihn durch und geben Sie mir dann Bescheid, ob alles genehmigt ist.«

Ruth nahm den Verfassungsentwurf entgegen und legte ihn beiseite.

»Ich werde ihn meiner Schwester vorlegen und schicke ihn dann Ihrem Herrn Vater wieder zu. Ich bin überzeugt, daß er zufriedenstellend sein wird für beide Teile. In diesem Fall vertraue ich ebenfalls Ihrem Herrn Vater. Wir sind Ihnen ja so dankbar, daß Sie alles für meine Schwester in Ordnung bringen. Hoffentlich ist es uns vergönnt, Ihnen beiden einen Gegendienst zu leisten.«

»Nun, mir haben Sie schon den größten Dienst geleistet, mein gnädiges Fräulein.«

Ruth lächelte.

»Ob ich aber damit auch Ihrem Herrn Vater einen Gegendienst geleistet habe, wage ich nicht zu entscheiden.«

»Sie können darüber ganz ruhig sein, ich werde meinen Vater schon überzeugen, daß mein Glück nur an Susanna Hells Seite gesichert ist, und dann wird er jeden Widerstand aufgeben. Meine Mutter habe ich schon auf meiner Seite, ihr habe ich gestern gebeichtet, und sie will nur, daß ich glücklich werde. Vater und Mutter staunen, wie ich mich zu meinem Vorteil verändert habe, seit ich Susanna Hell kenne. Und ich fühle es ja auch selbst, daß ich ein ganz anderer Mensch geworden bin.«

Ruth nickte ihm lächelnd zu.

»Auch mir fällt diese Veränderung auf, Herr Fiebelkorn. Die Liebe ist eben eine Macht, die alles in ihren Bann zwingt.«

»So ist es, mein gnädiges Fräulein – und die Wunder vollbringen kann. Wenn ich nur Fräulein Hell bald aus ihren Sorgen und Nöten erretten könnte, ich sehne mich so sehr danach, wage aber noch nicht, das entscheidende Wort an sie zu richten. Ich habe so große Angst, daß sie mich abweisen könnte.«

»Nun, nach meinen Beobachtungen können Sie das ruhig und zuversichtlich tun. Ich bin ganz fest davon überzeugt, daß Fräulein Hell Sie liebt, sie sucht das nur ängstlich zu verbergen, denn sie glaubt nicht daran, daß Sie jemals um ihre Hand anhalten würden.

Ein so großes Glück hält sie nicht für möglich. Sie ist ja ein so bescheidenes Menschenkind und ahnt nicht, welche großen Werte sie in sich birgt.«

»Da haben Sie ihr Wesen richtig erfaßt, mein gnädiges Fräulein, sie ist ein besonders wertvoller Mensch.«

»Dasselbe hat sie mir gestern von Ihnen gesagt«, sagte Ruth mit einem schelmischen Lächeln.

Seine Augen strahlten auf.

»Wirklich? Sagen Sie das nicht nur, um mir Mut zu machen?«

»Ich gebe Ihnen mein Wort, genau das waren ihre Worte: ›Er ist ein besonders wertvoller Mensch und von echter Herzensgüte!‹ So hat sie gesagt.«

»Wie froh mich das macht!«

Sie reichte ihm die Hand.

»Ich wünsche Ihnen alles Glück, Herr Fiebelkorn, und der kleinen Susanna auch.«

»Oh, ich will sie so glücklich machen, wie es in meiner Macht steht. Aber nun will ich Sie nicht mehr mit meiner Angelegenheit belästigen. Wir wollen die wichtigsten Punkte Ihrer Angelegenheit nun noch einmal zusammenfassen und durchsprechen.«

Das geschah auch, und noch ehe sie ganz damit fertig wurden, traf Susanna Hell ein. Sie hatte sich so schön wie möglich gemacht, trug ein schwarzes Seidenkleid, das vor dem ›Königsblauen‹, das Ruth ihr geschenkt hatte, ihr Staatskleid gewesen war. Darüber trug sie einen cremefarbigen Spitzenkragen, den Ruth ihr auch geschenkt hatte, und die freudige Erwartung dieser Teestunde mit Fredi und Ruth hatte ihre Wangen höher gefärbt, und ihre schönen Augen glänzten. So sah sie wirklich sehr reizend aus, und Fredi konnte den Blick nicht von ihr wenden.

Ruth hatte den Vertragsentwurf beiseite gelegt, sie wollte ihn später prüfen. Einige unwichtige Bemerkungen konnte sie Fredi zum Abschluß ihrer Verhandlungen noch zurufen, ehe Susanna eingetreten war. So war alles Nötige erledigt worden.

Und nun folgte ein reizendes Teestündchen. Susanna und Ruth wußten so klug und geistvoll zu plaudern, daß Fredi in ganz gehobene Stimmung kam, weil er mithalten konnte. Er entwickelte wirklich allerlei neue Fähigkeiten. Die drei Menschen waren ganz übermütig, und scherzten und lachten. Nora und Frau von Werner, die wieder in die Stadt gefahren waren, wurden nicht vermißt.

Auch heute sorgte Ruth dafür, daß Fredi mit Susanna einige Minuten allein war. Angeregt von der übermütigen Stimmung, fand Fredi den Mut, Susannas Hand zu erhaschen und lange in der seinen zu halten. Sie wurde dunkelrot und suchte ihre Hand zu befreien. Da sah er sie flehend an.

»Fräulein Hell, liebes, teures Fräulein Hell, lassen Sie mir doch Ihre Hand, ich bin ja so glücklich und so stolz, daß ich sie fassen kann. Bitte, sehen Sie mich doch an, Sie müssen doch merken, wie sehr ich mich danach sehne, daß Sie mir ein wenig gut sind.«

Bang und erschrocken sah sie ihn an.

»Um Gottes willen, geben Sie meine Hand frei — wenn Fräulein Ruth zurückkommt und sieht mich so Hand in Hand mit Ihnen, was müßte sie denken?«

»Ach, sie weiß ganz genau, was sie dabei denken sollte. Sie scheint mich besser zu verstehen als Sie. Susanna — liebe, teure Susanna, sprechen Sie doch, können Sie mir nicht ein bißchen gut sein? Ich weiß, ich dürfte noch nicht so zu Ihnen reden, es ist ja noch viel zu früh. Sie können mich ja noch gar nicht liebhaben, das muß ich mir erst verdienen, aber sagen Sie mir wenigstens, daß Sie mir ein bißchen gut sind.«

Sie war sehr blaß geworden und sah ihn mit traurigen Augen an.

»Warum haben Sie das gesagt, Herr Fiebelkorn, warum haben Sie es mir dadurch unmöglich gemacht, auch fernerhin zuweilen eine so liebe, schöne Stunde mit Ihnen zu verbringen? Das darf nun nicht mehr sein, ich darf nie mehr mit Ihnen zusammentreffen – und – darüber bin ich sehr traurig.« Er faßte ihre Hand nur noch fester.

»Warum können Sie nicht mehr mit mir zusammentreffen? Bin ich Ihnen denn so zuwider?« fragte er betrübt.

Sie schüttelte den Kopf und wagte ihn nicht anzusehen.

»O nein, wenn Sie mir zuwider wären, das wäre nicht schlimm für mich. Aber daß ich Ihnen so gut bin – daß ich Sie so liebgewonnen habe, das macht es mir unmöglich, ferner noch mit Ihnen zu verkehren. Ich muß in Zukunft einen Ausweg finden, Ihnen nicht mehr zu begegnen. Es darf nicht sein. Sie wissen doch, ich bin ein armes Mädchen, das nichts hat als seinen guten Ruf, und deshalb darf ich nicht weiter mit einem Mann verkehren, der mir solche Worte sagt. Ich kann das nicht leichtsinnig hinnehmen, wie das heutzutage wohl viele Mädchen tun. Gerade deshalb nicht, weil Sie mir eben so liebgeworden sind. Zwischen uns kann es doch nie ehrenhafte Beziehungen geben, was würden Ihre Eltern dazu sagen?«

Er war ganz außer sich, daß sie so traurig war.

»Ich bin doch ein schrecklicher Tolpatsch, nun habe

ich mich so ungeschickt benommen, daß Sie Gott weiß was von mir denken. Susanna, liebe, teure Susanna, ich möchte Ihnen doch die Sterne vom Himmel holen und Sie um alles nicht betrüben. Was denken Sie nur von mir? Ich liebe Sie so sehr, habe solche Sehnsucht gehabt, Ihnen das sagen zu dürfen und von Ihnen zu hören, daß Sie mich auch ein bißchen liebhaben. Und nun habe ich Sie damit erschreckt. Aber ich bin trotzdem so glücklich, weil ich nun weiß, daß ich Ihnen liebgeworden bin. Ach, liebste, teuerste Susanna, Sie sollen doch meine Frau werden, keine andere als Sie. Sie sollen sich nicht mehr quälen mit Ihrem Studium, mit Ihrer Angst vor der Zukunft, mit Ihren Sorgen und Nöten. Das kann ich ja gar nicht mehr ertragen. Sie sollen es so gut haben als meine Frau — wenn Sie es nur werden wollen.«

Sie hatte ihn mit großen, bangen Augen angesehen, die jetzt aber doch glückhaft aufleuchteten.

»Ihre Frau? Ach, lieber Herr Fiebelkorn, was sollten wohl Ihre Eltern dazu sagen?«

Er lachte froh.

»Ja und amen, du törichte, kleine Susi! Mutter habe ich schon auf meiner Seite, sie ist dir gut, weil du einen ganz anderen Menschen aus mir gemacht hast. Und Vater — der ist dir im Grunde dafür noch viel dankbarer, aber das will er noch nicht zugeben, weil er merkt, daß ich dich liebe und zu meiner Frau machen will. Er hat, wie alle Väter, stolze Pläne mit mir. Aber laß mich ihm nur erst sagen, daß ich ohne dich nicht glücklich werden kann, dann gibt er klein bei, das glaube mir.«

»Aber er wird mir zürnen.«

»Da kennst du Vater schlecht. Wenn er einmal ja sagt, dann schließt er dich auch mit mir zusammen in sein Herz. Er ist ein so prächtiger alter Herr. Laß mich nur erst mit ihm gesprochen haben. Das wollte ich nicht eher tun, als bis ich dein Jawort habe, denn sonst würde ich mich schrecklich bloßstellen. Das will ich doch nicht. Susi, süße, liebe Susi, du sollst einen Mann bekommen, auf den du stolz sein kannst. Ich will jetzt nur noch Tüchtiges leisten, du hast mir ja das Bewußtsein gegeben, daß ich das kann. Aber nun sag mir, daß du mich wirklich liebst und meine Frau werden willst.«

Damit erhob er sich, ging um den Tisch herum und zog sie zu sich empor. Und dann wartete er gar nicht erst lange, sondern zog sie in seine Arme und küßte sie mit einer feierlichen Andacht, die auf andere vielleicht etwas komisch gewirkt hätte, die Susanna aber bis ins tiefste Herz beglückte. Sie seufzte tief auf.

»So viel Glück kann es doch gar nicht geben für ein armes Mädchen!« sagte sie leise, ihn mit ihren schönen Augen wie ein Wunder ansehend.

Er lachte glücklich auf, küßte sie gleich noch einmal, diesmal schon bedeutend feuriger, und streichelte ihr Händchen, weil es so zitternd und bebend in der seinen lag. So stark und mutig machte ihn dieses Beben.

»Mit der Studentin ist es nun auch bald zu Ende, Susi, die hängen wir an den Nagel. Du bist schon viel zu klug für mich, ich werde eine Menge von dir lernen müssen. Und du wirst gar keine Zeit mehr haben zum Studieren. Fräulein Rupertus darfst du noch Unterricht geben, bis du meine Frau wirst, aber dann hört auch das auf, dann gehörst du mir ganz allein.«

»Aber wenn nun Ihr Herr Vater seine Einwilligung nicht gibt?«

»Er wird sie schon geben, keine Angst. Und jetzt sagst du schön ›du‹ zu mir, du böse Susi, und ›Fredi‹, das möchte ich gern von dir hören.«

Sie sah mit einem halb zagen, halb glücklichen Blick zu ihm auf.

»Das – das ist so schwer.«

»Ist gar nicht schwer, es geht prächtig, versuch's nur. Das erstemal hat mich die ›süße Susi‹ auch etwas Anstrengung gekostet, aber schon beim zweitenmal ging es herrlich. Also, wie heiße ich?«

»Ach Fredi, lieber Fredi!«

Er küßte sie glückselig.

»Sag's gleich noch einmal, damit es dann leichter fällt.«

»Lieber, lieber, guter Fredi, ich hab' dich ja so lieb!«

Da mußte er sie schon wieder küssen. »Herrlich! Das sollst du auch, immer und ewig, wie ich dich liebe.« Sie richtete sich aus ihrer glücklichen Versunkenheit wieder auf. »Nun gib mich aber frei, Fredi, wenn Fräulein Ruth wiederkommt, was soll sie denken?«

»Daß wir endlich ein Brautpaar sind – sie wartet schon lange darauf.«

»Sie weiß etwas?«

»Nun ja, meinst du, sie hat mich zum zweiten Frühstück und zum Tee eingeladen, um sich mit mir zu langweilen? Das geschah nur deinetwegen.«

Ehe sich Susanna von ihrem Staunen erholt hatte, trat Ruth wieder ein. Sie sah gerade noch, wie Fredi Susannas Händchen streichelte. Dieser wandte sich glückstrahlend zu ihr herum.

»Fräulein Rupertus – sehen Sie sich das an: Diese kleine Studentin will Frau Fiebelkorn werden! Eigent-

180

lich schade, daß sie ihren schönen Namen nicht behalten kann!«

Ruth sah lachend von einem zum andern.

»Dann muß sie auf ihre Besuchskarte drucken lassen: Frau Susanna Fiebelkorn-Hell, dann geht er nicht verloren«, scherzte sie.

Susanna trat schüchtern auf sie zu und reichte ihr die Hand.

»Liebes, gutes Fräulein Ruth, was sagen Sie dazu?« Ruth zog sie in ihre Arme und küßte sie.

»Nicht viel, ja und amen – und tausend Glückwünsche, Susanna! Wir wollen diese Gelegenheit benutzen, um das Fräulein vor unseren Namen zu streichen. Und gute Freundinnen wollen wir werden und uns du nennen. Ich bin dir herzlich gut, kleine Susanna.«

»Oh, Ruth, wie danke ich dir für diese Auszeichnung! Auch ich bin dir von Herzen gut, habe dich schon immer bewundert und verehrt. Und dir allein danke ich mein Glück, du hast mich mit Fredi bekannt gemacht, hast ihn in meine Nähe gebracht. Nie vergesse ich dir das, liebe, gute Ruth.«

»Dann mußt du mir auch verzeihen, daß ich Herrn Fiebelkorn ein wenig herabgesetzt habe in deinen Augen – weil ich eben für ihn ergründen wollte, wie du im Herzen zu ihm stehst. Ich kannte doch seine Herzensnot. Und der Eifer, mit dem du ihn verteidigtest, hat dich mir verraten.«

Susanna seufzte glücklich auf.

»Also eine ganze Verschwörung?«

»Ja, eine Verschwörung, um eine kleine Studentin glücklich zu machen.«

»Gute, liebe Ruth!«

Fredi sah die beiden halb lächelnd, halb ungeduldig

an. »Nun vergiß aber bitte nicht, Susi, daß ich auch noch auf der Welt bin!« sagte er vorwurfsvoll.

Sie reichte ihm mit einem reizenden Lächeln die Hand.

»Es würde mir sehr schwerfallen, das zu vergessen.«

Er drückte seine Lippen viele Male auf ihre Hand, weil er sie in Ruths Gegenwart nicht auf den Mund küssen wollte.

Die beiden Glücklichen saßen nun noch eine Weile mit Ruth zusammen, und Susanna sagte zaghaft: »Glaubst du, Ruth, daß Fredis Vater seine Einwilligung zu unserer Verbindung geben wird? Mir ist sehr bange im Gedanken an ihn.«

Ruth sah sie lächelnd an.

»Das laß nur alles die Sorge deines Verlobten sein, der wird jetzt auch in dieser Sache eine wilde Entschlossenheit entwickeln. Und er wird ja wissen, wie er mit seinem Vater dran ist. Wäre er seiner nicht sicher, dann hätte er sich dir sicher noch nicht erklärt.«

Fredi küßte ihre Hand.

»Vielen Dank, mein gnädiges Fräulein, für Ihr festes Vertrauen.«

Sie plauderten noch, bis sie draußen das Auto vorfahren hörten, das Nora und Frau von Werner aus der Stadt zurückbrachte.

Susanna schrak zusammen.

»Da kommt deine Schwester heim, Ruth, ich möchte jetzt gehen. Bitte, sag ihr noch nichts. Bevor mich Fredis Vater nicht anerkannt hat, soll niemand als du von unserer Verlobung wissen.«

»Du kannst unbesorgt sein, Susanna.«

Jetzt rauschte Nora herein, gefolgt von Frau von Werner.

»Kann man noch eine Tasse Tee bekommen? Wir sind durstig und frieren. Es ist kalt draußen.«

Die beiden Damen setzten sich mit an den Teetisch, und Ruth brühte frischen Tee auf. Ein Weilchen blieb das heimliche Brautpaar noch am Teetisch sitzen, aber dann verabschiedete sich zuerst Susanna und gleich darauf Fredi.

Als sie gegangen waren, sagte Nora: »Hat dir Herr Fiebelkorn Neues berichtet über den Kauf von Rautenau?«

Ruth erzählte, aber Nora hörte nicht sehr aufmerksam zu. Sie brannte darauf, der Schwester von ihren Einkäufen zu erzählen. Aber dann zog sie sich zurück, um sich für den Abend umzukleiden; sie erwartete ihren Verlobten zum Abendessen.

Ruth nahm den Vertragsentwurf und zog sich damit auf ihr Zimmer zurück. Sie las ihn aufmerksam durch, änderte einige Kleinigkeiten und erhöhte das Gehalt des Verwalters noch um tausend Mark für das Jahr, obwohl der Kommerzienrat wirklich ›nicht schüchtern‹ gewesen war. Sie steckte den Entwurf in einen großen Umschlag, überschrieb ihn an den Kommerzienrat und machte den Brief postfertig. Dann kleidete auch sie sich für den Abend um. Sie zog wieder eins ihrer schlichten weißen Kleider an, denen nur die Kenner anmerkten, wie kostbar sie waren. Sie trug meist Weiß, es kleidete sie auch am besten und unterstrich noch das Helle, Lichte ihrer Erscheinung.

Fredi Fiebelkorn aber begleitete inzwischen Susanna nach Hause. Sie zogen es vor, zu gehen, denn sie hatten sich noch so viel zu sagen, und der weite Weg verging ihnen nur zu schnell.

XIII

Der Verkauf von Rautenau wurde nun schnellstens abgeschlossen. Fredi zog es vor, seinem Vater vor Abschluß dieser Angelegenheit nichts von seiner Verlobung mit Susi zu sagen. Er hatte Susi erklärt, daß sein Vater erst eine wichtige geschäftliche Angelegenheit zu erledigen habe, die ihn sehr in Anspruch nehme. Wenn das erledigt sei, werde er Ruhe haben, Familienangelegenheiten sein Interesse zuzuwenden.

Susanna war damit einverstanden, hatte vertrauensvoll ihr Schicksal in des Geliebten Hände gelegt, wollte aber vorläufig nichts davon hören, daß sie ihr Studium abbrechen sollte. Sie hätte sonst zu viel Zeit, sich zu sorgen und zu beunruhigen, und außerdem liebe sie ihre Arbeit, die doch wenigstens zu irgendeinem Abschluß kommen müsse. Fredi hatte das auch eingesehen. Seiner Mutter hatte er gebeichtet, daß er sich heimlich verlobt habe, und er sagte ihr das in einer so ernsten, männlichen Art, daß sie Susannas Einfluß sehr wohl erkannte und ihm ihren Segen gab. Daß der Vater vorsichtig vorbereitet werden müsse, machte sie zur Bedingung, denn der sehr beleibte Gatte konnte große Aufregungen schwer vertragen. Fredi beruhigte sie und versprach ihr, geduldig seine Zeit abzupassen.

So ahnte der Kommerzienrat nichts von der Verlobung seines Sohnes, und Fredi wollte vor allen Dingen erst einmal sein selbstverdientes Geld in den Händen haben. Gesetzt den Fall, sein Vater würde ihm im ersten Ärger drohen, seine Hand von ihm abzuziehen, wenn er nicht von Susanna Hell lasse — was Fredi, der seinen Vater sehr genau kannte, wohl für möglich hielt —, dann wollte er ihn ruhig auf dieses Vermögen hinweisen und ihm sagen, daß er sich damit auf eigene Füße stellen werde. Darauf würde es sein Vater nicht ankommen lassen, das wußte er.

Er half also dem Vater bei der Erledigung der Rautenauer Angelegenheit und zeichnete sich auch sonst in geschäftlichen Dingen zur Freude seines Vaters aus.

Am nächsten Mittwoch war dann Nora Rupertus' Verlobungsfeier, zu der alle Bekannten geladen waren. Ruth hatte es bei dieser Feier an nichts fehlen lassen, und so machte es ganz den Anschein, als ob eine reiche Erbin ihre Verlobung feiere. Das Fest verlief glänzend. Susanna Hell und Fredi wußten es so einzurichten, daß sie während dieser Feier soviel wie möglich zusammen waren. Zwar hatte Ruth auf Susannas Bitte davon Abstand genommen, diese bei der Tafel neben Fredi zu setzen, was sie gern tun wollte, aber sie saßen dann wenigstens einander gegenüber, daran konnte der Kommerzienrat keinen Anstoß nehmen. Es gab aber sonst eine Anzahl Berührungspunkte, und das heimliche Brautpaar tanzte auch zusammen. Frau Kommerzienrat Fiebelkorn versagte es sich wohl, Susanna als künftige Schwiegertochter zu begrüßen, sie beachtete scheinbar wenig, daß ihr Sohn verlobt war, denn sie wollte ihrem Mann nicht vorgreifen, aber ihre Augen grüßten zuweilen still und freundlich zu Susanna hinüber, und sie freute sich über das glückstrahlende Gesicht ihres Sohnes.

Dieses glückstrahlende Gesicht fiel natürlich auch dem Kommerzienrat auf. Er sah Susanna immer wieder an seines Sohnes Seite, aber noch immer glaubte er nur an eine vorübergehende Neigung desselben. Susanna hatte von Ruth für einen ganzen Monat das

Stundengeld im voraus bekommen, damit sie sich zu diesem Fest wieder ein hübsches Kleid kaufen konnte. Das glaubte Susanna Fredi schuldig zu sein. Diesmal hatte sie Weiß gewählt, und Fredi war ganz außer sich vor Entzücken.

»Susi Hell! So wie du heißt, siehst du aus. Du strahlst vor Helligkeit, meine Susi!« hatte er bei ihrem Anblick gesagt, und sie hatte sich innig an seiner Überraschung gefreut.

Auch Ruth kam an diesem Abend wieder in Weiß. Sie trug ein Spitzenkleid, das wie immer schlicht aussah, aber äußerst kostbar war und von einigen Damen, die etwas davon verstanden, sehr bewundert wurde.

Nora fiel heute durch besondere Einfachheit auf. Wohl trug auch sie wieder ein sehr elegantes Kleid, aber der reiche Schmuck, der doch Ruth gehörte, wurde heute verschmäht. Sie hatte ihrem Verlobten gesagt, daß der Schmuck Ruth gehöre und daß sie ihn verabredungsgemäß tragen müsse. Aber er wollte nun nicht mehr, daß sich Nora damit schmückte. Er hatte ihr als Verlobungsgeschenk eine kostbare Perlenschnur gebracht, und nur diese Perlenschnur zierte ihren schönen Hals.

Sie sah trotzdem wie eine junge Königin aus, und es war Georg Reinhard nicht zu verdenken, daß er seine Braut kaum aus den Augen ließ. Ruth und Nora nahmen Gelegenheit, dem Kommerzienrat zu danken für alle seine Bemühungen, und er sagte lachend: »Zwei so entzückenden Damen einen Dienst zu erweisen, würde mich glücklich machen, auch wenn ich mir dabei nicht, wie in diesem Fall, selbst einen Dienst erwiesen hätte. Es soll alles nach Ihren Wünschen geschehen. Sobald alles geregelt ist, werde ich Herrn von Rautenau nach Berlin rufen, damit er den Vertrag unterzeichnet.«

Nora sah ihre Schwester an mit einer leisen Schelmerei.

»Da fällt mir ein, Ruth, wir hätten Herrn von Rautenau auch zu meiner Verlobungsfeier einladen können. Er ist ein so charmanter Gesellschafter, ich habe mich an Ihrem Festabend blendend mit ihm unterhalten, Herr Kommerzienrat.«

Der Kommerzienrat war etwas verblüfft, sagte aber schnell gefaßt: »Schade, daß Ihnen das nicht eher eingefallen ist, mein gnädiges Fräulein, ich hätte es ihm gegönnt, an einer so schönen Feier teilzunehmen. Er kommt ohnedies selten zu einem vergnügten Abend.«

Ruth war sehr rot geworden, weil sie denken mußte, daß sie sich sehr gefreut haben würde, wenn Nora eher diesen Wunsch geäußert hätte. Sie hätte sehr gern Arnold von Rautenau wiedergesehen, wagte von sich aus aber nicht, ihn einzuladen. Nora, die mit dem sechsten Sinn der Frau schon längst ahnte, daß Ruth eine gewisse Vorliebe für Arnold hegte, ärgerte sich nun herzhaft, daß ihr nicht früher eingefallen war, ihm eine Einladung zuzuschicken. Sie sagte nun hastig, um Versäumtes nachzuholen: »Wenn Herr von Rautenau aber nach Berlin kommt, um seinen Vertrag zu unterzeichnen, dann sagen Sie ihm, daß wir uns freuen würden, wenn er uns einen Besuch machte. Er – nun ja – er kann mir gern persönlich seine Glückwünsche bringen, wenn er es auch schon schriftlich getan und mir einen schönen Rosenstrauß geschickt hat.«

Ruth zuckte leise zusammen.

»Aber Nora!« sagte sie erschrocken.

Nora lachte.

»Was denn, Ruth? Es ist doch schließlich meine Pflicht, mir meinen neuen Verwalter näher zu betrachten, ich möchte ihn etwas besser kennenlernen, wenn er natürlich auch nicht ahnt, in welchem Verhältnis er zu mir steht. Er ist sozusagen mein Vasall geworden, nicht wahr, Herr Kommerzienrat?«

Dieser verbeugte sich.

»Das ist nicht zu leugnen, mein gnädiges Fräulein, und ich kann es Ihnen auch nicht verdenken, wenn Sie den Mann, dem Sie ein so bedeutendes Eigentum anvertrauen wollen, näher kennenzulernen wünschen. Ich werde ihm ihren Wunsch unterbreiten und bin nicht im Zweifel, daß er Ihrer liebenswürdigen Einladung Folge leisten wird.«

Der Kommerzienrat fürchtete nichts für Arnold von Rautenau, da er ja wußte, daß dessen Herz einer anderen Frau gehörte. Und schließlich konnte er in Noras Wunsch auch nichts Auffallendes erblicken, denn sicher war es ihr wichtig, ihren Verwalter besser kennenzulernen. Ruth wandte auch nichts mehr ein. Im Grunde war sie froh, daß Nora diese Anregung gegeben hatte.

Und als die beiden Schwestern dann eine Weile allein zusammenstanden, sagte Nora lächelnd: »Es war dir noch recht, Ruth, daß ich auf diese Weise Herrn von Rautenau hierherlotste. Du mußt ihn unbedingt erst ein wenig näher kennenlernen, da du ihm doch Rautenau anvertrauen willst.«

Ruth sah nicht den leisen Schelm in Noras Augen und erwiderte ganz ernsthaft: »Es ist sehr gut so, Nora, ich danke dir, daß du davon gesprochen hast. Ich habe selbst schon daran gedacht, daß es nötig sein würde, ihn näher kennenzulernen, obwohl mir das

Urteil des Kommerzienrats genügt und auch der Eindruck, den Herr von Rautenau auf mich gemacht hat.«

»Nun, besser, du lernst ihn so gut wie möglich kennen. Laß mich nur dafür sorgen, wenn er hier ist, werde ich ihm schon Gelegenheit geben, mit dir zusammenzukommen. Jetzt, im Winter, kann er ja doch abkommen, da die Arbeit bei den Landwirten noch nicht dringend ist. Und da fällt mir ein, bei meiner Hochzeit muß er dabei sein, ich werde ihn einladen.«

Ruths Gesicht rötete sich ein wenig, sonst schien sie ganz ruhig.

Jetzt trat Georg Reinhard herbei und belegte seine Braut mit Beschlag. So war diese Unterhaltung abgebrochen. Aber die scharfsichtige Nora wußte, daß sie Ruth einen großen Gefallen getan hatte.

Arnold von Rautenau hatte den Vertragsentwurf von dem Kommerzienrat zugeschickt bekommen, und er staunte, daß das mit diesem vereinbarte Gehalt noch um tausend Mark erhöht worden war. Er nahm aber an, daß er das dem Kommerzienrat zu danken habe. Natürlich war er hoch erfreut, und er rechnete sich aus, daß er bei diesem auf zehn Jahre festgelegten Einkommen sehr wohl eine Frau heimführen könne, sofern sie bescheidene Ansprüche an das Leben hatte.

Der Kommerzienrat hatte ihm auch mitgeteilt, was Ruth mit Fredi über das Verwalterhaus und über die Neuausstattung des Herrenhauses besprochen hatte und über die Anschaffung von Vieh und allem Nötigen. Daß für alle diese Neuerungen reichliche Mittel sichergestellt werden sollten, entlockte ihm einen Seufzer. Der neue Besitzer von Rautenau mußte viel

Geld haben. Aber jedenfalls würde es nun ein herrliches Arbeiten für ihn sein, und er wollte sparsam wirtschaften, um nicht mehr Geld zu verbrauchen, als nötig war. Was sein mußte, um das Gut ertragsfähig zu machen, daran durfte natürlich nicht gespart werden. Einige nötige Maschinen mußten unbedingt angeschafft werden. Dazu würde er die landwirtschaftliche Ausstellung in Berlin besuchen, wenn er, wie der Kommerzienrat ihn gebeten hatte, nach Berlin fuhr, um den Vertrag zu unterschreiben. Er konnte auf dieser Ausstellung wahrscheinlich noch verschiedene Ankäufe machen und manche Neuerung kennenlernen. Dazu war wohl nötig, daß er einige Tage in Berlin blieb.

Er legte nun die Pläne des Herren- und Verwalterhauses und verschiedene Photos zurecht, die er von Rautenau in besseren Zeiten aufgenommen hatte. Unter Umständen konnte er die besten Ansichten vergrößern lassen. Ja, das war ein guter Gedanke. Dann bekam der neue Besitzer einen besseren Eindruck. Dieser mußte übrigens ein seltsamer Kauz sein oder er mußte nicht wissen, wie er sein vieles Geld anders unterbringen sollte, da er nicht ein einziges Mal nach Rautenau kam, um sich selbst umzusehen. Aber ihm konnte das ja gleich sein. Wenn er nur erst seinen Vertrag in Händen hatte, dann würde er Zukunftspläne machen können. Zukunftspläne, in denen Ruth Rupertus eine große Rolle spielen sollte, wenn es nach ihm ging.

Wenn er es nur irgendwie einrichten könnte, sie wiederzusehen. Konnte er denn ohne weiteres einen Besuch in der Villa Rupertus machen? Eigentlich nicht, er hatte dort im Grunde nichts mehr zu suchen.

Aber doch, jetzt hatte er etwas dort zu suchen, jetzt, da er auf ein anständiges, sicheres Einkommen rechnen konnte. Vermessen war es freilich immer noch, daran zu denken, diese sicher recht verwöhnte Schwester der reichen Nora Rupertus an seine Seite fesseln zu wollen, aber wenn man liebt, nehmen manche Wünsche eine vermessene Gestalt an.

Und übrigens, sie war sehr, sehr bescheiden gekleidet gewesen, mit Ausnahme der kostbaren Bluse freilich, von der er zufällig wußte, daß sie teuer war. Eine Dame, die er früher, als er die landwirtschaftliche Hochschule besuchte, gekannt, hatte ihm diese Erkenntnis, die ihn für seinen knappen Wechsel ziemlich teuer zu stehen gekommen war, beigebracht, und seither hatte er eine gewaltige Scheu vor dieser Art Blusen gehabt.

Er lachte vor sich hin. Schließlich war er aber auch imstande, seiner Frau zuweilen eine so teure Bluse zu kaufen. Das würde sich alles finden — wenn nur Ruth Rupertus einwilligen würde, seine Frau zu werden. Natürlich konnte er nicht annehmen, daß sie sich auf den ersten Blick auch so rettungslos in ihn verliebt hatte, aber wenn er nur Gelegenheit fand, die Festung zu bestürmen, so würde er schon siegen. Liebe erweckt Gegenliebe, und weiß Gott, seine Liebe brannte schon so lichterloh, daß er daran ein anderes Feuer entfachen zu können hoffte. Ohne eingebildet zu sein, wußte er, daß er immer viel Glück bei den Frauen gehabt hatte, viel mehr, als ihm sonst lieb gewesen war. Nun mochte ihm dies eine Mal, wo es ihm so sehr darauf ankam, dies Glück treu bleiben. Das war sein innigster Wunsch.

Er war von brennender Unruhe erfüllt. Würde der

Kauf von Rautenau vollends zustande kommen und würde er seinen Vertrag endgültig erhalten? Er arbeitete in diesen Tagen fieberhaft, um schon allerlei Vorbereitungen zu treffen. Es gab ja allerhand zu erledigen. Was er mit nach Berlin nehmen mußte, legte er bereit. Und er wagte sich kaum noch aus dem Haus, um die erwartete Benachrichtigung des Kommerzienrats nicht zu versäumen.

Aber eines Tages wurde er dann doch von diesem angerufen. Es sei alles in Ordnung und abgeschlossen, er möge morgen nach Berlin kommen.

›Bringen Sie aber Ihren Smoking mit, es ist möglich, daß Sie gesellschaftliche Verpflichtungen übernehmen müssen. Und richten Sie sich auf einige Tage ein. Sie können bei mir Wohnung nehmen, damit Sie nicht soviel Geld auszugeben brauchen. Ihr Gehalt wird Ihnen freilich schon vom ersten November an ausbezahlt – sehr anständig, nicht wahr? Außerdem wird es mich auch freuen, Sie als Gast bei mir zu haben.«

So sagte der alte Herr gut gelaunt, und Arnold nahm dankend an und versprach, morgen gegen mittag im Haus des Kommerzienrates zu sein. Er vermutete, daß der Kommerzienrat ihn bei dem neuen Besitzer von Rautenau einführen werde, weil er auf den Smoking Wert gelegt hatte. Vielleicht sollte er bei diesem eine Abendgesellschaft besuchen oder eine solche im Haus des Kommerzienrats mitmachen. Denn daß er den neuen Besitzer überhaupt nicht kennenlernen sollte, wenigstens vorläufig nicht, ahnte er nicht.

›Was kann denn daran liegen?‹ dachte er fast übermütig, ›ich bin ja gottlob seit meinem letzten verunglückten Ausflug in die Berliner Gesellschaft ganz gut versehen, nehmen wir also alles mit, was man in Berlin

192

nötig hat: Frack, Smoking und Sakko. Hier in Rautenau kommt das alles doch nicht in Gebrauch. Schade, wenn es unbenützt verkommt.‹

Und in froher, erwartungsvoller Stimmung packte er seinen Koffer, gab für einige Tage seiner Abwesenheit die nötigen Befehle und Anweisungen und dachte bei alledem immer nur: ›Werde ich sie wiedersehen?‹

Am anderen Morgen machte er sich auf den Weg nach Berlin.

Er traf kurz vor zwölf Uhr dort auf dem Anhalter Bahnhof ein und fuhr sogleich hinaus zum Haus des Kommerzienrats.

Dieser empfing ihn sehr herzlich und auch gut gelaunt. Er hatte sein Geld, das er schon halb verloren gegeben hatte, wieder in der Tasche, natürlich mit Abzug der zehn vom Hundert, die er seinem Sohn hatte auszahlen müssen.

Arnold wurde ein hübsches Zimmer angewiesen, dann hatte er gerade noch Zeit, sich zu Tisch fertig zu machen.

Man speiste zusammen, plauderte über allerlei Tagesfragen, erwähnte aber das Geschäftliche vorläufig nicht. Das sollte erst später erledigt werden.

Bei Tisch berichtete der Kommerzienrat wie beiläufig, daß Fräulein Nora Rupertus sehr bedauert habe, ihm keine Einladung zur Verlobungsfeier geschickt zu haben, und daß sie sehr damit rechne, daß er seinen Besuch in der Villa Rupertus mache und ihr persönlich noch Glückwünsche überbringen würde. Arnold hatte Mühe, seinen Jubel zu verbergen. Da war sie ja, die ersehnte Gelegenheit, Ruth zu sehen und zu sprechen.

Er beeilte sich zu erwidern, daß er selbstverständlich den Damen schon morgen vormittag seinen Besuch machen werde.

Nach Tisch zogen sich die Herren in das Arbeitszimmer des Kommerzienrats zurück. Und dort unterzeichnete Arnold von Rautenau den Vertrag, ahnungslos, daß er sich damit zehn Jahre Ruth Rupertus als Vasall verschrieben hatte. Wenn er es aber gewußt hätte, würde er dann auch unterschrieben haben? Keine Ahnung kam ihm, daß sie die neue Herrin von Rautenau war.

Das wußte ja nicht einmal der Kommerzienrat, der Nora für die Käuferin hielt.

Später besprach Arnold dann mit dem Kommerzienrat die notwendige Anschaffung von landwirtschaftlichen Maschinen, von dem nötigen Vieh und die Wiederherstellung des Verwalterhauses. Ihm lag daran, bald dorthin überzusiedeln. Er wollte sich daran gewöhnen, daß er nicht mehr in das Herrenhaus gehörte.

Und bei diesem Gedanken überkam ihn wieder das Bangen, ob Ruth Rupertus sich dareinfinden würde, in dem kleinen Verwalterhaus mit ihm zu wohnen. Dieses hatte außer einer Küche und einer Vorratskammer sechs Räume, die nicht sehr groß waren. Diese Räume konnte er sich allerdings jetzt nach seinem Geschmack ausstatten lassen, man stellte es ihm frei, da er sich auf lange Jahre wohl fühlen sollte. Es war ihm nicht einmal eine Grenze gesteckt bezüglich der Summe, die er darauf verwenden durfte, und er fragte den Kommerzienrat, was er denke, wieviel er dafür ausgeben könne. Er wolle nicht unbescheiden sein, aber natürlich möchte er gern hübsch wohnen, da er ja beabsichtige, in absehbarer Zeit zu heiraten.

»Also der Gedanke mit dem armen Mädchen sitzt fest?« fragte der Kommerzienrat.

»Unverrückbar – wenn sie mich mag«, erwiderte Arnold, und Fredi sah ihn voll tiefer Übereinstimmung an.

Als er an diesem Tag wieder zum Tee in die Villa Rupertus ging, erzählte er Ruth, daß Arnold von Rautenau sich mit jenem armen Mädchen verheiraten wolle, an das er so schnell sein Herz verloren habe, und Fredi ahnte nicht, daß er das demselben Mädchen erzählte, auch dann nicht, als Ruth dunkelrot wurde.

Er fragte nur: »Wird es Ihrem Fräulein Schwester unangenehm sein, wenn der Verwalter heiratet?«

Sie nahm sich zusammen und sagte kühl:

»Das berührt meine Schwester ja nicht, er kann das halten wie er will, es ist seine Sache.«

»Nun ja, es ist ja auch noch nicht bestimmt, er meinte auf meines Vaters Frage, ob der Gedanke an das arme Mädchen noch immer festsitze: ›Unverrückbar, wenn sie mich mag.‹ Er scheint sie sehr zu lieben und es berührt mich sympathisch, daß er so fest an seiner Liebe zu einem armen Mädchen hängt.«

»Ja, das ist ja sehr – sehr beachtenswert«, erwiderte Ruth.

Die Herren besprachen nun noch allerlei Geschäftliches. Dann mußte der Kommerzienrat zu einer anderen geschäftlichen Zusammenkunft, und Fredi wollte noch einmal ins Kontor, ehe er zum Tee zur Villa Rupertus ging. Arnold war sich so bis zum Abendessen selbst überlassen. Er beschloß, gleich heute noch einen Besuch der landwirtschaftlichen Ausstellung vorzunehmen. Denn Ruth konnte er ja heute doch – leider – nicht mehr aufsuchen.

Und so begab er sich in die Ausstellung, betrachtete mit großem Interesse neue Maschinen, gab einige Bestellungen auf und besah sich alle Neuerungen, die er noch nicht kannte.

Er traf einige Studiengenossen und unterhielt sich mit ihnen. Sie klagten alle über den Tiefstand der Landwirtschaft. Die unter ihnen, welche selbst Grund und Boden hatten, waren verschuldet, die darauf angewiesen waren, Stellung anzunehmen, konnten keine finden. Da war er so recht von Herzen froh, daß ihm das Glück so hold gewesen war.

Voll neuer Eindrücke und befriedigt von dem Besuch, den er am nächsten Tag wiederholen wollte, fuhr er wieder zum Haus des Kommerzienrats zurück. Er traf zunächst nur die Frau des Hauses an, die sich freute, daß er ihr noch ein wenig Gesellschaft leistete, bis ihr Gatte und ihr Sohn nach Hause kamen.

Neidisch hörte er zu, als Fredi erzählte, daß er zum Tee in der Villa Rupertus gewesen sei. Dieser bestellte seinen Eltern Grüße von den Schwestern Rupertus und dem Verlobten Noras, der auch zugegen gewesen sei. Von Susannas Anwesenheit sprach er klugerweise nicht, die verheimlichte er seinem Vater meist. Aber er war nun fest entschlossen, mit seinem Vater über seine Verlobung zu reden. Er beschloß, das morgen vormittag draußen im Geschäftskontor zu tun. Da konnte der Vater zunächst einmal seinem Zorn nicht so frei Luft machen, und außerdem war die Mutter weit vom Schuß, die sich nicht beunruhigen sollte, soweit er es verhindern konnte. Ja, Fredi war ein sehr umsichtiger junger Mann geworden und ein sehr mutiger, der tapfer für seine Liebe eintreten wollte.

196

XIV

Ruth hatte gestern von Fredi Fiebelkorn gehört, daß Herr von Rautenau eingetroffen sei und im Haus seines Vaters für einige Tage zu Gast war. Sie ahnte, daß er heute zur Besuchsstunde erscheinen würde, denn auch das hatte Fredi vermutet. Sie war von einer seltsamen Unrast befallen, ihr war, als müsse sie ihr Heil in der Flucht suchen, und doch konnte sie sich nicht einmal entschließen, die Vorlesungen zu besuchen. Ihre Schwester fuhr schon wieder mit Frau von Werner in die Stadt, versprach aber, bald wiederzukommen. Und so blieb Ruth zu Hause. Susanna erwartete sie heute nicht.

Als sich endlich Arnold von Rautenau melden ließ, hätte sie ihn am liebsten in einer törichten Befangenheit abweisen lassen.

Aber sie dachte an sein trauriges Gesicht und brachte das nicht fertig.

Allen Mut zusammennehmend, ging sie in das Empfangszimmer. Heute trug sie ein reizendes, jadegrünes Hauskleid, das schlicht, wie alle ihre Kleider, an ihr herabfiel, aber für Kenner eine erstklassige Werkstatt verriet.

So sehr sie sich auch in der Gewalt hatte, wurde sie doch sehr blaß vor unterdrückter Erregung, als sie eintrat und einige Schritte auf Arnold zuging. Sie sah das jähe Aufleuchten seiner stahlblauen Augen, und es berührte sie fast schmerzhaft, so stark war dieses Leuchten. Unsicher streckte sie ihm die Hand entgegen.

»Sie treffen es wieder schlecht, Herr von Rautenau, meine Schwester ist wieder nicht daheim. Und Sie kommen doch sicher, ihr zu ihrer Verlobung noch einmal persölich Glück zu wünschen.«

Arnold merkte, daß Ruths Stimme unsicher und schwankend war, und das erfüllte ihn mit einer leisen Hoffnung. Wenn sie ihm kühl und ruhig gegenübergestanden hätte, wäre er sehr entmutigt gewesen.

»Diesem Zweck gilt mein Besuch in zweiter Linie, mein gnädiges Fräulein – ich wollte Sie wiedersehen.«

Sie wußte vor brennender Verlegenheit nichts weiter zu sagen, als: »Bitte nehmen Sie Platz. Wie geht es Ihnen?«

Seine Augen suchten wie in heißem Flehen die ihren.

»Jetzt, gut – oh, so gut«, stieß er aufatmend hervor.

Ihre Hände glitten unruhig über die Lehne ihres Sessels.

»Wir hörten schon durch Kommerzienrat Fiebelkorn, daß Ihre Verhältnisse sich gebessert haben, wenn man es so nennen kann, da Sie Ihre Heimat haben hergeben müssen.«

»Aber ich habe diese Heimat nicht zu verlassen brauchen, bin aller meiner Schulden ledig, bin wieder ein freier Mann und habe einen zehnjährigen Vertrag auf eine gute, selbständige Stellung unterzeichnet. Das mag Ihnen vielleicht wenig erscheinen, aber mir ist es viel, sehr viel.«

»Oh, auch mir erscheint das viel, das können ja nicht viele Menschen von sich sagen.«

Er ließ sie nicht aus den Augen, und seine Augen verrieten ihr nur zu deutlich seine Gefühle, so daß etwas heiß und drängend in ihrem Herzen aufstieg.

»Nein, sicher nicht, aber Sie – Sie können das wohl kaum ermessen, daß Sie bei Ihrem Fräulein Schwester ein sorgenfreies, vielleicht luxuriöses Leben führen und nie gewußt haben, was Sorgen sind.«

»Das habe ich freilich nicht gewußt, es ist mir immer gutgegangen — aber das Glück liegt nicht in äußeren Dingen.«

Sie erschrak vor dem glückseligen Ausdruck seiner Augen.

»Nicht wahr, man kann auch glücklich sein in bescheidenen Verhältnissen?«

»Ganz sicher. — Bleiben Sie einige Tage in Berlin?« lenkte sie befangen ab.

»Ja, mein gnädiges Fräulein, ich will einige Tage hinaus auf die landwirtschaftliche Ausstellung, um mir alle Neuerungen anzusehen. Ich will doch meinen neuen Herrn nach Kräften zufriedenstellen. Bin ich ihm doch so sehr dankbar, daß er mich als Verwalter eingesetzt hat.«

Das Blut stieg ihr zu seiner Freude wieder verräterisch in die Wangen.

Er wußte, einem gleichgültigen Menschen gegenüber wäre das nicht geschehen.

»Ist es Ihnen nicht schmerzlich, da zu dienen, wo Sie geherrscht haben?«

»Nein, gottlob nicht, ich darf ja die verlorene Heimat wieder aufbauen helfen, darf alle die Neuerungen und Verbesserungen vornehmen, wie ich es mir so oft ersehnt habe, darf vor allem meine Kräfte, die zur Hälfte brachliegen mußten, regen. Wenn es auch für einen anderen Besitzer geschieht, so gilt es doch der Heimat. Das ist ein Glück für mich, daß ich gerade für sie arbeiten und schaffen darf. Ich will das Vertrauen, das man in mich setzt, verdienen. Man soll mit mir zufrieden sein!«

»Das ist eine sehr ehrenwerte Ansicht, Herr von Rautenau.«

»Sie ist selbstverständlich. Denken Sie doch, ohne mich auch nur zu kennen, vertraut mir der neue Besitzer sein Gut an. Das ist auch etwas, das einen stolz machen kann.«

»Mir scheint, Sie verdienen das Vertrauen.«

Er sah sie mit großen, ernsten Augen an.

»Von Ihnen freut es mich ganz besonders, daß Sie das sagen. Ich möchte Sie nun eines fragen, mein gnädiges Fräulein, wissen Sie noch, was ich mit Ihnen sprach, als wir uns das erstemal im Leben gegenüberstanden?«

Sie wurde ein wenig blaß, sah ihn aber fest an und sagte leise: »Ja, jedes Wort ist mir im Gedächtnis haften geblieben. Es war so — so seltsam, daß Sie mir, einer Fremden, Ihr ganzes Inneres offenbarten, daß — nun ja — das hat einen tiefen Eindruck auf mich gemacht. Man erlebt es so selten, daß man ein so schnell erwachtes Vertrauen empfängt. Und ich hatte doch so gar nichts getan, es zu verdienen.«

»Doch, Sie hatten es verdient!«

»Wodurch?«

Er zögerte einen Augenblick, dann sagte er fest: »Dadurch, daß Sie mich mit so ehrlichen, offenen Augen ansahen, dadurch, daß Sie mich nicht höhnisch oder spöttisch abfertigten, sondern mir gestatteten, zu Ihnen zu reden, wie man es nur zu einem wahrhaft ehrlichen, gütigen und wahrhaftigen Menschen tun kann.«

»Und woher wußten Sie, daß ich solch ein Mensch war?«

»So etwas empfindet man. Ich sah Sie — und wußte,

daß ich Ihnen schrankenlos vertrauen konnte, selbst da, wo ich mich anklagen mußte. Es war mir, als könnte ich mich reinwaschen von etwas, als ich Ihnen alles sagte. Und ich kam mir nachher entsühnt vor – und trotz meiner ungünstigen Lage –, so unvernünftig glücklich.«

Sie zitterte leise. Sie mußte daran denken, daß er sich unvernünftig glücklich gepriesen hatte, weil er an jenem Tage sein Herz verloren hatte – an ein armes Mädchen. Und er hielt sie für ein armes Mädchen. Ein heißes Glücksgefühl überflutete sie – ja, sie war plötzlich auch ganz unvernünftig glücklich und hätte lachen und jauchzen mögen. Sie wußte aber nicht, was sie darauf antworten sollte. Was ihr Herz ihr gebot, vermochte sie nicht hervorzubringen, und alltägliche Worte wollten nicht über ihre Lippen. Sie konnte ihm nicht in diesen Gefühlsüberschwang hinein mit Redensarten kommen, die ihn abkühlen sollten. Und so betrachtete sie es als eine Erlösung, als gerade jetzt ihre Schwester heimkam. Sie atmete auf.

»Meine Schwester kommt, nun können Sie doch noch Ihre Glückwünsche anbringen.«

Er war bitter enttäuscht, das sah sie ihm an – und es freute sie.

Nora trat ein, die Wangen von der frischen Winterluft reizend gerötet, und mit etwas verwirrtem Haar, aber sonst ganz große Dame. Sie hatte schnell draußen abgelegt, als sie von dem Diener hörte, wer da war.

Frau von Werner verstaute erst verschiedene mitgebrachte Pakete und wollte nachkommen. Mit lachender Herzlichkeit begrüßte Nora Arnold.

»Ah, das freut mich aber sehr, daß ich Sie noch sehe. Ich erinnere mich immer noch gern des reizenden

Abends, den ich in Ihrer Gesellschaft verlebt habe. Wir waren beide sehr lustig und übermütig an jenem Abend. Unter uns, ich wollte noch einmal meine Freiheit genießen, denn ich wußte, daß mich am nächsten Tag lebenslängliche Fesseln erwarteten. Und Sie? Ich glaube, bei Ihnen war es auch so etwas wie ein Abschied?«

So rettete Nora weltgewandt die Lage, die sonst etwas peinlich hätte sein können.

Arnold küßte ihr artig die Hand.

»Es freut mich, daß Sie mir nicht zürnen wegen meines Übermutes, mein gnädiges Fräulein – oder sagen wir lieber, wegen meines Galgenhumors. Und nun gestatten Sie mir, Ihnen persönlich meine Glückwünsche darzubringen.«

»Das gestatte ich Ihnen. Bitte, nehmen Sie wieder Platz, Sie dürfen noch nicht fort, nein, nein, keine Rede davon. Sie müssen zu Tisch bleiben, mein Verlobter kommt auch, Sie müssen Bekanntschaft mit ihm machen. Ruth, wir können doch noch einen Gast brauchen?«

In Ruths Herzen war ein seltsam wehes Gefühl aufgestiegen, als Nora Arnold von Rautenau so selbstverständlich mit Beschlag legte. War das Eifersucht? Konnte das Eifersucht sein?

Aber da wandte Arnold ihr seine Augen zu, und in diesen Augen lag die Bitte: ›Bestimme du – nur was du bestimmst, soll geschehen.‹ Und da kam ein köstliches Gefühl des Erlöstseins über sie, eine Erkenntnis der Macht, die sie über diesen Mann hatte, und diese Erkenntnis war über alle Begriffe süß und beseligend. Sie sah ihn mit einem bittenden Blick an.

»Ja, bitte bleiben Sie – in Gesellschaft eines Brautpaares ist es immer etwas langweilig für den dritten, und unsere Frau von Werner hat jetzt den Kopf voller Aussteuersorgen für meine Schwester.«

Ein heißer Dankesblick aus seinen Augen belohnte sie.

»Ich bin so selbstsüchtig, zuzusagen, bitte aber, mir zu gestatten, daß ich Frau Kommerzienrat Fiebelkorn benachrichtige, daß sie mich nicht zu Tisch erwarten soll.«

»Das dürfen Sie. Ruth, du führst wohl Herrn von Rautenau zum Telefon, ich will mich nur schnell umkleiden. Sie entschuldigen mich, Herr von Rautenau, aber wenn man seinen Verlobten erwartet, will man so schön wie möglich sein.«

»Bitte auf mich keine Rücksichten zu nehmen«, sagte er, froh, daß ihm noch ein kurzes Alleinsein mit Ruth beschieden war. Er folgte ihr zum Apparat und sagte der Kommerzienrätin ab, sich artig entschuldigend.

Sie war sehr nett, bat ihn, sich in keiner Weise gebunden zu fühlen, er könne gehen und kommen, wie er wolle.

Dann war er mit Ruth wieder allein.

»Ihr Fräulein Schwester scheint sehr glücklich zu sein. Das freut mich von Herzen.«

Ruth lächelte ein wenig.

»Nora hat, glaube ich, gar keine Anlage, anders als glücklich zu sein, sie ist ein beneidenswertes Menschenkind.«

»Haben Sie diese Fähigkeit nicht auch, mein gnädiges Fräulein?«

»Ich glaube, ich könnte auch herzhaft unglücklich sein.«

203

»Weil Sie viel tiefer veranlagt sind.«

»Woher wollen Sie das wissen?«

»Dazu genügt ein Blick in Ihre Augen, die sind unergründlich tief, so hell sie auch scheinen − wie das Meer.«

»Sie machen Redensarten!«

»Nein, wenn Sie unter Redensarten schmeichlerische Unwahrheiten verstehen, die würden mir Ihnen gegenüber nicht über meine Lippen kommen, Ihnen gegenüber kann ich nur wahr sein − oder schweigen.«

Sie wurde glühend rot.

»Es ist sehr schwer, zumal im gesellschaftlichen Verkehr, immer die Wahrheit zu sagen, so gern man es auch tun möchte. Wir Frauen überhaupt, wir müssen uns so oft zu Unwahrheiten zwingen, wenn uns auch alles dazu drängt, ehrlich zu sein.«

Seine Augen flammten in die ihren.

»Ich wünschte mir, daß Sie mir gegenüber immer ganz ehrlich sein würden.«

Sie fühlte, wie ihr das Herz bis zum Hals hinauf klopfte.

Was er wohl sagen würde, wenn sie ganz ehrlich zu ihm sein würde?

»Liegt Ihnen so viel daran?« suchte sie zu scherzen.

»Unendlich viel! Haben Sie schon einmal darüber nachgedacht, wie schwer uns die Frauen das Leben dadurch machen, daß sie sich unwahr geben, gerade da, wo wir es so sehr ersehnen, daß sie ehrlich sind?«

Sie strich sich über die Stirn.

»Und haben Sie schon einmal darüber nachgedacht, wie schwer es den Frauen zuweilen fällt, unehrlich sein zu müssen?«

Ein Lächeln huschte um seinen Mund.

»Frauen pflegen mit einer Frage auf eine Frage zu antworten, wenn sie nicht antworten wollen.«

»Oder nicht können! Die Männer haben es so leicht, ehrlich zu sein – aber die meisten sind es nicht.«

Er sah sie forschend an.

»Haben Sie da schon schlimme Erfahrungen gemacht?«

Sie schüttelte lächelnd den Kopf.

»Ich nicht, aber viele meiner Geschlechtsgenossinnen.«

»Im übrigen haben es manchmal die Männer auch sehr schwer, ehrlich zu sein. Es gibt Dinge, die es ihnen verwehren, auch gerade dann, wenn sie es so gern sein möchten.«

»Ja, das mag sein. Aber ich finde, wir kommen ins Philosophieren.«

»Ich hätte Ihnen so gern eine Frage vorgelegt, weiß aber nicht, ob Sie mir dieselbe ehrlich oder überhaupt beantworten werden. Darf ich diese Frage an Sie richten, und wollen Sie mir versprechen, mir nicht zu zürnen, wenn sie auch ein wenig taktlos klingen würde? Sie ist jedenfalls nicht taktlos gemeint – nur sehr brennend.«

Unschlüssig sah sie ihn an. Was würde er fragen? Sie raffte sich aber auf aus ihrer Verlegenheit.

»So fragen Sie!« sagte sie tapfer. »Ich werde nicht zürnen, denn ich bin überzeugt, daß Sie keine Taktlosigkeit begehen wollen.«

»Nein, bei Gott nicht. Aber – ich möchte so gern wissen, ob – ob es einen Mann gibt, der Rechte an Sie – an Ihr Herz hat?«

Sie wurde ein wenig blaß vor unterdrückter Erregung. Eine Weile blieb sie stumm, wußte nicht, ob sie antworten oder schweigen sollte. Aber da sah sie in seine Augen hinein, aus denen ihr eine so heiße Angst entgegenleuchtete. Und da sagte sie, halb wider Willen: »Nein, es gibt keinen Mann in meinem Leben, der irgendwelche Rechte an mich hätte.«

Er faßte ihre Hand und preßte seine Augen darauf, nicht seine Lippen.

Diese Gebärde bewegte sie tief, es lag eine solche Erlösung darin.

Als er wieder zu ihr aufsah, atmete er tief auf und sagte leise: »Ich danke Ihnen für Ihre Güte! Ihre Antwort hat mich sehr glücklich gemacht.«

Hier wurden sie gestört, Frau von Werner trat ein und begrüßte den Gast. Gleich darauf kam Georg Reinhard, und Ruth machte die Herren bekannt.

»Ich glaube, wir haben uns schon im Haus des Kommerzienrats Fiebelkorn kennengelernt, Herr von Rautenau«, sagte Georg Reinhard lächelnd.

Auch Arnold lächelte.

»Ja, das glaube ich auch. Ich bin heute hierhergekommen, um Fräulein Rupertus zu ihrer Verlobung zu beglückwünschen, da ich es bisher nur schriftlich tun konnte. Gestatten auch Sie mir nun, daß ich Ihnen von Herzen Glück wünsche?«

Die Herren schüttelten sich die Hände, und in diesem Augenblick kam Nora herein. Sie begrüßte ihren Verlobten und schien jetzt nur noch Augen und Ohren für ihn zu haben. So kam Georg Reinhard gar nicht erst dazu, auf Arnold eifersüchtig zu sein. Aber als er vor Tisch noch eine Weile mit seiner Braut allein war, sagte er zärtlich: »Auf diesen Herrn von Rautenau war ich einmal sehr eifersüchtig.«

Nora lachte ihn aus und zog ihn am Ohrläppchen.

»Das war sehr überflüssig, und ich rate dir, dich recht gut zu ihm zu stellen.«

»Warum?«

»Das ist zwar noch mein Geheimnis, aber Brautleute sollen keine Geheimnisse voreinander haben. Wenn du mir versprichst, es ebenfalls als Geheimnis zu betrachten, werde ich es dir verraten.«

»Also, ich verspreche dir, es ganz für mich zu behalten.«

Sie zog seinen Kopf zu sich herab und flüsterte schelmisch in seine Ohren: »Herr von Rautenau wird sicher eines Tages dein Schwager!«

Er staunte.

»Wirklich?«

»Ich glaube es bestimmt. Und er darf also am wenigsten ahnen, daß du nicht eine reiche Erbin zu deiner Frau machen wirst. Ruth will um ihrer selbst willen geliebt werden.«

»Dazu hat sie auch alles Recht, und wir zwei werden ihr Geheimnis deshalb doppelt hüten.«

Sie nickte ihm zu, und dann tauschten sie, die Gelegenheit benützend, einige Küsse. Nora war auf dem besten Weg, sich ehrlich in ihren Georg zu verlieben, er gefiel ihr jeden Tag besser.

Man ging dann zu Tisch. Heute hatte Arnold keine Gelegenheit mehr, einige Worte allein mit Ruth zu sprechen, aber Nora sorgte für weitere Zusammenkünfte zwischen ihm und Ruth. Erstens veranlaßte sie, daß man morgen vormittag in Arnolds Gesellschaft die landwirtschaftliche Ausstellung besuchte, und dann mußte Arnold zusagen, den Sonnabend in der Villa Rupertus zu verbringen.

Da außerdem Kommerzienrat Fiebelkorn die Damen Rupertus, Frau von Werner und Georg Reinhard für Sonnabend zur Mittagstafel einlud, war dem darüber sehr glücklichen Arnold reichlich Gelegenheit gegeben, mit Ruth zusammenzutreffen. Als er sich verabschiedete, meinte Nora, man könne ja morgen gemeinsam nach dem Besuch der Ausstellung irgendwo speisen, und dann könne Herr von Rautenau nachmittags den Tee im Haus Rupertus nehmen, zudem doch ohnedies Herr Fredi Fiebelkorn, die Geschwister Sanders und Fräulein Hell anwesend sein würden.

Flüchtig trafen bei diesen Worten Ruths und Arnolds Augen zusammen, und in beider Augen sah man ein freudiges Leuchten.

In hoffnungsvoller Stimmung kehrte Arnold in die Villa des Kommerzienrats zurück.

XV

Am nächsten Vormittag, während Arnold mit den Damen Rupertus und Georg Reinhard die landwirtschaftliche Ausstellung besuchte und zu seiner Freude wieder manch unbelauschtes Wort mit Ruth wechseln konnte, wozu ihm Nora scheinbar unabsichtlich Gelegenheit gab, suchte Fredi seinen Vater in dessen Kontor auf, nachdem er telephonisch bei ihm angefragt hatte, ob er ihn sprechen könne.

Der Kommerzienrat hatte gerade eine geschäftliche Angelegenheit erledigt und sich eine Zigarre angesteckt, als Fredi bei ihm eintraf.

»Nun, mein Junge, was hast du mir denn Besonderes zu sagen?«

Freui trat neben seinen Sessel und sah ihn mit einem seltsamen Blick an.

»Ich freue mich, Vater, daß du dir gerade eine Zigarre angesteckt hast. Dann bist du immer besonders friedlich – und es liegt mir daran, dich in friedlicher Stimmung zu finden.«

Der alte Herr stutzte und musterte seinen Sohn mit einem leichten Stirnrunzeln.

»Du, das klingt, als hättest du die Absicht, mir etwas Unangenehmes zu sagen?«

»Für mich ist es nichts Unangenehmes, Vater, aber ich bin nicht sicher, ob es auch für dich angenehm ist. Jedenfalls ist es etwas Außergewöhliches, und ich möchte dich sehr bitten, aus Rücksicht auf deine Gesundheit recht ruhig zu bleiben.«

Der Kommerzienrat nahm seine Zigarre aus dem Mund und besah sie mit einem etwas verdrießlichen Gesicht.

»Du willst mir doch nicht die Laune verderben?«

»Nein, das will ich bestimmt nicht, und es würde mir sehr leid tun, wenn ich es dennoch tun müßte. Lieber, guter Vater – du hast mir stets so viel Liebe und Güte bewiesen, bist nicht einmal ungeduldig geworden, wenn ich dich durch mein Verhalten ein wenig in Harnisch brachte. Immer hast du Verständnis für mich gehabt. Nun wünsche ich so sehr, daß du es auch jetzt für mich haben wirst, da es um etwas Großes für mich geht.«

»Mein Lieber, spare dir doch die lange Vorrede, du spannst mich damit auf die Folter. Also heraus damit – was hast du auf dem Herzen?«

»Ich wollte dich nur erst ein wenig vorbereiten, Vater, weil ich weiß, daß dir Aufregung schädlich sein kann. Wir wollen das, was ich dir zu sagen habe, ganz ruhig bereden, ich habe es Mutter versprechen müssen. Also – ich liebe Susanna Hell und will sie zu meiner Frau machen.«

Der alte Herr legte seine Zigarre fort und wandte ganz langsam sein Gesicht, um seinen Sohn groß und voll anzusehen. Eine Weile ruhte so sein Blick in dem des Sohnes, der ihn fest und ruhig ansah. Dann sagte er hart und ruhig, wenn auch mit etwas rauher Stimme: »Daraus kann natürlich nichts werden.«

Fredi verlor seine Ruhe nicht.

»Warum nicht, Vater?«

»Weil ich es nicht zugeben werde, daß mein Sohn, der Erbe meines Vermögens und meiner Firma, irgendeine arme Studentin heiratet.«

»Sie ist nicht irgendeine arme Studentin, Vater, sie ist die eine, einzige Frau, die mein Lebensglück bedeutet, die mich versteht.«

»Das sagt man sich immer, wenn man verliebt ist.«

»Ich bin nicht verliebt, Vater, ich liebe sie von ganzem Herzen. Und sie hat mich eigentlich erst richtig zu einem Menschen gemacht. Was war ich denn, bevor ich sie kennenlernte? Ein einfältiger Trottel, der sich fürchtete, den Frauen in die spöttischen Gesichter zu sehen, der sich am liebsten immer in ein Mausloch verkrochen hätte, um nicht den Hohn in all den Frauenaugen zu lesen. Alles, was sonst etwa gut und tüchtig in mir war, wagte sich nicht heraus, weil mich ein schreckliches Minderwertigkeitsgefühl befallen hatte. Susanna Hell hat es verstanden, mir Mut einzuflößen, hat mein Selbstbewußtsein geweckt, hat mir durch ihr feines Verständnis das eigene Wesen erschlossen und mir gezeigt, daß ich es gar nicht nötig habe, mich vor irgend jemand zu verstecken. Alle ihre lieben, verständigen Worte, aus denen so viel Güte leuchtete, sind in mein Herz gefallen wie ein befruchtender Regen. Du hast ja selbst mit Staunen bemerkt, welche Veränderung in dieser kurzen Zeit mit mir vorgegangen ist. Alle Menschen merken das, und ich sehe, daß sie mich erstaunt, aber nicht mehr spöttisch und mitleidig ansehen. Das alles hat Susanna aus mir gemacht.«

Diese Worte gingen nicht eindruckslos an den Ohren des alten Herrn vorüber, aber er wehrte sich dagegen und zwang sich, seinen Sohn überlegen anzusehen.

»Das hätte jedes andere Mädel auch fertiggebracht, in die du dich verliebt hättest. Du hast eben endlich die Liebe kennengelernt, bist etwas spät, aber deshalb um so schneller ein Mann geworden. Das ist nicht das Verdienst dieser kleinen Studentin. Ich habe ja gar nichts dagegen, daß du eine Liebschaft mit der kleinen Hell unterhältst, aber es braucht doch nicht gleich geheiratet zu werden.«

Fredi zuckte zusammen. Er richtete sich schroff empor und sah seinen Vater fast drohend an.

»Vater, ein anderer hätte das nicht ungestraft sagen dürfen, ich bitte mir Hochachtung aus für Susanna Hell — sie ist meine Braut!«

Etwas in dem Wesen seines Sohnes nötigte den alten Herrn, die Sache ernsthaft zu nehmen. Er sah ihn mit einem forschenden Blick an, und auf dem Grund seiner Augen flimmerte etwas wie versteckte Freude. Er sagte aber, scheinbar noch immer ablehnend: »Willst deinem Vater wohl gar an die Gurgel, weil er dein Liebchen nicht ernst nehmen will?«

Fredi wurde blaß, und seine sonst so wasserblauen Augen verdunkelten sich.

»Noch so ein Wort gegen meine Braut, Vater, und ich breche diese Unterhaltung ab.«

Es zuckte um den Mund des alten Herrn, fast wie aufkeimender Humor.

»So? Und was wirst du dann tun, wenn du diese Unterhaltung abgebrochen hast?«

»Dann werde ich sofort das Aufgebot bestellen und meiner Braut meinen Namen geben, dann wird es dir vergehen, ihn zu schmähen.«

»So? Und von was willst du dann mit deiner Frau leben?«

»Dazu brauchte ich das Geld, Vater, das ich an dem Verkauf von Rautenau verdiente, damit werde ich mich selbständig machen. Mehr hast du auch nicht gehabt, als du angefangen hast, und ich werde schon vorankommen.«

»Aber deine Braut wird sich bedanken, dich zu heiraten, wenn ich dich enterbe.«

»Da kennst du Susi nicht«, sagte Fredi mit strahlenden Augen. »Die ist im Monat mit hundertfünfzig Mark ausgekommen. Sie liebt mich, nicht mein Geld, und für sie ist das, was ich besitze, ein großes Vermögen.«

»Nun, ich würde sie doch erst mal vor die Wahl stellen, ob sie mit diesem kleinen Bruchteil zufrieden ist, während sie doch sicher auf das große Vermögen gerechnet hat, das dir mal zufallen würde.«

Mit traurigen Augen sah Fredi den Vater an.

»Du kennst sie eben nicht, Vater. Ich werde die

Gemeinheit nicht begehen und ihr mit einem solchen Verdacht nahetreten, aber das kann ich dir sagen, Angst habe ich, daß sie mich nicht heiraten wird, wenn meine Eltern ihren Segen nicht dazu geben. Und – dann hättest du mich für alle Zeiten unglücklich gemacht, Vater, das bedenke. Weiter will ich jetzt nichts mit dir sprechen – überlege dir die Sache erst, ehe du wegen einer Geldfrage deinen Sohn unglücklich machst. Ich erwarte bis morgen deine Entscheidung.«

Und ohne eine Antwort abzuwarten, ging Fredi hinaus, begab sich wieder in sein Kontor und versuchte zu arbeiten. Aber sein Herz klopfte sehr unruhig. So fest er auch überzeugt gewesen war, daß sein Vater nach einigem Wehren sein Jawort geben würde, das Verhalten des alten Herrn hatte ihn unsicher gemacht. Wie, wenn er wirklich bei seiner Weigerung blieb? Seine Susi würde ganz bestimmt nicht den Mut aufbringen, ohne die Zustimmung seiner Eltern seine Frau zu werden. Sie würde lieber todunglücklich werden, als das zu tun. Eindrängen würde sie sich nicht in eine Familie, die sie nicht willig aufnahm. Seine süße, zaghafte kleine Susi! Ob er nach Hause ging und mit der Mutter sprach, damit diese den Vater beschwor, seine Einwilligung zu geben? Aber nein, sie sollte sich nicht aufregen, sie fürchtete sich vor solchen Auseinandersetzungen mit dem Vater, der immer ein wenig Gewaltmensch gewesen war, wenn auch in gutmütigem Sinn, da er im Grunde gar nicht so hart war. Nein, hartherzig war der Vater nicht – und deshalb wollte er die Hoffnung noch nicht aufgeben. Zum Glück wußte Susi nicht, daß er heute hatte mit dem

Vater sprechen wollen. Sie brauchte also noch nicht zu erfahren, daß der Vater vorläufig seine Einwilligung versagte.

Der Kommerzienrat hatte eine Weile hinter seinem Sohn hergesehen. Dann zuckte es um seinen Mund wie verhaltenes Lachen.

»Prachtvoll hat er sich gehalten! Diese kleine Susi scheint doch ein Wunder an ihm vollbracht zu haben. Wäre wahrhaftig seinem Vater fast an die Gurgel gefahren. Und will sich selbständig machen? Das bringt er auch fertig — und er wird seine Sache machen; wie er jetzt ist, kommt er voran. Wie er die Sache mit dem Gutsverkauf und seinem Gewinnanteil gemacht hat, so wird er auch anderweitig sehen, wo er bleibt. Alle Achtung, der Junge macht sich! Soll ich das nun alles wieder aufs Spiel setzen, soll ich ihn unglücklich machen? Geld haben wir doch selber genug, und er wird dazuverdienen. Wenn sie nun auch wirklich nur ein armes Mädchen ist, das Herz muß sie doch auf dem rechten Fleck haben. Wenn ich nur wüßte, ob sie ihn nur wegen seines Geldes heiraten will? Und ein anständiges Mädel ist sie geblieben, sonst würden die Schwestern Rupertus nicht so zu ihr halten. Hm! Nun sitzt der Junge drüben und bläst Trübsal und hadert mit seinem Rabenvater? Natürlich tut er das! Verwünscht noch mal — was tue ich nur? Klein beigeben? Dann ist doch die ganze väterliche Macht zum Kuckuck. Wird ja verblüffend selbständig, der Bengel, schmeißt lieber dem Vater den ganzen Krempel vor die Füße und fängt für sich allein an, als daß er von dem Mädel läßt. Ist also doch die ganz große Liebe. Und eigentlich ist das zum Freuen, man sieht doch, daß der Junge ein ganzer Kerl geworden ist. Ja — was tut man da?«

Er sprang plötzlich auf.

»Ich muß mir das Mädel mal gründlich ansehen.«

Und er rief in der Villa Rupertus an, um Ruth Rupertus nach der Wohnung Susanna Hells zu fragen. Die Damen waren aber nicht zu Hause, sie seien in die landwirtschaftliche Ausstellung gefahren.

›Aha — mit dem Verwalter!‹ dachte er und fragte den Diener, ob er vielleicht wisse, wo Fräulein Hell wohne. Ja, er wisse es, Fräulein Hell wohne in der Charlottenstraße. Er gab die Hausnummer an und den Namen der Wirtin Susannas. Der alte Herr dankte und schrieb beides auf.

Dann ließ er sein Auto vorfahren, zog seinen Pelz an und nahm seinen Hut. Hierauf verließ er sein Kontor, schritt den langen Flur hinab und blieb vor der Tür zum Arbeitszimmer seines Sohnes stehen. Er zögerte eine Weile, dann öffnete er die Tür und sagte, auf der Schwelle stehen bleibend, mit ernsthaftem Gesicht: »Also ich brauche mir die Sache nicht erst bis morgen zu überlegen, mein Entschluß ist gefaßt. Ich gebe dir nie die Einwilligung zur Verbindung mit einer Frau, die mir nicht als Schwiegertochter paßt. Guten Morgen!«

Damit machte er die Tür wieder zu und schritt zum Fahrstuhl. Dabei spielte aber ein humoristisches Lächeln um seinen Mund, und seine kleinen, klugen Augen lachten.

»So, mein Jungchen, ich werde doch nicht klein beigeben.«

Unten wartete sein Auto, und er sagte dem Chauffeur, wohin er ihn fahren sollte. Es war ein Donnerstagmorgen. Als der alte Herr in der Charlottenstraße ankam und ächzend und stöhnend die vier Treppen hinaufgestiegen war, klingelte er, nachdem er sich erst ein Weilchen verpustet hatte. Eine kleine Dame von etwa fünfzig Jahren mit einem ganz glattgeschnittenen Bubikopf und einer Hornbrille öffnete ihm und fragte nach seinem Begehr.

»Ist Fräulein Hell zu Hause?«

Mit großen, erstaunten Augen sah sie zu ihm auf.

»Fräulein Hell?«

»Ja doch, die Studentin Fräulein Hell. Warum staunen Sie so?«

Sie zuckte die Achseln.

»Weil Fräulein Hell nie Besuche erhält, am wenigsten von Herren.«

Der Kommerzienrat schmunzelte.

»Na, Sie sehen ja, daß ich hübsch in den Jahren bin, mich können Sie schon einlassen.«

Sie sah ihn aber noch immer etwas kriegerisch an.

»Die Ältesten sind die schlimmsten. Ich muß Fräulein Hell erst fragen, ob sie Sie empfangen wird.«

Und schon wollte sie ihm die Tür vor der Nase zuschlagen, da hielt er sie im letzten Augenblick auf.

»Sagen Sie ihr, Kommerzienrat Fiebelkorn wünsche sie in einer wichtigen Angelegenheit zu sprechen.«

Die kleinen, schwarzen Augen sahen kritisch durch die Hornbrille zu ihm auf.

»Werde es bestellen.«

Sie ging über den Flur, nachdem sie die Tür nun doch geschlossen hatte, bis zur Tür des Zimmerchens, das Susi bewohnte. Diese war erst vor wenigen Minuten aus der Vorlesung nach Hause gekommen, hatte aber schon wieder ihre Bücher ausgebreitet und war im Begriff zu arbeiten. Sie trug ihr schlichtes Wollkleidchen, wie immer zu den Vorlesungen, und rief »Herein!«, als an ihre Tür geklopft wurde.

Ihre Wirtin sah zur Tür herein.

»Ein Herr will Sie sprechen, Fräulein Hell, was mir aber, offen gesagt, nicht gefällt. Ein junges Mädchen darf keine Herrenbesuche empfangen.«

Diese Worte hörte draußen der Kommerzienrat, und er nickte beifällig lächelnd vor sich hin. Hier war die kleine Studentin offenbar in guter Hut.

Susi war zusammengezuckt.

»Ein Herr?«

»Ja, ein Kommerzienrat Fiebelkorn will Sie in einer wichtigen Angelegenheit sprechen.«

»Ach, du lieber Gott!« entfuhr es Susis erblaßten Lippen. Aber dann faßte sie sich und richtete sich auf.

»Sie haben den Herrn Kommerzienrat doch nicht vor der Tür stehen lassen?«

»Na, wo denn sonst, ein Empfangszimmer habe ich nicht bei der teuren Miete.«

Susanna sah sich erschrocken in ihrem kleinen Stübchen um. Es enthielt außer dem Bett, das hinter einer Art Wandschirm stand, nur einen Kleiderschrank, einen Tisch, einen alten Lehnstuhl, zwei Stühle, einen schmalen Waschtisch und ein kleines Schränkchen, in dem ihre Wäsche und sonstige Kleinigkeiten aufbewahrt wurden. Aber an den Fenstern hingen saubere, in hübsche Falten geordnete Mullgardinen, und auf dem Fußboden unter dem Tisch lag ein billiger, aber sauberer Teppich. Susanna seufzte auf, es half nichts, sie mußte den Kommerzienrat hier empfangen.

»Bitte, lassen Sie den Herrn Kommerzienrat herein, er wird sicher etwas Wichtiges mit mir zu besprechen haben.«

Mit einem Achselzucken trippelte die kleine Dame wieder zur Tür. Die öffnete sie und sagte wenig freundlich: »Bitte, Fräulein Hell will Sie empfangen, aber lieb ist mir das nicht, das muß ich schon sagen.«

Es zuckte um seinen Mund.

»Das ist sehr ehrenwert von Ihnen, aber Sie können ganz unbesorgt sein, ich bleibe nur einige Minuten und habe wirklich nur etwas Wichtiges mit Fräulein Hell zu besprechen.«

Sie neigte sehr förmlich den Kopf und öffnete Susannas Tür.

Diese stand, bleich bis an die Lippen, aber hoch aufgerichtet, mitten im Zimmer am Tisch und sah ihm mit großen Augen entgegen. Daß sein Kommen nichts Gutes für sie bedeuten konnte, erschien ihr sicher. Sie ahnte, daß Fredi mit seinem Vater gesprochen hatte, und dieser wollte ihr wohl selbst seine Entscheidung bringen. Etwas Gutes war das nicht, und es kam ihr nun erst wieder voll zum Bewußtsein, wie vermessen es von ihr gewesen war, zu glauben, daß sie die Frau des einzigen Sohns des Kommerzienrats Fiebelkorn werden könne. Sie machte eine hilflose, kleine Verbeugung vor dem alten Herrn, während ihre Wirtin langsam und zögernd die Tür hinter ihm schloß.

»Was verschafft mir die Ehre, Herr Kommerzienrat?« fragte sie, zaghaft, aber sehr damenhaft auf einen der beiden Stühle deutend.

Er legte aber vorläufig nur seinen Hut auf diesen Stuhl.

»Ahnen Sie das nicht, Fräulein Hell?«

Sie schluckte krampfhaft, um die hochsteigenden Tränen zu unterdrücken, sagte aber dann, ihn offen und ehrlich ansehend: »Ja, ich ahne, weshalb Sie kommen. Ihr Herr Sohn hat Ihnen gesagt, daß er mich zu seiner Frau machen will. Natürlich willigen Sie nicht ein und kommen, mir das zu sagen.

»So, das finden Sie natürlich?«

»Gewiß, ich habe es Ihrem Herrn Sohn gleich gesagt, daß Sie nie Ihre Einwilligung geben werden. Ich habe mich auch lange genug gesträubt, seine Werbung ernst zu nehmen. Ich wußte ja, daß es nicht sein kann. Reich und arm paßt eben nicht zusammen. Aber es jammerte mich zu sehr, wie unglücklich und traurig er mich ansah, als ich ihm das sagte – und – verzeihen Sie – ich habe ihn zu lieb – und – da habe ich dann doch gehofft, es könne ein Wunder geschehen. So töricht ist man, wenn man jemanden so recht von Herzen liebhat.«

Der alte Herr sah Susanna lange an, sah in das blasse, zuckende Gesichtchen, aus dem doch bei aller Trauer so viel mädchenhafter Stolz leuchtete. Und er dachte bei sich, daß er seinen Sohn nun sehr wohl verstehen konnte, wenn er lieber auf sein väterliches Erbe verzichten wollte, als auf den Besitz dieses Mädchens. Prüfend sah er sie an und malte sich aus, wie sie sich ausnehmen würde, wenn sie in eleganten Kleidern steckte. Sie hatte feine Züge, so schöne große Augen und eine reizvolle schlanke Gestalt. Langsam sah er sich auch in dem schlichten Zimmerchen um. Es war fast ärmlich, aber blitzsauber gehalten.

›Nicht jedes Mädchen hält so rein‹, das kam ihm in den Sinn. Aber dann besann er sich auf den Zweck seines Kommens, Susanna Hell einer Probe zu unterziehen. Unerprobt wollte er seine Einwilligung zu dieser Verlobung nicht geben, und dazu war er hier.

»Also, daß es töricht war, daran zu denken, daß mein Sohn Sie heiraten würde, das sehen Sie ein.«

Sie sah ihn groß an.

»Nein, das war nicht töricht. Töricht war nur, daß ich ihm glauben konnte, daß sein Vater in unsere Verbindung einwilligen würde. Er selbst, o mein Gott — er wird ja noch viel unglücklicher als ich, wenn er von mir lassen muß. Und daß ich das weiß, ist das bitterste für mich.«

Das klang so schlicht, so wahrhaftig, daß er es glauben mußte, und eine tiefe Rührung stieg in ihm auf.

»Aber Sie begreifen, daß aus dieser Verbindung nichts werden kann. Mein Sohn darf nur eine Frau heiraten, die mir genehm ist — sonst enterbe ich ihn.«

Sie zuckte leicht die Achseln.

»Das wäre ja nicht das schlimmste, wir sind jung und gesund, und Fredi ist jetzt so kraftvoll und betriebsam, daß wir uns schon durchsetzen würden. Aber er liebt doch seine Eltern, und ich darf ihn nicht vor die Wahl zwischen mir und ihnen stellen, da würde ich ihm einen schlechten Dienst tun. Mich wird er ja vielleicht mit der Zeit vergessen, das muß ich wenigstens hoffen, aber seine Eltern, mit denen er sein ganzes Leben lang innig verwachsen war — nein — das verwindet ein Mensch wie er nicht. Und deshalb hätte ich nie den Mut, ihm gegen den Willen seiner Eltern anzugehören.«

Der Kommerzienrat mußte sich auf die Lippen beißen, um seine Fassung nicht zu verlieren. Guter Gott, war das ein liebes, süßes Ding!

Aber nun sollte sie noch die schwerste Probe überstehen.

»Es freut mich, daß ich Sie so vernünftig finde. Ich bin auch gewillt, Sie dafür zu belohnen. Ich weiß, Sie leben in den bescheidensten Verhältnissen, und wenn ich Sie veranlasse, auf so eine glänzende Partie zu verzichten, dann will ich Sie auch entschädigen. Ich biete Ihnen die Summe von hunderttausend Mark an als Abfindungssumme für das nicht eingehaltene Eheversprechen meines Sohnes.«

Dabei sah er sie scharf und forschend an.

Es ging ein Ruck durch Susannas Gestalt, die Farbe wechselte in erschreckender Weise in ihrem Gesicht. Ihre Augen sahen starr und erloschen in die seinen, aber dann richtete sie sich stolz empor. Mit festen Schritten ging sie nach der Tür, öffnete sie und sagte hart und laut: »Nach diesem haben wir uns nichts mehr zu sagen, Herr Kommerzienrat. Wenn mein Vater auch nur ein armer Professor ist, so halte ich es doch für meine Pflicht, auf die seiner Tochter angetane Beleidigung mit der einzigen Art zu antworten, die mir zu Gebote steht. Bitte, befreien Sie mich von Ihrem Anblick — und seien Sie unbesorgt: Susanna Hell drängt sich nicht in eine Familie, in der man sie nicht willkommen heißt, sondern mit Schmähungen bewirft.«

Und neben der Tür stehen bleibend, wies sie ihn hinaus.

Da nahm er seinen Hut — und legte ihn auf den Tisch. Und er setzte sich nieder, mit einem gerührten und doch humoristischen Ausdruck.

»Na, mir geht es ja heute gut, mein Sohn fährt mir fast an die Gurgel, und meine zukünftige Schwiegertochter wirft mich mit Hochdruck hinaus. Mach die Tür zu, mein Töchterchen, ich denke nicht daran, mich hinauswerfen zu lassen. Du hast mir riesigen Eindruck gemacht, und was denkst du wohl, was mein Fredi mit mir macht, wenn ich ihm sage, daß ich mich hier so betragen habe, daß du mich hinausweisen mußtest?«

Sie sah ihn wie aus einem bösen Traum erwachend an, strich sich das Haar aus der Stirn und taumelte ins Zimmer zurück, haltlos in dem anderen Stuhl zusammensinkend.

»Was soll das heißen, treiben Sie auch noch Ihren Spott mit mir?«

Er erhob sich, schloß nun selber die Tür und trat zu ihr heran. Sie mit einem weichen Blick ansehend, streichelte er über ihr Haar und sagte: »Töchterchen, nun sei nur nicht böse, daß ich dir so zugesetzt habe. Aber sieh mal, ich habe doch meinen Jungen lieb, und ein großer Menschenkenner ist er nie gewesen. Ich aber kannte dich viel zu wenig, um mir ein Urteil bilden zu können, ob du auch wert seiest, die Frau meines Sohnes zu werden. Und nun hat er mir heute morgen gleich so die Pistole auf die Brust gesetzt: ›Entweder die Susi, oder ich mache mich selbständig!‹ Ja — damit hat er mir wahrhaftig gedroht — und dann wäre ich ja ohne Erben dagesessen.

Was blieb mir weiter übrig? Ich mußte mir die Susi mal gründlich unter die Lupe nehmen und sie erst mal ordentlich aus der Fassung bringen. Den Wert von Diamanten und Perlen kann man erst schätzen, richtig einschätzen, wenn man sie aus der Fassung herausnimmt. Und da du mir als eine Perle gepriesen wurdest, habe ich dich erst mal gründlich geprüft. Habe dir ein bißchen weh tun müssen, aber das wirst du mir sicher verzeihen. Es ging ja um Fredis Wohl und Wehe.«

Susanna hatte wie im Traum zugehört und hob nun ungläubig den Kopf, wie eine Blume, die lange den verdorrenden Sonnenstrahlen ausgesetzt war, und nun von wohltätigem, erquickendem Regen überrieselt wird.

»Das ist doch alles nicht wahr? Was bezwecken Sie mit diesem Märchen, Herr Kommerzienrat?«

»Es ist kein Märchen, kleine Susi. Als ich vorhin meinen Sohn verließ, nachdem er mir sein Ultimatum gestellt hatte, sagte ich ihm: ›Ich gebe dir nie eine Frau, die mir nicht als Schwiegertochter paßt.‹ Ich kann doch meine väterliche Gewalt nicht untergraben; wenn der Junge mir solche Daumenschrauben aufsetzt, dann muß ich ihm doch mit gleichem vergelten! Und nun bringe ich ihm eben die Frau, die er mit meinem Segen heiraten darf, und da hat er keinen Mucks mehr zu sagen, was?«

Sie mußte nun doch einsehen, daß es ihm ernst war mit seinen Worten, und plötzlich löste sich die ganze Spannung ihrer Nerven in einem wohltätigen Tränenstrom. Er sah sie betreten an und streichelte ihr Haar und Hände. »Aber Susi, kleine Susi, was soll denn das? Wenn deine streitbare Wirtin das hört, werde ich zum zweitenmal hier hinausgewiesen. Ich glaube, die versteht keinen Spaß. Weine doch nicht! Warst doch die ganze Zeit so tapfer!«

Sie nahm sich zusammen, schluckte die Tränen hinunter und sagte halb weinend und halb lachend: »Wenn es mir schlechtgeht, dann bin ich tapfer, aber wenn es mir gutgeht, dann ist es aus mit der Tapferkeit. Ach, lieber, guter Gott, ist es denn auch wirklich wahr, Herr Kommerzienrat, darf ich wirklich mit Ihrer Erlaubnis meinen Fredi glücklich machen?«

Er lachte gerührt und zog sie empor in seine Arme.

»Ich habe nichts mehr dagegen, kleine Susi. Und nun mach dich mal schnell fertig, du fährst jetzt mit mir hinaus in die Fabrik, und da überraschen wir den Fredi. Du, der wird Augen machen!«

Sie mußte lachen, und doch kamen wieder ein paar Tränen in die Augen.

»Ach, lieber, lieber Herr Kommerzienrat!«

»Nein, nein, das laß nur, Töchterchen, jetzt sagst du hübsch ›lieber Vater‹ zu mir und gibst mir einen Versöhnungskuß.«

Sie preßte ihre Lippen aber zuerst auf seine Hand, ehe sie ihm schämig den Mund reichte.

Und dann sagte sie: »Fredi hat doch recht! Er sagte, daß du ein prächtiger alter Herr seiest. Ein wundervoller lieber alter Herr bist du, lieber Vater!«

»Du, das ist ja die reinste Liebeserklärung, das laß bloß Fredi nicht hören, der wird dann eifersüchtig.«

Mit einem reizenden Lächeln schüttelte sie den Kopf.

»Auf seinen Vater nicht!«

»Na schön! Aber erst mußt du dich ein bißchen hübsch machen, bevor wir gehen. Weißt du, das königsblaue Kleidchen ziehst du an, das du damals zu dem Fest in unserem Haus trugst. Da fiel mir zuerst auf, daß du ein reizendes Mädel warst. Ich kann es dem Fredi nicht verdenken, daß er sein Herz an dich verloren hat. Also mach dich hübsch, wie es einer Braut zukommt. Ich warte unten im Wagen auf dich. Wie lange brauchst du denn?«

»Fünf Minuten, lieber Vater!«

»Na, na, das wird wohl ein bißchen länger dauern.«

»Sieh nur nach der Uhr, ich bin fünf Minuten später als du unten beim Wagen.«

Sie gab ihm im Übermaß ihres Glückes noch einen Kuß, und gerade in dem Augenblick öffnete die Wirtin die Tür. Sie war sprachlose Entrüstung. Lachend ging der Kommerzienrat an ihr vorbei.

»Kommen Sie wieder zu sich, Verehrteste, ich habe eben meiner Schwiegertochter einen Vaterkuß gegeben. Aber es ist sehr ehrenwert von Ihnen, daß Sie so auf Sitte und Anstand halten und uns sagen wollten, daß mein Besuch lange genug gedauert hat. Dafür werde ich Ihnen auch eine Einladung zur Hochzeit schicken. Guten Morgen!«

Damit ging er an der Verblüfften vorbei nach der Flurtür und ließ Susanna mit ihr allein. Diese hatte aber keine Zeit, die Fragen der überraschten Dame eingehend zu beantworten. Sie sagte ihr nur in fliegender Eile, indem sie das Königsblaue hastig überwarf, sich das Haar lockerte und Hut und Mantel nahm: »Es hat alles seine Richtigkeit, ich bin mit dem Sohn des Kommerzienrats Fiebelkorn verlobt, und mein Schwiegervater wollte mich nur abholen. Aber Sie können sich darauf verlassen, daß Sie eine Einladung zu meiner Hochzeit bekommen. Was mein Schwiegervater sagt, daß hält er auch. — Wo sind denn meine Handschuhe — ach hier — so, nun bin ich fertig — wann ich wieder heimkomme, weiß ich nicht. Auf Wiedersehen!«

Susanna warf noch einen Blick in den kleinen Spiegel, und aus demselben sah ihr ein reizendes, glückstrahlendes Gesichtchen entgegen.

Als sie die Treppe hinabflog, jauchzte sie in sich hinein: ›Fredi! Mein Fredi! Du Armer weißt ja noch gar nicht, daß wir glücklich sein dürfen!‹

»Fabelhaft!« sagte der Kommerzienrat. »Du hast ja wirklich nur fünf Minuten gebraucht!«

Sie setzte sich neben ihn.

»Ach, Vater, der Weg ins Glück ist doch ein so leichter. Und Fredi ist ja noch unglücklich, bis wir kommen, da kann ich doch nicht eine Minute verschwenden. Ihm wird sie bitter lang.«

»So, das weißt du?«

Sie nickte und seufzte.

»Ob ich das weiß? Ich kenne ihn doch, bei ihm geht alles viel tiefer als bei den anderen Menschen, gerade, weil er sich nicht leicht aussprechen kann.«

Er staunte sie an.

»Wie du ihn kennst! Wie hast du ihn nur in so kurzer Zeit so ergründen können?«

»Ich hab' ihn doch lieb!« sagte sie schlicht.

Da drückte er ihr Händchen und nickte ihr zu.

XVI

Mit aller Vorsicht brachte der Kommerzienrat Susi in sein Arbeitszimmer, damit Fredi sie nicht entdeckte. Dann rief er seinen Sohn an.

Fredi meldete sich, und sein Vater sagte: »Kannst du mal herüberkommen, Fredi? Ich habe etwas Geschäftliches mit dir zu besprechen.«

»Ja, Vater, ich komme sofort.«

Der Kommerzienrat hängte ab und ergriff Susi bei

den Schultern. So schob er sie hinter seinen Bücherschrank in eine von einem Vorhang verhüllte Nische, in der er seine Kleider abzuhängen pflegte. Heute hatte er seinen Pelz auf einen Sessel geworfen und den Hut dazu. So war die Nische leer.

»So, Susi, hier drinnen verhältst du dich mäuschenstill, bis ich dich rufe. Aber keine Minute eher meldest du dich, verstanden?«

Sie nickte aufseufzend.

»Ja, Vater — aber mach es ihm nicht zu schwer.«

»Na, ein bißchen zwicke ich ihn schon, dadurch reift er zum Mann. Er muß noch mehr lernen, seine Zähne zu zeigen. — Still, er kommt.«

Er schob den Vorhang zu und machte sich mit seinem Pelz zu schaffen. Damit Fredi nicht auf den Gedanken kam, den Pelz in die Kleidernische zu hängen, sagte er, als dieser eintrat: »Ich muß mir nachher von Peters einen Knopf am Pelz festnähen lassen, das darf ich nicht vergessen.«

So ließ Fredi den Pelz liegen.

»Du warst aus, Vater«, fragte er mit sehr bedrückter Miene.

»Ja — und ich will dir gleich sagen, wo ich war. Ich habe die Sache mit Susanna Hell ins reine gebracht, so wie es mir paßte.«

Fredi fuhr auf.

»Vater. Du warst doch nicht bei Susi?«

»Jawohl, ich war dort. Dachtest du, ich würde die Sache so gehen lassen?«

Fredi wurde sehr blaß.

»Vater, was hast du ihr angetan?« fragte er rauh, sich nur mühsam bezwingend.

»Ich habe sie nicht umgebracht! Siehst mich ja gerade so an, als hätte ich das getan.«

»Ich will wissen, was du ihr angetan hast, Vater. Wenn du sie gekränkt und beleidigt hast — nie verzeihe ich dir das.«

Der Vater sah ihn mit überlegener Ruhe an.

»Ach, wir sind schließlich die besten Freunde geworden, ich habe ihr eine hohe Abfindungssumme angeboten — und schon war die Sache erledigt.«

Fredi stöhnte auf.

»Das hast du gewagt? Und du sagst, daß damit die Sache erledigt war? Da kennst du mich schlecht, Vater, mich und die Susi, das verzeihen wir dir beide nicht.«

»Du kannst doch nur von dir reden. Sie hat mir verziehen. Warum soll sie nicht das viele Geld von mir annehmen als Entschädigung, daß du ihr das Eheversprechen nicht halten wirst?«

»Ich werde es aber halten, so wahr ich vor dir stehe ...«

»Obwohl sie sich bereit erklärt hat, diese Summe anzunehmen?«

Fredi vermochte sich nur mühsam ruhig zu halten. Er sah seinen Vater mit einem fast drohenden Blick an, sagte aber, so ruhig er konnte: »Wenn du noch nie gelogen hast mir gegenüber, jetzt hast du es getan. Du willst Susi bei mir verleumden, damit ich von ihr lassen soll. Das wird dir nicht gelingen. Niemals glaube ich dir, daß sie sich ihre Liebe abkaufen ließ. Wenn du ihr wirklich ein solch schmachvolles Anerbieten gemacht hast, so — so hat sie dir höchstens die Tür gewiesen. Eine andere Antwort hat sie nicht für dich gehabt. Ich kenne sie doch, wie sie mich kennt. Mach der Sache ein Ende, Vater, ich muß jetzt sofort zu ihr, muß sie zu beruhigen, zu trösten suchen über die Schmach, die du ihr angetan hast. Und das eine sage ich dir nochmals: Keine andere als sie wird meine Frau!«

»Und ich sage dir, keine andere wird deine Frau, als die ich gerne und freudig an deiner Seite sehe. Und diese Frau habe ich dir gleich mitgebracht. – Komm, mein Töchterchen, tröste diesen Unband, sonst läuft er davon.«

So sagte der alte Herr mit einem humoristischen Schmunzeln. Und vor Fredis erstaunten Augen wurde der Vorhang zurückgeschoben, und Susi stand mit feuchten, strahlenden Augen vor ihm.

Er schrie auf.

»Susi!«

Und sie flog in seine Arme. Er preßte sie an sich, als wollte er sie nie mehr von sich lassen. Sein brennender Blick flog über ihren Kopf hinweg zu seinem Vater.

»Ach, Fredi – Vater, dein lieber, guter Vater hat dich ja nur ein wenig geneckt, nachdem er das erst bei mir besorgt hatte«, sagte Susi leise an seinem Hals.

»Vater?« fragte Fredi ganz außer Fassung.

»Ja, mein Junge! Also willst du diese Frau, die ich gern und freudig an deiner Seite sehe, heiraten?«

Fredi trat, mit Susi im Arm, vor ihn hin.

»Ach Vater, lieber Vater, wie konnte ich nur an dir irre werden? Du warst aber so ernsthaft und hast mich dadurch ins Bockshorn gejagt. Ich glaubte wirklich, du hättest Susi Geld angeboten.«

Sein Vater sah erst Susi, dann ihn an. »Das habe ich auch getan, ich habe dir nichts vorgelogen.«

Fredi preßte Susi wieder wie in wilder Angst an sich. »Vater, das wirst du doch nicht getan haben?«

»Jawohl, das habe ich getan. Habe ihr wirklich hunderttausend Mark als Entschädigung für deinen Besitz angeboten.«

Fredi wurde wieder sehr blaß.

»Wie konntest du das tun, Vater?« sagte er außer sich.

»Nun, ich wollte doch erst mal ergründen, ob sie wirklich zu meiner Schwiegertochter taugte. Reg dich nur nicht auf, mein Junge, sie hat mich schön abblitzen lassen. Sperrangelweit hat sie ihre Tür aufgemacht und mich hinausgeworfen. Großartig hat sie das gemacht. Und du hättest nur ihre Augen sehen sollen, als ich mich, statt hinauszugehen, erst recht gemütlich hinsetzte und gar nicht daran dachte, ihrer Aufforderung Folge zu leisten. Aber dann haben wir uns sehr schnell verständigt, als sie merkte, daß ich sie nur auf die Probe gestellt hatte, um zu wissen, ob sie auch imstande sei, meinen Jungen glücklich zu machen, ob sie ihn wirklich liebte. Und als sie mir gerade einen Kuß gab zur Versöhnung, da tauchte ihre Wirtin auf, die anscheinend Susi wie ein Zerberus bewacht hat. Eine ulkige, kleine Dame! Die reine Empörung war sie, als sie uns Arm in Arm sah. Und ich beeilte mich, sie zu eurer Hochzeit einzuladen, sonst wäre es mir wahrscheinlich schlechtgegangen, denn schon, als sie mir den Eintritt zu Susi verwehren wollte, sagte sie, als ich auf mein hohes Alter pochte: ›Die Ältesten sind die schlimmsten!‹«

Nun mußten sie alle drei lachen. Fredi küßte seine Susi, als müsse er alles gutmachen, was sie ausgestanden hatte.

»Warst wohl sehr erschrocken, meine Susi, als mein Vater bei dir auftauchte?«

230

Sie hatte feuchte Augen in der Erinnerung an die schlimmen Minuten, die sie ausgestanden hatte.

»Das schlimmste war, daß ich wußte, wie unglücklich du sein würdest, Fredi, wenn dein Vater uns getrennt hätte.«

»Nie wäre ihm das gelungen, auch wenn seine Weigerung ehrlich gemeint gewesen wäre.«

Mit einem ernsten Blick sah sie zu ihm auf.

»Doch, Fredi, es wäre ihm gelungen, ohne seine Einwilligung wäre ich nie deine Frau geworden.«

»Das war auch meine größte Angst, Susi! Gottlob, daß Vater uns seinen Segen gibt, so ist es doch am schönsten.«

»Ja, so ist es am schönsten«, sagte sie, machte sich von ihm los und umarmte den alten Herrn und küßte ihn. »Vielen, vielen Dank, liebster Vater!«

»Schon gut, Töchterchen. Und nun fahrt heim zu Mutter, ich merkte ja schon, daß sie mit Fredi im Einverständnis war. Nun bringe ihr deine Braut, Fredi, ich habe noch einiges hier im Geschäft zu ordnen. Nachher komme ich auch nach Hause. Glücklicherweise ist heute Herr von Rautenau nicht zu Tisch anwesend, er speist mit den Damen Rupertus und Herrn Reinhard unterwegs.«

»Nachmittags sind wir beide in der Villa Rupertus zum Tee eingeladen, da werde ich Susi zuerst als meine Braut vorstellen.«

»Schön, das tue nur. Nun geht, Kinder, der Wagen steht noch unten, schickt ihn mir wieder heraus.«

Das glückliche Brautpaar verabschiedete sich von dem Kommerzienrat, und nachdem Fredi schnell seine Überkleider geholt hatte, ging er mit Susi zum Wagen hinunter.

Die Fahrt verging viel zu schnell für die beiden glücklichen Menschen.

Ruth und Arnold von Rautenau waren sich während des Ausstellungsbesuches fast ganz allein überlassen.

Nora führte ihren Verlobten geschickt immer so, daß sie mit ihm allein irgendein Ausstellungsstück betrachtete, und schlug damit zwei Fliegen mit einer Klappe. Sie erfreute ihren Verlobten durch dieses sich immer wiederholende kurze Alleinsein, und ebenso Ruth und Arnold. Denn auch Ruth fand immer mehr Gefallen an dem Alleinsein mit Arnold von Rautenau. Sie konnten zwar meist nur belanglose Reden tauschen, aber ab und zu fand sich doch eine Gelegenheit zu einem vertrauten Gespräch. Und Arnold nützte seine Zeit gut. Er warb um Ruth mit der ganzen Glut seines starken Gefühls für sie und merkte immer beglückter, wie sehr er sie liebte. Sie konnte nicht mehr daran zweifeln, und so verschwieg sie sich auch selbst immer weniger, daß sie diese Liebe erwiderte. Jetzt gestand sie sich offen ein, daß er ihr gleich beim ersten Sehen das Herz gestohlen hatte. Sie hatte sich gegen diese Erkenntnis gewehrt, aber je länger sie mit ihm zusammen war, und je flehender und sehnsüchtiger er ihr in die Augen schaute, desto willensschwacher wurde sie ihm gegenüber. Und je mehr er sie in sein Inneres blicken ließ, desto größer wurde auch ihre Hochachtung vor ihm. Beglückt empfand sie, daß sie ihr Herz einem Ehrenmann geschenkt hatte.

Und Arnold fühlte beseligt, daß Ruth ihm immer näherkam, daß ihre sonst so verschlossene Natur sich ihm mehr und mehr enthüllte und ihm die Schätze zeigte, die in ihrem Innern aufgestapelt waren. So verging der Vormittag für die beiden jungen Menschen in einem wundervollen heimlichen Suchen und Finden.

Dann fuhren sie nach den Linden, um in einem dortigen Hotel zu speisen. Nora riß mit ihrer übermütigen Stimmung auch die anderen mit fort. Später fuhren sie zusammen nach der Villa Rupertus zur Teestunde.

Ehe die anderen Gäste kamen, hatte Nora für Arnold und Ruth wieder ein Alleinsein zustande gebracht. Sie wollte ihrem Verlobten verschiedene Einkäufe zeigen. Ruth merkte sehr wohl, daß Nora sie mit Arnold sehr viel allein ließ, aber sie glaubte, das geschähe nur, weil sie mit ihrem Verlobten zusammensein wollte. Sie war, je mehr sie sich ihrer Liebe zu Arnold bewußt wurde, immer dankbarer gegen das Schicksal, daß Nora sich an jenem Abend nicht wirklich in Arnold verliebt hatte. Noch froher war sie freilich, daß Arnold nicht Noras Zauber erlegen war, und daß selbst ihr vermeintlicher Reichtum ihn nicht beeinflußt hatte. Das war das schönste und herrlichste für sie, daß Arnold von Rautenau sie liebte, obwohl er sie für ein armes Mädchen hielt.

Ein ganz eigentümliches Gefühl beschlich sie, wenn er mit ihr von dem neuen Besitzer von Rautenau sprach. Jetzt sagte er: »Er muß ein seltsamer Kauz sein, anscheinend ein wenig menschenscheu. Ich glaubte, ich würde zu ihm befohlen werden, da er, wie ich weiß, in Berlin wohnt. Aber er hat sich nur die Pläne des Herren- und des Verwalterhauses und verschiedene photographische Aufnahmen des Besitzes ausgebeten, den er gekauft hat. Er will später freilich das Herrenhaus nach Angabe seines Architekten neu ausstatten lassen, aber es soll ganz unbestimmt sein,

ob er in Rautenau lebt. Jedenfalls will er das nur vor-
übergehend tun.«

Ruth hörte aufmerksam zu.

»Und Sie werden, wie Sie mir sagten, im Verwalterhaus wohnen?«

»Ja, es wurde mir freigestellt, ob ich vorläufig noch
im Herrenhaus wohnen wollte, aber ich möchte mich
gleich meiner Stellung angemessen im Verwalterhaus
einquartieren, sobald es in Ordnung gebracht ist. Zum
Glück darf ich es nach meinem eigenen Geschmack
ausstatten, denn augenblicklich ist es ganz ohne
Möbel, da schon seit Jahren kein Verwalter auf Rautenau in Stellung war.«

»Sie werden sich aber sehr beengt vorkommen,
wenn Sie nicht mehr im Herrenhaus wohnen.«

Er sah sie an.

»Ach, ich richte mich schon ein, seit meiner Mutter
Tod habe ich mit meinem Vater nur noch wenige Zimmer bewohnt, und seit auch mein Vater tot ist, habe
ich eigentlich nur immer zwei Zimmer im Gebrauch
gehabt, einmal, weil die meisten Möbel nach und nach
verkauft worden waren, und zweitens, weil ich nur
wenig Hausangestellte halten konnte. Ich werde mich
schon zufriedengeben mit meinem Verwalterhaus, das
immerhin sechs Zimmer hat. Aber ob sich meine
künftige Frau darin behaglich fühlen wird, das ist
meine größte Sorge, und nur ihretwegen bin ich so
sehr darauf aus, das Haus so hübsch wie möglich einzurichten. Man kann ja auch für billiges Geld eine
hübsche Ausstattung bekommen. Denn natürlich darf
ich meinen neuen Herrn nicht zu sehr belasten,
obwohl er mir keine Grenzen steckt und anscheinend
überhaupt ein sehr vornehm denkender Mensch ist.

Glauben Sie, mein gnädiges Fräulein, daß eine verwöhnte Frau sich in einem so bescheidenen Heim glücklich fühlen kann?«

Und dabei sah er sie fast angstvoll an.

»Warum sollte sie nicht? Sie sagen, das Verwalterhaus enthalte sechs Zimmer. Das ist doch genug für ein junges Paar.«

Er atmete auf.

»Sie würden also zum Beispiel nicht beengt und unzufrieden sein, wenn Sie in so einem kleinen Hause wohnen müßten?«

Das Blut stieg ihr in den Kopf. Aber sie sagte tapfer: »Gewiß nicht, zumal wenn das Haus in einer angenehmen Umgebung liegt. Auf Reisen muß man sich auch zuweilen in sehr beengten Räumen aufhalten, das hat nichts mit Glück und Unglück zu tun.«

Sie versuchte, das ganz sachlich zu sagen und erschrak vor dem glücklichen Aufleuchten seiner Augen.

»Oh, es liegt wunderschön im Grünen, ganz abseits von dem Lärm des Wirtschaftshofes, und in der Ferne sieht man die Thüringer Berge liegen mit ihren schönen Wäldern. Ringsum ist auch Wald genug, Rautenau liegt in einer sehr waldreichen Gegend, und unweit vom Gut fließt die Saale. Ich wollte, ich könnte Ihnen das alles einmal zeigen«, sagte er eifrig.

In diesem Augenblick kamen Nora und ihr Verlobter wieder herein.

Ruth sagte leichthin zu ihrer Schwester: »Herr von Rautenau möchte uns gern einmal Rautenau zeigen, Nora, wollen wir mal eine Autofahrt dorthin unternehmen?«

»Selbstverständlich, das können wir tun.«

»Jetzt im Winter ist freilich die Landschaft nicht sehr schön«, warf Arnold ein wenig ängstlich ein.

»Nun, dann kommen wir später im Frühjahr noch einmal dorthin, mit dem Auto ist das doch ein Katzensprung«, sagte Nora, die wohl ahnte, daß sich Ruth auf diese Weise unverfänglich ihr neues Besitztum ansehen wollte.

»Das wäre sehr liebenswürdig, ich würde mich freuen, die Herrschaften in Rautenau begrüßen zu dürfen. Ich müßte natürlich um Nachsicht bitten, denn es muß erst viel aufgefrischt und verbessert werden, ehe es wieder etwas vorstellt.«

»Nun, wir kommen ja nur auf kurzen Besuch, und von einem Junggesellenhaushalt – das war doch Rautenau bisher – erwartet man nicht zu viel. Also es gilt, Herr von Rautenau, wir machen Ihnen unseren Gegenbesuch, vielleicht schon Ende nächster Woche, nicht wahr, Ruth?«

Diese sah mit einem scheuen Blick zu Arnold hinüber, der sie flehend ansah. Er hätte doch so gern gewußt, ob sich Ruth in Rautenau behaglich hätte fühlen können. Sie las diese Angst in seinen Augen, und außerdem war es ihr wirklich lieb, auf diese Weise Rautenau kennenzulernen. So sagte sie ruhig: »Gewiß, ich bin gern einverstanden.«

Georg Reinhard erklärte sich bereit, die Damen zu begleiten.

Man sprach noch über die beabsichtigte Fahrt, als Fredi Fiebelkorn mit Susi eintraf. Die beiden sahen so strahlend glücklich aus, daß es allen auffiel. Und Susi flog auch gleich in Ruths Arme.

»Ach Ruth – liebe Ruth, es ist alles gut, wundervoll gut«, flüsterte sie.

Fredi aber sagte mit einem stolzen Lächeln: »Sie erlauben, meine Herrschaften, daß ich Fräulein Hell als meine Braut vorstelle, mein Vater läßt die Herrschaften für den Samstag abend zu unserer Verlobungsfeier einladen.«

Diese Erklärung rief natürlich überall große Überraschung hervor, außer bei Ruth. Man beglückwünschte das Brautpaar und nahm die Einladung zur Verlobungsfeier allseitig an. Arnold von Rautenau dachte dabei freilich hauptsächlich daran, daß ihm dadurch abermals ein Zusammensein mit Ruth beschert wurde. Am nächsten Montag früh wollte er wieder nach Rautenau zurückkehren. Dann würde er Ruth noch einmal sehen, wenn sie nach Rautenau kam am Ende der nächsten Woche, aber danach blühte ihm ein Wiedersehen erst wieder am Hochzeitstag ihrer Schwester. Bis dahin wollte er fertig sein mit der Ausstattung des Verwalterhauses. Ob er dann Ruth die schwerwiegende Frage würde vorlegen dürfen?

Immer wieder sah er in ihr liebes, ernstes Gesicht, und wenn ihre Augen den seinen begegneten, dann lief es durch seinen Körper wie ein elektrischer Strom. Und zu seiner Glückseligkeit sah er dann jedesmal ein leises Zucken in ihrem Gesicht. Nein – sie konnte ihm nicht ganz gleichgültig gegenüberstehen. Zuweilen lag so viel Wärme in ihrem Blick, wenn sie ihn ansah. Dann hätte er auftauchen mögen. Wie sehr liebte er dieses Mädchen mit den perlmutterfarbigen Augen, mit dem goldschimmernden Blondhaar, mit der klaren, blütenfrischen Hautfarbe. Ihre Schwester war vielleicht auf den ersten Blick die Schönere von beiden, aber bestimmt war Ruth der wertvollere Mensch. Was galt ihm Noras Reichtum im Verhältnis zu Ruths inneren Werten. Und mochte Nora schöner sein, Ruth war lieblicher, entzückender und für ihn bezaubernder.

Es kamen nun auch die Geschwister Sanders, und auch diesen stellte Fredi stolz seine Braut vor, und die Geschwister staunten innerlich über Fredis völlig verändertes Wesen. Er hatte mit einemmal irgend etwas sehr Anziehendes bekommen.

Ruth und Susi konnten sich während dieser Teestunde eine Weile zurückziehen, und Susi berichtete Ruth noch immer sehr erregt, was heute geschehen war.

»Auch bei Fredis Mutter hatte ich es sehr leicht — viel leichter noch als bei seinem Vater, der übrigens ganz reizend zu mir ist. Fredis Mutter nahm mich gleich in ihre Arme und dankte mir, daß ich ihren Sohn glücklich machen wollte. Als ob ich dafür Dank verdiente, Ruth, man muß doch alles tun, was ihm Freude macht. Und nun weiß ich wirklich nicht, wie ich dir für mein großes Glück danken soll. Dir allein danke ich es doch.«

»Das war alles Bestimmung, Susanna, ich habe kein Verdienst daran.«

»Ach bitte, nenne du mich doch auch Susi. Die Susanna war ein armes, nüchternes, verschüchtertes Wesen — die Susi ist ein Glückskind. Was nur meine Eltern sagen werden? Wir haben gleich ein langes Telegramm abgesandt, und noch ehe ich mit Fredi hierher kam, war die Antwort da. Weißt du, wie sie lautete?«

»Nun?«

Susi lachte.

»›Wir sind ganz fassungslos, aber sehr glücklich. Innige Glückwünsche!‹ — Das war alles. Aber ich kann mir denken, wie das zu Hause durcheinandergegangen ist. Sie ahnen ja freilich noch nicht, daß der Vater meines Verlobten Kommerzienrat ist. Wenn das bekannt wird, steht doch das ganze Rostock auf dem Kopf. Morgen früh fahre ich nach Hause und mittags kommt Fredi nach, um sich die Einwilligung meiner Eltern zu holen. Ich kann also morgen nicht zur Stunde kommen, liebe Ruth, und gehe auch nicht in die Vorlesung. Ich muß doch meinen Leuten alles Herrliche berichten, das mir widerfahren ist.«

»Das kann ich mir denken, Susi. Aber wirst du denn nun nicht dein Studium aufgeben?«

»Nein, Ruth. Ich sprach mit Fredis Vater darüber. Bis Ostern hoffe ich mit meiner Doktorarbeit fertig zu werden; es widerstrebt mir, eine angefangene Sache nicht zu Ende zu führen. Auch Fredis Vater meinte, das sei vernünftig und ehrenwert von mir, und er lege Wert darauf, eine wirkliche Doktorin zur Schwiegertochter zu haben. Darauf fragte ich ihn, ob er sehr böse sein würde, wenn ich mein Examen nicht bestünde. Darauf erwiderte er: »Die Susi macht schon ihren Doktor, da bin ich sicher!«

»Ich auch, Susi. Aber du sollst nun deine Stunden bei mir aufgeben.«

»Nein, wenn du erlaubst, setzen wir den Unterricht fort, er fördert ja auch mich, ich kann dabei alles gut wiederholen, und meine Doktorarbeit behandelt doch die französische Kunst unter Ludwig XV. Dazu kommen wir jetzt bald, und dann habe ich meinen Nutzen davon.«

»Nun, wie du willst, aber das Honorar müssen wir dann erhöhen«, neckte Ruth.

Susi schüttelte lachend den Kopf.

»Nicht um einen Pfennig. Ich werde doch in Zukunft eine reiche Frau, soll ich da meiner armen Ruth die Stundengelder erhöhen? Ich werde Vater bitten, daß er mir bis Ostern meinen vollen Wechsel wieder ausstellt, mit meinen Stundengeldern zusammen reiche ich dann gut aus. Denn du wirst mich verstehen können, wenn ich dir sage, daß ich vor meiner Verheiratung nichts von Fredis Eltern annehmen werde, und natürlich auch nicht von Fredi. Ich bleibe auch in meinem kleinen Zimmerchen wohnen, obwohl Fredis Vater erst dagegen Widerspruch erheben wollte. Dann hat er mich aber beim Kopf genommen, mich ein bißchen geschüttelt und gesagt: ›Recht hast du, Töchterchen, und es gefällt mir, daß du stolz bist.‹«

Ruth küßte sie.

»Dein Fredi wird aber damit nicht sehr einverstanden sein.«

»Nein, gar nicht, er ist außer sich. Er hat mir allerlei Pläne enthüllt, wie er für meine Eltern und Geschwister sorgen will, es ist rührend, was er sich da alles ausgedacht hat. Ich habe ihn aber gebeten, daß er das alles erst tun soll, wenn ich seine Frau bin, obwohl er das alles von selbstverdientem Gelde bestreiten will. Er hat sich darein gefügt, und dafür bin ich ihm dankbar.«

»Ich finde es aber töricht, daß du in deinem mehr als bescheidenen Zimmerchen wohnen bleiben willst, ich habe es ja einmal kennengelernt, als ich dich abholte. Für eine arme Studentin mußte es genügen, aber für die künftige Schwiegertochter des Kommerzienrats Fiebelkorn paßt das wirklich nicht. Du mußt doch jetzt Rücksicht nehmen auf deine künftige Stellung.«

Etwas betreten sah Susi sie an.

»Mein Gott, daran habe ich noch nicht gedacht. Was tue ich nur?«

Ruth küßte sie lachend.

»Wenn alle Fragen so leicht und schnell gelöst werden könnten – du beziehst einfach ein Gastzimmer in der Villa Rupertus, bis du dich verheiratest.«

Erschrocken sah Susi zu ihr auf.

»Das geht doch nicht, ich kann doch deiner Schwester nicht lästig fallen.«

»Nein, das sollst du auch nicht – Nora wird sich freuen. Du weißt, daß ich mich jetzt ziemlich einsam fühle, Nora ist so viel unterwegs oder mit ihrem Verlobten beschäftigt. Und wir könnten so fein zusammen arbeiten, du und ich, wir fördern uns dann gegenseitig. Und dein Fredi hat es dann bequemer, dich zu sehen. Also abgemacht, ich spreche gleich mit Nora.«

Und Susis Sträuben half nichts, Nora bekam einen Wink von Ruth, Susi als Dauergast einzuladen bis zu ihrer Hochzeit. Nora erfüllte diesen Wink, lachte Susi aus, als sie Einwände machen wollte, und so nahm diese hochbeglückt an.

Fredi war noch viel beglückter, als er von diesem Plan hörte. Er dankte den beiden Schwestern begeistert, denn es war ihm ein schrecklicher Gedanke gewesen, daß seine Susi in dem billigen Mietzimmerchen wohnen sollte. Im Haus seines Vaters konnte sie nicht wohnen, das verbot sich aus Anstandsgründen. Und so war er von einer großen Unruhe erlöst.

Arnold von Rautenau hatte Ruth immerfort beobachtet, während sie im Nebenzimmer mit Susi sprach. Gerade von seinem Platz aus konnte er die beiden jun-

gen Damen sehen. Und er sah entzückt das Mienen-
spiel in Ruths Gesicht, den herzlichen Ausdruck ihrer
Augen.

Und als er nachher hörte, um was sich diese Unterredung gedreht hatte, dachte er tief gerührt: Wie gern
sie allen Menschen hilft, sie ist ein Engel.

XVII

Arnold von Rautenau hatte dem Kommerzienrat die
Pläne und Aufnahmen von Rautenau zugestellt, und
dieser hatte sie durch Fredi an Ruth gesandt. Sie hatte
mit brennenden Augen auf die Photographien von
dem Herrenhaus gesehen und sich an Hand der Pläne
unterrichtet sowohl über die Räume im Herrenhaus,
wie auch über die in der Verwalterwohnung. Mit
einem weichen Lächeln strich sie über die Pläne und
sah träumerisch in die Ferne. Es war doch wirklich
gleichgültig, ob man in einem großen Haus mit vielen
Zimmern wohnte oder in einem mit wenigen und
kleineren, wenn man diese Räume nur mit einem
geliebten Menschen teilte. Sie wußte, daß sie in dem
kleinen Verwalterhaus an der Seite Arnold von Rautenaus sehr glücklich sein würde.

Sie konnte nicht mehr im Zweifel sein, daß er sie
liebte, wie sie auch nicht mehr im unklaren war, daß
sie seine Liebe erwiderte.

Alles andere war ihr noch schleierhaft – sie wußte
noch nicht, wann sie ihm bekennen wollte, daß sie die
reiche Erbin war und nicht Nora. Wie würde er es aufnehmen? Eins war ihr jedoch gewiß, er würde sie

242

nicht mehr lieben mit ihrem Geld, als er sie jetzt ohne dasselbe gern hatte. Und das war ein wundervoller Gedanke für sie, der sie immer wieder beseligte. Sie hatte sich schon so in die Rolle der vermögenslosen Schwester hineingelebt, daß sie manchmal fast selbst daran glaubte. Wenn sie einst Noras Wunsch nach diesem Rollentausch wegen der damit verbundenen Unwahrheiten gequält hatte, so war sie der Schwester jetzt dafür dankbar. Gab er ihr doch das beglückende Bewußtsein, nur um ihrer selbst willen geliebt zu werden.

Sie war Nora auch sehr dankbar dafür, daß sie ihr immer wieder zu einem Zusammentreffen mit Arnold verhalf, ahnte aber nicht, daß Nora davon überzeugt war, daß sie ihn liebte. Sie glaubte nur, das geschähe, um ihr Gelegenheit zu geben, ihren ›Verwalter‹ besser kennenzulernen.

Lange konnte sich Ruth heute aber nicht in die Pläne vertiefen, sie hatte Nora versprochen, mit ihr in die Stadt zu fahren. Sie war erst vor einer halben Stunde von den Vorlesungen nach Hause gekommen und mußte sich nun umkleiden, denn in Noras Gesellschaft durfte sie nicht in ihren schlichten Aschenbrödelkleidern erscheinen. Also legte sie die Pläne in ihren Schreibtisch und machte sich fertig, Nora zu begleiten.

Ruth war ganz genau über Arnolds Stundenplan für diese Tage im Bild und wußte, daß sie ihn heute den ganzen Tag nicht sehen würde. So paßte ihr dieser Tag am besten für den Stadtbummel mit Nora. Sie mußte dann zugestehen, daß sich Nora wahre Wunderwerke der Mode für ihre Ausstattung ausgesucht hatte. Eines der Gewänder war schöner als das andere.

Ruth hatte selbst einen ausgezeichneten Geschmack, wenn sie auch für sich die größte Einfachheit vorzog. So konnte sie Nora hie und da einen Ratschlag geben, und diese nahm das alles wichtig genug, um es zu erörtern.

Es dauerte stundenlang, bis diese Modenschau zu Ende war und die Schwestern heimkehrten, Ruth etwas abgespannt von dieser für sie anstrengenden Tätigkeit. Nora aber frisch und munter wie ein Fisch, der im rechten Wasser schwimmt.

Zu Hause angekommen, zog sich Ruth wieder auf ihr Zimmer zurück und wollte noch arbeiten. Aber sie merkte, daß sie nicht viel Lust dazu hatte. Ihre Gedanken flogen immer wieder zu Arnold von Rautenau. Er fehlte ihr, nachdem sie gestern und vorgestern so viel in seiner Gesellschaft gewesen war. Sie holte die Pläne und die Aufnahmen wieder hervor. Ihre Bücher schob sie mit einer unlustigen Gebärde zurück und fühlte sehr deutlich, daß sie dieses Studium nur begonnen hatte, um eine große Leere in ihrem Innern zu betäuben. Seit dem Tod ihres Vaters hatte sie keinen Menschen mehr gehabt, der ihr wirklich geistig und seelisch nahegestanden hatte. Mit Nora sich in einen Gedanken- oder Gefühlsaustausch zu versenken, war unmöglich. Frau von Werner war nur stellvertretende Hausfrau und Anstandsdame, nicht übermäßig geistvoll.

Und wieder vertiefte sie sich also in die Ansichten und Pläne und malte sich Zukunftsträume, was sie wohl alles in Rautenau erleben würde. Zunächst wollte sie nächste Woche einmal mit Schwester und Schwager nach Rautenau fahren und sich dort ein

244

wenig umsehen, im Innern als die Herrin dieses Besitzes, äußerlich als Gast des Verwalters.

Sie lächelte traumverloren vor sich hin. Würde ihr Rautenau eines Tages eine liebe, schöne Heimat werden, in der sie an der Seite eines geliebten Gatten ein reiches Glück fand?

Sie schloß die Augen und sah im Geist Arnold von Rautenaus geliebtes Gesicht vor sich, seine zärtlichen Augen, die nicht von ihr ließen, wenn er in ihrer Nähe war.

›Mein Gott, wie liebe ich ihn!‹ dachte sie, bis ins innerste Herz bewegt.

Arnold hatte mit gleicher Sehnsucht an Ruth gedacht, als er sie den ganzen Freitag nicht zu sehen bekam. Und mit Unruhe wartete er am Sonnabend auf die Mittagszeit, wo er sie endlich wiedersehen sollte. Als sie sich dann im Empfangszimmer der Kommerzienrätin begrüßten, trafen ihre Blicke einen Augenblick unbeherrscht in einem heißen Aufleuchten ineinander und verrieten dadurch, wie sie sich nacheinander gesehnt hatten.

Die Kommerzienrätin hatte Arnold auf Wunsch ihres Gatten zwischen Nora und Ruth gesetzt. Der Kommerzienrat wollte den beiden Damen Gelegenheit geben, den Verwalter näher kennenzulernen. Im übrigen zeigte sich der Kommerzienrat als ein sehr zärtlicher Schwiegervater. Das ›Töchterchen‹ kam kaum von seiner Seite, wenn sie Fredi nicht energisch und eifersüchtig entführte. Susi war heute noch glücklicher, weil alle ihre Lieben daheim an ihrem Glück teilgenommen und sie ihrem Fredi in ihren guten Herzen schnell ein Plätzchen eingeräumt hatten. Fredi fand seine Schwiegereltern und Susis Geschwister, die alle zur Stelle gewesen waren, rührend bescheiden und bewundernswert gut und liebevoll. Er verstand es auch, ihnen gleich alle Scheu vor dem reichen Kommerzienratssohn zu nehmen, aß tapfer mit von den guten Klößen der Frau Professor und dem vorzüglichen Sauerbraten. Der leichte Mosel, der bei dieser festlichen Gelegenheit gereicht wurde, war ein bißchen sehr sauer, aber Fredi schluckte ihn mit Todesverachtung hinunter und rühmte ihn, was ihm das Herz seines Schwiegervaters besonders gewann, nicht weil er den Ruhm seines Säuerlings glaubte, aber weil Fredi ihn daran glauben machen wollte.

Susi war ein wenig ängstlich gewesen, ob alles gutgehen würde, sie wußte doch, wie verwöhnt Fredi war, aber das Herz wurde ihr immer leichter, als sie in sein zufriedenes, glückliches Gesicht sah.

Fredi hatte mit allen Brüdern, Schwestern und Schwägern Susis begeistert Brüderschaft getrunken, und sie merkte sehr wohl, daß es ihm vom Herzen kam. Diesen schlichten, natürlichen und gutmütigen Menschen gegenüber hatte er keine Scheu. Und als er am Spätnachmittag mit Susi wieder nach Berlin zurückfuhr, nachdem ihnen die ganze Familie Hell das Geleit zum Bahnhof gegeben hatte, um zu erleben, daß ihre Susi mit ihrem Verlobten erster Klasse abfuhr — für Rostock etwas Außerordentliches —, erzählte er ihr, was er sich alles ausgedacht hatte, womit er später, wenn sie seine Frau sein würde, ihren Angehörigen eine Freude machen werde. Alle Wünsche, die so im Gespräch aufgetaucht waren, hatte er sich gemerkt und schrieb sie nun auf. Und da überkam Susi eine solche Rührung und Glückseligkeit, daß sie in Tränen ausbrach, worüber er zunächst sehr erschrocken war. Aber als er erfuhr, daß es nur Freudentränen über seine Güte waren, da küßte er sie erst schnell und verstohlen, und dann trocknete er ihr liebevoll die Tränen.

So war Susi noch beglückter von der Reise nach Rostock zurückgekehrt.

Bald nach Tisch verabschiedeten sich die Gäste, weil das Verlobungsfest für den Abend gerichtet werden mußte. Man wollte auch selbst noch ein wenig ruhen, um frisch zu sein. Susi fuhr mit zu der Villa Rupertus, in der sie nun ein hübsches Gastzimmer bewohnte.

Am Abend war dann große Gesellschaft im Haus des Kommerzienrats, und er hätte die Feier nicht vornehmer richten lassen können, wenn sein Sohn eine reiche Erbin zur Braut erwählt hätte.

Fredi hatte seine Schwiegereltern und die Angehörigen seiner Braut eingeladen, an dieser Feier teilzunehmen, aber der Professor hatte mit einem feinen Lächeln gesagt: »Das wollen wir lieber sein lassen. Wir gehören nicht unter die sicher sehr glänzende Gesellschaft. Das würde uns und euch wahrscheinlich ein bißchen unbehaglich werden. Zu eurer Hochzeit werden Mutter und ich kommen, und später ladet ihr uns dann mal in eure Häuslichkeit ein, damit wir wissen, wie und wo unsere Susi untergebracht ist. Wir werden im Geist bei euch sein mit all unserer Liebe, daran laßt euch genügen.«

Und davon war er nicht abgegangen. Susi und Fredi hatten sich fügen müssen und den Entschluß gefaßt, daß Susis Angehörige die ersten Gäste in ihrem Heim sein würden.

Ein wenig vermißte Susi nun wohl ihre Lieben, aber Fredi ließ sie nicht lange darüber nachdenken.

»Sie sind ja im Geist alle bei uns, Susi«, sagte er leise zu ihr, und sie nickte ihm mit feuchten Augen zu.

Susi trug ein entzückendes weißes Seidenkreppkleid, das ihre Schwiegermutter für sie ausgesucht hatte. Als sich Susi dagegen hatte sträuben wollen, hatte sie gesagt: »Sei nicht kleinlich, Susi, nimm es als ein Verlobungsgeschenk, von mir kannst du es so ruhig annehmen, als käme es von deiner Mutter. Denn du bist nun unser Kind so gut wie das deiner Eltern.«

Da hatte sich Susi gefügt. Und sie sah so reizend und lieblich aus, daß sich Fredi nicht satt sehen konnte an ihr, und auch ihre Schwiegereltern sehr mit ihrem Aussehen zufrieden waren.

Der Kommerzienrat und seine Frau bedankten sich sehr bei Nora, daß sie Susi bis zu ihrer Hochzeit als Dauergast eingeladen habe. Nora nahm diesen Dank ruhig hin und sagte lächelnd: »Sie haben uns jetzt so viel große und kleine Dienste geleistet, Herr Kommerzienrat, daß wir ganz glücklich sind, auch Ihnen einmal eine Gefälligkeit erweisen zu können, zumal ich sehr froh bin, daß meine Schwester ein wenig Ersatz hat für mich. Denn jetzt bin ich ewig unterwegs, und Ende Januar gehe ich ganz fort von zu Hause.«

Man zerbrach sich in der Gesellschaft die Köpfe, ob Nora Rupertus, wenn sie nach ihrer Hochzeit in die Villa ihres Gatten übersiedelte, ihre eigene Villa weiterbehalten oder verkaufen würde. Wenn man aber mit ihr darauf zu sprechen kam, sagte sie ruhig: »Vorläufig bleibt doch meine Schwester mit Frau von Werner darin wohnen, und außerdem haben wir in Fräulein Hell einen Gast bis nach Ostern. Was dann wird, darüber habe ich noch nicht nachgedacht.«

Und man war wieder einmal überzeugt, daß Nora Rupertus unheimlich reich sein müsse – und nun hatte sie auch noch einen so reichen Mann bekommen.

Arnold und Ruth hatten an diesem Abend wieder verschiedentlich Gelegenheit, sich allein in ernste Gespräche zu vertiefen. Und es fehlte in diesen Gesprächen nicht an bedeutungsvollen Worten, die hauptsächlich Arnolds Gefühle für Ruth beleuchteten. Zart und dringend zugleich war sein Werben um sie, und es beglückte ihn namenlos, wenn irgendein unbewachter Blick, ein rasches Wort, ein jähes Erröten und Erblassen ihm verrieten, daß sie mehr und mehr ihre Ruhe ihm gegenüber verlor. Ihre beiden Augenpaare redeten eine Sprache, die nur Liebenden verständlich ist.

Einmal sagte er seufzend: »Ich mag gar nicht daran denken, daß ich übermorgen abend wieder allein und verlassen auf Rautenau sitzen werde. Es gibt nur eine Rettung vor dem Jammer, der mich dann überfallen wird, das ist die Arbeit, in die ich mich mit aller Entschiedenheit stürzen werde.«

Sie sah ihn unsicher an.

»Ich kann mir denken, daß Sie sehr einsam leben in der Abgeschiedenheit von Rautenau.«

Seine Augen ruhten mit einem brennenden Blick auf ihr.

»Früher habe ich das kaum gespürt. Aber jetzt wird meine Sehnsucht immer wieder nach Berlin fliegen. Ein kleiner Trost ist mir, daß Sie nächste Woche nach

Rautenau kommen werden. Zugleich habe ich aber auch eine große Angst vor Ihrem Besuch.«

»Warum?« fragte sie, obwohl sie ahnte, was er meinte.

»Weil ich fürchte, daß es Ihnen gar nicht in Rautenau gefallen wird. Wenn es erst wieder ein wenig mehr in Ordnung gebracht worden wäre, würde ich ruhig sein, aber augenblicklich liegt es doch sehr im argen, und ich habe mir schon den Kopf zerbrochen, welchen Raum ich so leidlich behaglich für Sie richten kann, daß Sie es einige Stunden darin aushalten.«

Sie lachte ein wenig.

»Als wir noch in Kanada lebten, bin ich zuweilen mit meinem Vater auf unseren Pelzfarmen im Norden gewesen, wo die Pelzjäger in fragwürdigen Hütten leben. Dies Leben habe ich dann tagelang mit ihm geteilt, und es hat mir sehr gut gefallen. Meine Schwester schloß sich uns nur ein einziges Mal an, sie ist nie wieder mitgegangen. Ich aber habe mich immer darauf gefreut. Also, wenn ich auch für meine Schwester nicht einstehen kann, meinetwegen brauchen Sie sich nicht zu beunruhigen. Ich bin nicht abhängig von meiner Umgebung, wenn ich nur innerlich zufrieden bin und liebe Menschen um mich habe.«

»Sie machen mir Mut, mein gnädiges Fräulein.«

Im Laufe des Abends fand sich für den Kommerzienrat eine Gelegenheit, sich ein Weilchen den beiden Schwestern allein zu widmen. Er fragte sie lächelnd: »Wie sind Sie mit Ihrem Verwalter zufrieden?«

Nora ergriff sogleich das Wort.

»Sehr! Ich hoffe, daß ich in ihm den richtigen Mann für diesen Posten gefunden habe.«

»Und wie lange wollen Sie ihm noch verheimlichen, daß Sie die Besitzerin von Rautenau sind?«

Nora wurde nicht verlegen, sie kannte ja Ruths Pläne.

»Darüber bin ich mir nicht klar. Es hat sich jetzt zum Glück eine Gelegenheit ergeben, daß ich mir Rautenau einmal ansehen kann. Wir haben dem Herrn Verwalter für nächste Woche unseren Gegenbesuch angesagt. Da kann ich mich also in Ruhe umsehen. Solange ich nicht Wohnung in Rautenau nehmen will, braucht er nicht zu erfahren, wer der Besitzer von Rautenau ist. Muß er es aber dann erfahren, so kann er nicht mehr von seinem Amt zurücktreten, er hat sich ja auf zehn Jahre verpflichtet. Er wird dann vernünftig sein und nicht kopfscheu werden — meinst du nicht auch, Ruth?«

»Gewiß, Nora, es wird sich schon irgendwie Gelegenheit finden, ihm alles zu sagen, ohne daß er sich gekränkt fühlen kann.«

Der Kommerzienrat lachte.

»Jedenfalls hält er seinen neuen Herrn für einen komischen Kauz.«

Die Schwestern lachten auch.

»Das hat er uns auch schon gesagt.«

»Nun, hoffentlich kann er sich eines Tages davon überzeugen, daß sein neuer Herr eigentlich eine Herrin ist und durchaus kein komischer Kauz, sondern eine bezaubernd schöne Frau. Meiner Ansicht nach müßte er dieser Herrin mit viel mehr Vergnügen dienen als einem Herrn. Aber jedenfalls werden Sie sehr zufrieden sein mit Ihrem Verwalter, einen tüchtigeren, ehrlicheren und anständigeren hätten Sie jedenfalls nicht finden können.«

»Davon sind wir überzeugt. Und Ihnen danken wir sehr, daß Sie uns alles so leichtgemacht haben.«

»Ich tat es gern, und was ich noch für Sie tun kann, soll ebenso gern geschehen.

Auch dieser Festabend nahm ein Ende. Und am nächsten Abend war Arnold in der Villa Rupertus noch einige Male ein Alleinsein mit Ruth beschieden. Als er sich dann empfahl, merkte sie sehr wohl, wie schwer ihm der Abschied wurde. Auch ihr tat das Herz weh, und doch fand sie es herrlich, daß sie jetzt wieder einen Menschen hatte, von dem ihr das Scheiden schwerfiel.

Aber sie konnte sich nun doch wieder auf den Besuch in Rautenau freuen, und diese Fahrt nach Rautenau fand schon am kommenden Donnerstag statt. Es hatte Schnee gegeben, nur in einer leichten Decke lag er über der Thüringer Landschaft ausgebreitet, gerade genug, um alles in ein fleckenloses Weiß zu hüllen. Und über diese weiße Decke freute sich Arnold von Rautenau sehr, als er am Donnerstag morgen erwachte. Er hatte Nachricht bekommen, daß die Damen mit Georg Reinhard heute kommen würden. Da war ihm die leichte Schneedecke gerade recht. Alles sah fleckenlos und schön aus, und Ruth würde nun einen günstigen Eindruck von Rautenau bekommen.

XVIII

In großer Unruhe war Arnold durch das Haus gegangen und hatte mit Hilfe der ihm zur Verfügung stehenden Leute und den vorhandenen Möbelresten wenigstens zwei Zimmer in einen leidlich behaglichen Zustand versetzt.

Er hatte zwar schon begonnen, mehr Leute anzustellen, aber auf eine geschulte Dienerschaft durfte er keinen Wert legen. Da der Besitzer von Rautenau nicht im Herrenhaus wohnte und daher keine Dienerschaft brauchte, kam es nur auf Knechte und Mägde für die Wirtschaft an. Aber unter den Mägden hatte er eine gefunden, die etwas anstelliger war als die anderen. Und die neu angestellte Leuteköchin war am Tag vorher auch schon angetreten und versprach ihm, einen guten Tee zu bereiten und frische Thüringer Waffeln zu backen zur Bewirtung der von ihm erwarteten Gäste.

Außerdem gab es Eier und Landschinken, frische Milch, Sahne und Honig. Dazu das gute Thüringer Landbrot.

Arnold mußte über seinen Eifer lachen. »Ein Schelm gibt mehr, als er hat«, sagte er sich und gab der Leuteköchin nochmals gute Lehren, wie sie alles anrichten sollte. Der Magd sagte er zum zehntenmal genau, wie sie den Damen helfen sollte, die Überkleider abzulegen, und wie sie ihnen zur Hand gehen sollte.

Dann lief er zum Verwalterhaus hinüber. Da hatte er am Montag gleich anfangen lassen, alles aus den Zimmern zu räumen, was man im Lauf der Jahre dort untergestellt hatte. Das Verwalterhaus war nur noch als große Rumpelkammer und zur Aufbewahrung von Geräten benutzt worden. Nun hatte man darin wenigstens so weit Ordnung geschaffen, daß die Zimmer leer und besenrein waren. Die Handwerker hatten bereits am Mittwoch angefangen, die Decken zu weißen. Dann sollte tapeziert werden, und dicke Bücher von Tapetenproben lagen bereit. Die wollte Arnold Ruth vorlegen und zu ergründen suchen, welche Tapeten ihr wohl am besten gefallen würden. Er konnte sie bitten, ihm bei der Auswahl der Tapeten zu helfen, wenn er ihr die Zimmer zeigte. Denn daß er ihr das ganze Verwalterhaus zeigen mußte, stand fest bei ihm.

Mit Herzklopfen erwartete er nun die Ankunft des Autos, und gegen ein Uhr kam es an. Arnolds halb strahlendes, halb unruhiges Gesicht rührte Ruth, sie ahnte, mit welcher Unsicherheit er ihr Urteil über Rautenau und das Verwalterhaus erwartete. Nora und Georg waren in übermütiger Stimmung. Sie fühlten sich als Gönner und Beschützer des heimlichen Liebespaares und wollten diesem alles so leicht wie möglich machen.

Und es ging auch alles viel besser, als Arnold gefürchtet hatte, da Ruth und Nora gewissermaßen selbst die nötigen Anordnungen gaben. Die Leuteköchin hatte aus Eiern, Schinken, köstlichen Kartoffeln und frischen kleinen Röstwürstchen, wozu sie einige Büchsen Gemüse gerichtet hatte, ein ganz annehmbares Mittagessen bereitet. Und zu Arnolds Freude schien es den verwöhnten Berlinern recht gut zu schmecken. Die Schüsseln wurden fast geleert. Hinterher gab es Butter und Käse und die schönsten Gravensteiner Äpfel, die Arnold noch in der Obstkammer gefunden hatte. Er strahlte über das ganze Gesicht, als man seine Äpfel lobte und anscheinend nicht genug davon bekommen konnte.

Nach dem Essen führte Arnold seine Gäste in Rautenau herum, und Ruth sah alles mit aufmerksamen Blicken an. War es doch ihr Grund und Boden, den sie betreten hatte.

Arnold führte sie dann auch ein Stück in den Wald hinein. In einer Tannenschonung wurden Weihnachtsbäume geschlagen, die zum Verkauf in die nächsten Großstädte gebracht werden sollten. In drei Wochen war das Weihnachtsfest, und da war es Zeit, die bezeichneten Bäume und Bäumchen zu verwenden.

Nora jubelte auf.

»Wir suchen uns hier eine schöne Tanne aus für unseren Weihnachtstisch. Sie müssen uns eine verkaufen, Herr von Rautenau«, sagte sie.

»Ja, du hast doch immer die nettesten Einfälle, Nora«, stimmte Ruth bei.

Arnold verbeugte sich.

»Sie werden mir gestatten, Ihnen eine besonders schöne Edeltanne zum Geschenk zu machen. Sie sind zwar nicht mehr mein Eigentum, aber ich werde den Fehlbetrag meinem Herrn ersetzen, und es würde mich doch so freuen, Ihnen dies kleine Geschenk machen zu dürfen. Wenn ich dann am Weihnachtsabend einsam und allein in meiner Junggesellenklause sitze, dann kann ich mir ausmalen, daß Sie alle unter der von mir gestifteten Weihnachtstanne sitzen werden.«

Ruth sah ihn mit einem seltsamen Blick an. Sie hätte ihn gern zum Weihnachtsfest eingeladen, wagte das aber nicht auszusprechen. Nora mußte wohl ihre Gedanken lesen können, es blitzte in ihren dunklen

Augen auf, und sie sagte schnell: »Gut, wir nehmen dies sinnige Geschenk an, aber nur unter einer Bedingung.«

Arnold verbeugte sich.

»Sie ist angenommen, ehe Sie dieselbe aussprechen.«

»Eine Absage hätten wir auch gar nicht gelten lassen – also –, wir verlangen, daß Sie das Weihnachtsfest mit uns feiern. Ich lade Sie hiermit dazu ein.«

Er zuckte leise zusammen, seine Augen flammten sehnsüchtig in die Ruths, und er freute sich, daß ihr jähes Rot ins Gesicht stieg.

»Wenn ich um neun Uhr am Heiligen Abend noch kommen darf? Vorher muß ich, wie es auf Rautenau Sitte ist, unsere Leute bescheren. Das kann um fünf Uhr geschehen. Dann erreiche ich noch zur Zeit den Zug, bin um halb neun in Berlin und kann um neun Uhr bei Ihnen sein. Wundervoll wäre das – Sie können sich nicht denken, wie ich mich vor dem einsamen Weihnachtsfest gefürchtet habe – gerade dieses Jahr!«

Bei den letzten Worten sah er Ruth mit einem heißen Blick an, und sie verstand, daß er Weihnachten in erster Linie nicht ohne sie feiern wollte.

»Abgemacht!« sagte Nora vergnügt.

»Und damit Sie nicht erst ein Hotel aufsuchen müssen, Herr von Rautenau, bitte ich Sie, bei mir Wohnung zu nehmen für die Feiertage. Sie bringen Ihren Koffer dann im Wagen gleich mit heraus, und wenn wir dann nach meinem Haus fahren, nehmen wir ihn mit«, sagte Georg.

Arnold reichte ihm die Hand.

»Wird mit vielem Dank angenommen, Herr Reinhard, Sie sind sehr liebenswürdig.«

»Aber das ist doch selbstverständlich!«

Die Damen suchten sich nun unter Arnolds Führung eine sehr schöne Edeltanne aus, die nur geschlagen werden sollte, weil an dieser Stelle die jungen Bäume zu dicht standen. Arnold machte mit seinem Taschenmesser ein besonderes Zeichen in den schlanken Stamm und gab seinen Leuten Weisung, diesen Baum noch einige Tage stehen zu lassen, bis er das Fällen bestimmen würde.

»Dann bleibt er lange frisch und verliert die Nadeln nicht. Ich schicke ihn dann einige Tage vor dem Fest mit einem Extraboten im Güterwagen nach Berlin«, sagte er.

Ruth freute sich, daß sie einen Weihnachtsbaum von ihrem eigenen Grund und Boden haben würde.

Man ging nun zurück zum Herrenhaus. Aber als man es wieder vor sich liegen sah, bat Arnold Ruth, an deren Seite er ging, sie möge sich doch das Verwalterhaus noch ansehen, und ob sie nicht die Güte haben würde, ihm ein wenig beim Aussuchen der Tapeten zu helfen. Sie als Kunstgeschichtlerin habe gewiß einen besonders guten Geschmack. Das letzte sagte er scherzend, um seine Bitte möglichst unverfänglich erscheinen zu lassen. Ruth war das Blut ins Gesicht geschossen, sie ahnte, weshalb sie die Tapeten aussuchen sollte, und gerührt blickte sie in seine flehenden Augen hinein. Sie sagte ohne weiteres zu. Nora aber streikte im Bewußtsein, daß sie den beiden Menschen wieder einmal zu einem Alleinsein verhelfen konnte.

»Ich muß darauf verzichten, abermals Tapeten anzusehen, das habe ich in den vergangenen Wochen schon genug tun müssen, da Georg ohne meine Begutachtung keine Tapeten für meine Zimmer in seinem

257

Haus auswählen wollte. Ich gehe inzwischen mit Georg noch ein wenig in diesem wunderschönen Winterwald spazieren. Und dann hoffe ich auf eine Tasse Tee, Herr von Rautenau.«

»Diese Hoffnung soll Sie nicht betrügen, mein gnädiges Fräulein, ich habe um fünf Uhr Tee und Thüringer Waffeln bestellt.«

»Großartig! Darauf freue ich mich schon. Komm, Georg, wir wollen uns noch ein bißchen hungrig laufen!«

Und Nora führte ihren Verlobten lachend davon, während Arnold und Ruth in einem seltsamen Verstummen auf das Verwalterhaus zuschritten. Von dem Weg aus, der dahin führte, hatte man einen schönen Blick auf das stattliche Herrenhaus in reichem Barockstil. Freilich war hie und da etwas von den Verzierungen abgebröckelt, aber das merkte man aus der Entfernung nicht so sehr. Ruth stieß einen leichten Ruf des Entzückens aus.

»Was für ein wunderschönes Barock! Das ist ja entzückend. Schade, daß allerlei kleine Schäden sichtbar sind. Ihr Vaterhaus ist ein prächtiger Bau, Herr von Rautenau.«

Seine Brust hob sich in einem tiefen Atemzug.

»Ja, mein Herz hat daran gehangen, so lange ich denken kann.«

»Und nun müssen Sie es aufgeben. Tut Ihnen das sehr weh?«

»Danach darf man nicht fragen.«

»Aber Sie mißgönnen es sicher dem neuen Besitzer?«

»Nein, da ich es selbst nicht behalten darf, gönne ich es ihm schon darum, weil er alle Schäden ausbessern lassen will. Im Frühjahr soll der ganze Bau aufgefrischt werden. Dann freue ich mich daran, denn – sehen Sie, hier liegt das Verwalterhaus, und von da aus kann ich es in seiner ganzen Schönheit liegen sehen, gleichviel, ob es sich von schneebedeckten oder von sommergrünen Bergen abhebt. Immer ist die Aussicht aus dem Verwalterhaus schön, mehr noch als die aus dem Herrenhaus selbst, wenn man es recht bedenkt. Gefällt Ihnen diese Aussicht?«

Sie waren am Verwalterhaus angelangt. Ruth sah sich mit einem langen Blick um.

»Herrlich!« sagte sie leise.

»Wie mich das freut, daß sie Ihnen gefällt. Das Verwalterhaus sieht ja leider noch ziemlich wüst aus, aber es soll bald ein hübscheres Aussehen bekommen.«

Ruth wandte sich dem Verwalterhaus zu. Etwas wie ein leises Schelmenlächeln huschte verstohlen um ihren Mund. Sehr anziehend sah dieses Haus, in ziemlich rohem Backstein gebaut, nicht aus, aber selbst wenn sie nicht gewußt hätte, daß sie ja nach Belieben im Herrenhaus Einzug halten konnte, hätte sie willig hier an Arnold von Rautenaus Seite Wohnung genommen. Wenn man glücklich ist, kann man es auch in einer Hütte sein, und dieses Verwalterhaus war doch eine recht ansehnliche Hütte.

Sie traten ein, und Arnold hob nun die schweren Tapetenproben empor, legte sie auf einen Holzbock und blätterte die Muster um.

Ruth half ihm, eifrig mit ihm beratend, die richtigen Tapeten für die Zimmer auszusuchen. Er war hochbeglückt, daß sie mit so großem Ernst dabei war. Und als sie die Tapeten ausgesucht hatten, und er sie durch das ganze Haus führte, beschrieb er ihr ausführlich, wie er jeden einzelnen Raum einrichten und welchem Zweck er dienen sollte. Sein Eifer rührte sie, denn sie fühlte, er wollte alles so schön wie möglich machen — für sie! Ja, für sie! Das wußte sie, und das füllte ihre Seele mit Jauchzen. Und als sie dann fertig waren, fragte er sie unsicher: »Glauben sie, mein gnädiges Fräulein, daß sich eine Frau, eine verwöhnte Frau leidlich behaglich in diesem Haus fühlen könnte — wenn ich mich eines Tages verheiraten möchte?«

Sie sah tapfer zu ihm auf, obwohl ihr zu seiner heißen Freude das Blut ins Gesicht schoß.

»Wenn diese Frau Sie liebt, wird sie sich überall, wo sie an Ihrer Seite leben kann, behaglich fühlen; das ist meine Ansicht.«

Er faßte ihre Hand und preßte wieder einmal im Überschwang seiner Gefühle seine heißen Augen gegen diese schmale, feine Hand. Kein Wort sprach er dabei. Sein Herz war so voll, daß er wußte, es würde jetzt überfließen, wenn er die Lippen öffnete.

Stumm gingen sie weiter, obwohl diese kostbaren Minuten des Alleinseins so ungenützt vergingen. Aber in diesem Schweigen lag so viel mehr als in tausend Worten. Denn was sie sich hätten sagen mögen, glaubten sie sich noch nicht sagen zu dürfen, und alles andere würde ihnen jetzt nichtssagend klingen.

Vor der Tür trafen sie mit dem Brautpaar zusammen, und auch Nora schwärmte davon, wie wunderschön das Herrenhaus von weitem ausgesehen habe.

»In der Nähe merkt man ja, daß der Zahn der Zeit ein wenig daran genagt hat, aber von weitem sieht es sehr stattlich aus.«

»Es soll auch in der Nähe bald wieder so aussehen, mein gnädiges Fräulein, ich habe eben Ihrem Fräulein

Schwester schon gesagt, daß der ganze Bau schon im Frühjahr völlig erneuert werden soll. Später will es der neue Besitzer auch im Innern ganz neu ausstatten lassen, aber das wird wohl erst wahr werden, wenn er sich entschließt, in Rautenau Wohnung zu nehmen.«

»Daran liegt Ihnen aber doch sicher nicht viel, da Sie viel ungehemmter sein werden, wenn er nicht zugegen ist.«

»Weder seine Abwesenheit noch seine Anwesenheit werden mich hindern, in jeder Beziehung meine Pflicht zu tun, und Herr Kommerzienrat Fiebelkorn hat mir versichert, daß es eine Persönlichkeit ist, mit der man gut auskommt, trotz seiner Eigenheiten, die er haben muß ...«

Nora wandte sich hastig ab, um ihr Lachen zu verbergen. Sie gingen nun wieder ins Haus hinein, und da war ein einladender Teetisch gedeckt worden, reich besetzt mit Waffeln, die köstlich dufteten, geschlagener Sahne, Honig, feinen Brotschnitten und goldgelber Butter. Die Reste eines einst sicher sehr kostbaren Teeservices reichten gerade noch für die vier Personen aus, und Ruth betrachtete entzückt die feinen Porzellanschalen mit der kunstvollen Malerei. Auf jeder Tasse war vorn eine ornamentale Umrahmung angebracht für ein reizend gemaltes Watteaubildchen. Arnold strahlte, daß die Tassen so gut gefielen, und Ruth sagte, sich eins der Bildchen genau betrachtend: »Das sind ja wertvolle Tassen, Herr von Rautenau. Die müssen Sie sorgsam hüten.«

»Es sind leider nur noch diese vier Stücke vorhanden; wie Sie sehen, ist jede Tasse in einer anderen Farbe gehalten. Meine Mutter hat sie mit in die Ehe gebracht und sie immer sorgsam gehütet. Aber ungeschickte Dienstboten haben im Lauf der Jahre ein Stück nach dem anderen zerbrochen. Ich benutze sie gar nicht mehr. Nur heute – Ihnen zu Ehren, habe ich sie wieder einmal herausgegeben.«

Der Tee wurde gebracht, und er war wirklich sehr gut und aufmerksam bereitet; man merkte, daß die Leuteköchin, wie sie angegeben hatte, früher in feinen Häusern in Stellung gewesen war.

Nachdem der Tee eingenommen worden war, brachen die Damen mit Georg wieder auf, damit sie Berlin nicht zu spät erreichten.

»Glauben Sie nur nicht, Herr von Rautenau, daß wir heute zum letztenmal in Rautenau gewesen sind, wir kommen spätestens im Frühjahr einmal wieder, um zu sehen, was sich bis dahin hier alles geändert hat«, sagte Nora.

Arnold faßte aber dabei Ruths Hand mit festem Druck und sagte ernst: »Ich hoffe darauf!«

Lange stand er und lauschte dem Wagen nach. Sehen konnte er ihn nicht mehr, weil es schon dunkel war. Aber die Lichter des Scheinwerfers sah er noch eine Weile wie verschwindende Irrlichter leuchten. Mit einem tiefen Atemzug wandte er sich ab und ging ins Haus zurück.

Weihnachten verlebte Arnold also in Berlin, und während der Feiertage kam er Ruth abermals innerlich näher.

Und dann sah er sie zur Hochzeit ihrer Schwester wieder, die Ruth mit allem Glanz und aller Pracht ausgerichtet hatte.

Arnold war erster Brautführer und führte Ruth, als zweiter Brautführer folgte ihm Fredi Fiebelkorn mit seiner strahlenden Susi, die im Glück und bei der guten Küche der Villa Rupertus aufgeblüht war wie eine Blume, die man in das rechte Erdreich verpflanzt hatte. Das dritte Brautführerpaar setzte sich aus Hilly Sanders und ihrem Verehrer zusammen, das vierte aus ihrem Bruder und einer hübschen jungen Dame, einer Freundin seiner Schwester. Noch zwei weitere Paare beschlossen den Reigen. Nora war eine wunderschöne Braut und Georg ein stolzer, glücklicher Bräutigam.

Aber für Arnold von Rautenau gab es keine schönere, bewundernswertere Frau als Ruth, und seine Augen ließen kaum von ihr. Sie war ein wenig blaß, teils aus Ergriffenheit, weil sie doch heute die Schwester endgültig ihrem Gatten abtreten mußte, und teils vor Abspannung, da sie mit den Vorbereitungen zur Hochzeit trotz Susis fleißiger Mithilfe viel zu tun gehabt hatte.

Als Nora das bindende Ja sprach, flog ein leises Zittern über Ruth hin, und als sie in diesem Augenblick zu Arnold aufsah, las sie in seinen Augen die heiße Sehnsucht, mit ihr vor den Altar treten zu dürfen. Da wurde ihr blasses Gesicht mit einemmal von dunklem Rot überzogen.

Ganz still und versunken saß sie an seiner Seite und lauschte den Worten des Geistlichen: »Bis daß der Tod euch scheide!« Und dann sang eine wunderschöne Frauenstimme: »Wo du hingehst, da will ich auch hingehen!« Ruth war viel mehr ergriffen als die schöne Braut, die mit lachendem Gesicht in die Ehe ging, weil sie überzeugt war, daß sie ihr Glück in dieser Ehe finden würde. Neben Ruth saß Arnold und sah immer wieder in ihr zuckendes, tiefbewegtes Gesicht. Da legte er seine Hand offen, wie bittend und flehend, zwischen sie beide hin und sah sie zwingend an. Leise, zagend stahl sich da ihre Hand in die seine, und als er die kleine, bebende Mädchenhand in der seinen spürte, schloß er seine Hand darum mit einem festen, warmen Druck.

Das war wie ein stillschweigendes Verlöbnis. »Wo du hingehst, da will ich auch hingehen!« Das jauchzte wieder da oben die schöne Frauenstimme, und es kam Ruth aus dem Herzen.

Arnold ließ ihre Hand nicht wieder los, bis die kirchliche Feier zu Ende war und das junge Paar die Glückwünsche entgegennahm. Ruth umfaßte Nora mit der ganzen Innigkeit ihres Herzens, selbst aufgewühlt bis ins Innerste durch ihr stillschweigendes Verlöbnis mit Arnold.

»Sei glücklich, meine Nora«, sagte sie mit halberstickter Stimme.

Nora erwiderte, nun auch tiefbewegt, den Kuß.

»Mach mir's bald nach, Ruth — es ist nicht gut, daß der Mensch allein sei«, flüsterte sie zurück.

»Ich hoffe, bald«, erwiderte Ruth ebenso leise und überließ dann die Schwester den anderen Glückwünschenden.

Arnold hatte das junge Paar beglückwünscht und stand wieder neben Ruth. Niemand kümmerte sich jetzt um sie, alle umdrängten das junge Paar. Da sah Arnold sie mit großen, ernsten Augen an und faßte ihre Hand.

»War das dein Ernst, Ruth, willst du mit mir gehen in mein bescheidenes Leben? Das Verwalterhaus ist fertig — es wartet sehnsüchtig auf dich, wie sein Bewohner. Kann es sein, daß ich so glücklich sein soll? Du weißt, daß ich dich liebe, ich weiß auch, daß du mich magst. Aber wird es dir nicht zu schwer werden, aus der Behaglichkeit deines jetzigen Lebens in mein bescheidenes Heim überzusiedeln? Ich habe Angst gehabt vor dieser Frage, Ruth. Wirst du mich von dieser Angst erlösen?«

Mit einem unbeschreiblichen Leuchten sahen ihre perlmutterfarbenen Augen zu ihm auf. Sie war blaß vor innerer Erregung, und ihre Hand zitterte in der seinen. Aber sie erwiderte seinen Druck und sagte leise, aber fest und klar: »Wo du hingehst, da will ich auch hingehen — bis daß der Tod uns scheide.«

Da konnte er nicht anders, von seinen Gefühlen überwältigt, alles um sich her vergessend, nahm er sie in die Arme und küßte sie heiß und innig auf die blassen Lippen. Auch für sie versank alles, außer ihm. Sie hielten einander fest umschlungen, und als sie endlich wieder zu sich kamen aus der Versunkenheit ihres Glückes, merkten sie, daß die ganze Hochzeitsgesellschaft, samt dem jung vermählten Paar, ihnen gegenüberstand und sie lächelnd betrachtete.

Da nahm Arnold Ruth wieder in die Arme, führte sie stolz und glücklich zu den Staunenden und sagte laut und klar: »Meine Herrschaften, wir haben uns soeben verlobt, die Heiligkeit dieses Hauses erschien uns der beste und schönste Ort, unser Gelübde zu tauschen. Verzeihung, wenn wir eine Weile alle Anwesenden vergaßen.«

Nun begann ein abermaliges Glückwünschen, und der Pfarrer trat lächelnd heran und sagte heiter: »So werde ich hoffentlich bald wieder meines Amtes walten können, meine verehrten jungen Herrschaften.«

Arnold strahlte ihn an.

»Am liebsten heute noch, aber das geht natürlich

nicht, Herr Pfarrer. Ich hoffe jedoch, meine Braut wird unseren Hochzeitstag nicht gar zu lange hinausschieben.«

Nora umarmte ihre Schwester und sagte lächelnd: »So bald hoffte ich freilich nicht auf deine Verlobung, Ruth, aber daß ihr beide zusammengehört, das wußte ich längst. Werde so glücklich mit deinem Arnold, wie ihr beide es verdient.«

Nun kam auch Susi aus der umdrängenden Menge und warf sich in Ruths Arme.

»Du sollst so glücklich sein, wie ich es bin, mehr kann ich dir nicht wünschen, meine liebe Ruth.«

Es dauerte ziemlich lange, bis der ganze Glückwunschtrubel vorüber war. Dann fuhren die Hochzeitsgäste, nachdem das Brautpaar den Anfang gemacht hatte, zur Villa Rupertus. Frau von Werner war gleich nach der Trauung nach Hause gefahren, um die Gäste zu empfangen. Sie wußte noch nichts von Ruths Verlobung. Und als sie dann davon erfuhr, erfüllte es sie mit sehr gemischten Gefühlen. Sie mußte sich sagen, daß sie nun überflüssig war, wenn beide Schwestern verheiratet sein würden. Aber sie wünschte Ruth doch sehr bewegt Glück. Diese war ihr immer eine gute und rücksichtsvolle Herrin gewesen. Und Ruth in ihrer Herzensgüte ahnte wohl, was in der alten Dame vorging, denn sie umfaßte sie und flüsterte ihr zu: »Glauben Sie aber nur nicht, daß wir Ihre Dienste entbehren können, liebe Frau von Werner, für Sie gibt es Arbeit und Pflichten genug bei uns, bis an Ihr Lebensende.«

Da drückte die alte Dame Ruth dankbar die Hand und sagte gerührt: »Selbst im Glück vergessen Sie nicht, an andere Menschen zu denken.«

Ruth lächelte.

»Jetzt muß ich mich doch mehr denn je bemühen, mir mein Glück zu verdienen.«

Für Arnold und Ruth gab es aber dann doch noch eine Gelegenheit zu dem heiß ersehnten Alleinsein. Die Damen und Herren frischten sich in den Garderoben erst ein wenig auf, ehe man zur Tafel ging. Es waren gegen hundert Personen geladen. Und Ruth vergaß in dieser Stunde einmal all ihre Pflichten, überließ alles Frau von Werner und ließ sich willig von Arnold in einen kleinen, abseits liegenden Raum führen. Dort zog er sie wieder leidenschaftlich in seine Arme.

»Meine Ruth, so schnell ist nun nach langem Bangen das Glück für mich gekommen, daß es mich überwältigt hat. Es war mächtiger als ich. Aber nun muß ich dich doch erst noch einmal fragen: Wirst du dich fügen können in das bescheidene Leben, das ich dir bieten kann? Es erfüllt mich mit Schmerz und Sorge bei aller Glückseligkeit, daß ich dir nicht ein besseres Los bieten kann. Du wirst so viel bei mir entbehren müssen, was dir bisher selbstverständlich war. Mit all meiner Liebe will ich dir das zu ersetzen suchen, aber ob mir das auch gelingt?«

Sie sah die heiße Sorge in seinen geliebten Augen und schmiegte sich an ihn. »Sei doch ruhig, Arnold, ich würde klaglos in ein noch viel bescheideneres Leben mit dir gehen, denn deine Liebe wird mir alles geben, was mich glücklich machen kann. Aber damit du dir nicht zu viel Kopfschmerzen und Sorgen machen mußt, daß ich etwas an äußeren Dingen entbehren könnte, so will ich dir sagen: Was ich brauche, habe ich reichlich. Ich bin nicht ganz so arm, wie du glaubst, ich werde bestimmt in keiner Weise Not und

Sorge an deiner Seite kennenlernen und mir alles erfüllen können, was ich deiner Ansicht nach nicht entbehren kann. Doch sage ich dir noch einmal: wäre ich auch ganz bettelarm, nichts würde ich an deiner Seite vermissen, was mir wünschenswert erscheint. Ich habe bisher die glücklichsten Stunden verlebt, wenn ich mit meinem Vater in der Wildnis in den Pelzjägerhütten lebte, diese Stunden werden nun übertroffen werden von denen im Verwalterhaus. Ich will nicht, daß du dich sorgst – sei ganz ruhig – ich werde auch bei dir alles haben, was ich brauche.«

Da atmete er wie erlöst auf.

»Gottlob, meine süße Ruth, das nimmt mir einen Stein vom Herzen, der meine Glückseligkeit bedrückte. Es ist mir ein großer Trost, daß du für dich genug hast, so gern ich dir auch alles selber schaffen möchte, was dich beglücken kann.«

»Das kannst auch nur du mir geben«, sagte sie leise.

Er küßte sie heiß und innig, wieder und wieder, bis Frau von Werner leise eintrat und ihnen sagte, daß man zu Tische gehe.

Sogleich verschwand sie dann wieder. Ruth und Arnold tauschten noch einen heißen Kuß, dann gingen sie in den Festsaal hinüber. Und sie konnten nun mit leidlicher Geduld und Fassung das Festmahl und alle feierlichen Veranstaltungen über sich ergehen lassen.

Gleich nach der Tafel reisten Nora und ihr Gatte ab. Die Schwestern hatten sich noch voneinander verabschieden können, Ruth huschte hinauf in Noras Zimmer, um ihr Lebewohl zu sagen, während diese sich für die Reise umkleidete.

»Nun, Ruth, weiß Arnold inzwischen, wer von uns die reiche Erbin ist?«

»Nein, Nora, er soll es auch erst erfahren, wenn wir verheiratet sind.«

»Warum denn noch so lange zögern?«

Da lachte Ruth schelmisch: »Ich bin doch nicht ganz sicher, ob er die reiche Ruth auch würde haben wollen, und – ich möchte ganz gern erst eine Weile in dem kleinen Verwalterhaus wohnen.«

Nora lachte. »Nun, jeder nach seinem Geschmack! Jedenfalls bist du zu beneiden, das muß ich sagen.«

»Und du, Nora? Bist du nicht auch zu beneiden? Trägt dich Georg nicht auf den Händen?«

Nora küßte sie. »Hast schon recht! Ich bin auch wirklich ganz glücklich und zufrieden. Du kannst es mir glauben.«

»Es wäre auch Sünde, wenn du es nicht wärest.«

»Und wann werdet ihr Hochzeit halten?«

»Ich weiß es noch nicht, das muß ich erst mit Arnold besprechen.«

»Wenn es nach ihm ginge, könnten wir kaum von der Hochzeitsreise zurück sein. Er brennt lichterloh, Ruth.«

»So schnell geht es nicht. Wir werden sehen.«

»Nun, jedenfalls will ich dabei sein!«

»Selbstverständlich, Nora. Aber wenn du eine große, glänzende Feier erhoffst, wirst du enttäuscht sein. Arnold und ich sind für eine ganz stille, bescheidene Hochzeitsfeier.«

»Nun, wie gesagt, jeder nach seinem Geschmack. Ich bin mit der meinen jedenfalls sehr zufrieden. Hast dich wirklich selbst übertroffen. Nochmals innigen

Dank für alles, meine Ruth – und behalt mich lieb,
mit all meinen Fehlern und Schwächen.«

»Könnte ich denn anders?« fragte Ruth lächelnd.

Nora küßte sie.

»Nein, nein, du nicht, und gottlob Georg auch
nicht. Aber nun muß ich fort. Leb wohl, Schwester!«

»Auf frohes Wiedersehen, Nora!«

So hatten sie sich getrennt.

XIX

Nora war von der Hochzeitsreise zurückgekommen,
vergnügt und froh, eine restlos glückliche Frau. Und
Susi Hell hatte ihren Doktor *summa cum laude* bestanden, zum Stolz ihres Fredi und ihres Schwiegervaters.

Am Ostersonnabend wurde Susi Fredis glückselige
Frau. Der Kommerzienrat hatte seinem Sohn eine
hübsche kleine Villa gekauft, und nach der Hochzeits-
reise bezog das junge Paar sein reizend eingerichtetes
Heim, in dem Susi schaltete und waltete, als hätte sie
nie ihre Tage als fleißige Studentin verbracht. Der
Doktor *summa cum laude* war sozusagen nur ein
Prachtstück für die Öffentlichkeit.

Susis Eltern waren zur Hochzeit dagewesen und
auch Susis Wirtin, mit glattem Bubikopf und Hornbrille. Es war der schönste und glanzvollste Tag ihres
Lebens. Und sie hatte sich am Sekt so gütlich getan,
daß sie vor Rührung ganz zerfloß. Professor Hell und
seine Gattin saßen still und andächtig an der Hoch-
zeitstafel und sahen auf ihr glückliches Kind. Befriedigt kehrten sie am nächsten Tag wieder nach Rostock

zurück, voll beladen mit Bergen von Süßigkeiten, die ihnen die Kommerzienrätin für die dem Fest ferngebliebenen Kinder aufgenötigt hatte.

Als Susi nun mit ihrem Gatten die hübsche ·Villa bezogen hatte, hielten sie ihr Versprechen. Susis Eltern und Geschwister mußten zu Besuch kommen und sich alle Herrlichkeiten ansehen, von denen ihre Susi in dem neuen Leben umgeben war. Drei große Festtage waren das für die Familie des Professors, von denen sie lange in der Erinnerung zehrten. Und Fredi hatte für alle eine wahre Weihnachtsbescherung als Gastgeschenk aufgebaut. Jeder Wunsch, den er ihnen abgelauscht hatte, war ihnen erfüllt worden. Am meisten freute sich Susi darüber, und sie fiel ihrem Fredi immer wieder um den Hals und erklärte, er sei der beste Mensch von der Welt.

Nach drei Tagen ließen sich die taktvollen Angehörigen nicht mehr halten. Sie hatten alles gesehen, hatten sich vom Glück ihrer Susi überzeugt, und nun sagten sie sich, daß in den Flitterwochen jeder dritte Mensch zuviel sei. Aber Susi versprach, Pfingsten mit ihrem Mann wenigstens auf einen Tag nach Rostock zu kommen.

Ruth und Arnold hatten inzwischen ihren Hochzeitstag auf den vierundzwanzigsten April festgesetzt. Arnold von Rautenaus fünfunddreißigster Geburtstag war am fünften Mai, und da wollten sie vereint sein.

Arnold war in dieser Zeit so oft wie möglich nach Berlin gekommen, um Ruth zu sehen. Er pflegte freilich nur die Sonntage dazu zu verwenden, denn es gab sehr viel Arbeit für ihn. Deshalb bat er Ruth auch, auf eine Hochzeitsreise zu verzichten. Er konnte gerade jetzt nicht für längere Zeit fort von seinem Posten, und war viel zu gewissenhaft, eine Pflicht zu versäumen. Ruth war damit gern einverstanden. Sie freute sich allen Ernstes auf das Leben in dem kleinen Verwalterhaus.

Sie hatte ihren Vorsatz durchgeführt, Arnold wußte noch immer nicht, daß er eine reiche Erbin heiraten würde, die Herrin von Rautenau. Jedenfalls waren diese beiden Menschen von einer tiefen Glückseligkeit erfüllt. Sie gingen ineinander auf und sahen sich alle Wünsche von den Augen ab.

Arnold suchte noch immer, wie er dies und das im Verwalterhaus hübscher einrichten konnte. Seine geringe freie Zeit brachte er darin zu und legte selbst mit verschönernd die Hand an. Was er nur ersinnen konnte und was in seiner Macht stand, tat er, um Ruths künftiges Heim behaglich und ihrer würdig zu machen. Es war wirklich ein kleines Schmuckkästchen geworden. Was er noch an persönlichem Eigentum hatte, also was nicht mit Rautenau zusammen verkauft war, wie zum Beispiel die Reste des kostbaren Teeservices und einige andere Erbstücke, die nur für ihn noch Wert gehabt hatten, brachte er in das Verwalterhaus.

Er bezog es aber noch nicht, das wollte er erst zusammen mit Ruth tun. Um das Herrenhaus war ein Gerüst aufgebaut, es sollte auf Wunsch des neuen Besitzers schon jetzt erneuert werden. Arnold hatte durch den Kommerzienrat Weisung bekommen, daß das geschehen sollte. Ruth wollte dem weiteren Verfall Einhalt tun und hatte die Absicht, das Herrenhaus in altem Glanz neu erstehen zu lassen.

Weder der Kommerzienrat noch die anderen Bekannten Ruths wunderten sich, daß Ruth mit ihrem

Gatten in dem bescheidenen Verwalterhaus wohnen würde. Wußte doch noch immer niemand, daß Ruth die Erbin sei und daß ihr Rautenau gehörte.

So wunderte man sich auch nicht weiter, daß Ruth ihre Hochzeitsfeier in ganz engem Kreis feiern wollte. Sie war darin mit Arnold einig, dem sie die Wahl gelassen hatte.

»Nora will unsere Hochzeitsfeier ganz so halten, wie wir es wünschen, Arnold. Du sollst bestimmen, ob dir eine größere Feier lieber ist«, hatte sie gesagt.

Da hatte er sie in die Arme genommen, sie mit heißen, zärtlichen Augen angesehen und geantwortet: »Dich will ich haben, ich verschmachte bald nach dir, meine Ruth. Was sollen mir all die fremden Menschen an dem Tag, da mein heißes Sehnen gestillt werden soll. Laß uns die Feier so still wie möglich gestalten. Nur die paar Menschen, die uns lieb sind und nahe stehen, alle anderen sind überflüssig.«

Und so wurden nur Nora und Georg, Susi und Fredi, Fredis Eltern und einige ganz nahe Freunde des Hauses geladen. Frau von Werner sollte vorläufig in der Villa Rupertus zurückbleiben und hier nach dem Rechten sehen, bis Ruth andere Bestimmungen treffen würde. Sie wußte noch nicht genau, wie sich ihr Leben gestalten würde, wußte nur, daß sie bis ans Ende ihrer Tage versorgt sein würde.

Arnold kam erst am Vorabend der Hochzeit nach Berlin. Er hatte bis zum letzten Augenblick zu tun gehabt. Der Hochzeitstag fiel auf einen Sonnabend, und er hatte deshalb am Tag vorher noch die Löhne für das jetzt große Gesinde auszahlen müssen. Nun hatte er auch diese Pflicht erfüllt, hatte noch einmal sein Häuschen von oben bis unten besichtigt und

Weisung gegeben, daß am Sonnabendnachmittag alle Zimmer mit frischen Blumen geschmückt werden sollten. Dann war er nach Berlin gefahren und bei Reinhards abgestiegen. Am Vorabend der Hochzeit waren auch nur wenige Menschen eingeladen. Doch gab es ein auserlesenes Mahl und ganz erstklassige Weine. Die Summe, die eine glänzende Hochzeitsfeier gekostet haben würde, also genau den Betrag, den Ruth für Noras Hochzeitsfeier ausgegeben hatte, war von Ruth für andere Zwecke verwendet worden. Sie hatte damit zwei Brautpaaren, die zu arm waren, sich ausstatten und heiraten zu können, eine Aussteuer angeschafft, mit Möbeln und allem, was nötig war. Damit, so meinte sie, hätte sie sich ein würdigeres Fest bereitet, als durch eine glänzende Feier.

Aber davon wußte niemand als Ruth selbst und die beiden Brautpaare. Sie war sehr zufrieden damit und viel glücklicher, als wenn sie das Geld für eine laute Feier ausgegeben hätte, die ihr und ihrem Liebsten nur lästig gewesen wäre.

Die Trauung fand am Sonnabend statt, nachdem am Vormittag die standesamtliche Eheschließung vorangegangen war. Dann fuhr man nach der Villa Rupertus, wo abermals ein erlesenes Frühstück bereitstand. Und so bescheiden auch sonst die Feier war, es fehlte nicht an einer frohen Stimmung.

Am Nachmittag um vier hielt das Auto, wie Arnold meinte, Noras Auto, vor dem Portal der Villa, und Ruth und ihr Gatte bestiegen es, um darin nach Rautenau zu fahren. Arnold war sehr froh, daß er mit seiner jungen Frau nicht die Eisenbahn benutzen mußte.

Die Fahrt verging dem jungen Paar wie im Flug. Weit blieb alles hinter ihnen zurück, was bisher im

Leben Wert für sie gehabt hatte. Sie gehörten sich nun so ganz ausschließlich an, gingen so ineinander auf, daß alles andere bedeutungslos für sie wurde.

Als das Auto vor dem Verwalterhaus hielt, sah Ruth, daß die Tür mit Blumen umkränzt war. Und wohin sie kam in ihrem kleinen neuen Reich, überall fand sie Blumen, die ihr von ihres Gatten Liebe sprachen. Innig umschlungen gingen sie von Zimmer zu Zimmer, und Ruth staunte immer wieder, was für ein Wunder Arnolds Liebe vollbracht hatte. Sie hatte nicht geglaubt, daß dieses Haus, das sie so ganz anders gesehen hatte, so schmuck aussehen würde. Und Arnold atmete auf, als er Ruths helle Freude bemerkte.

Als sie wieder in dem reizenden Wohnzimmer angelangt waren, riß er sie in seine Arme und sah ihr tief in die Augen.

»Wirst du hier glücklich sein können, meine süße Frau?«

Sie sah ihn mit ihren hell schimmernden Augen an.

»Wo du bist, da ist mein Glück, Arnold, zweifle nie daran. Deine Liebe macht mir eine Hütte zum Palast und einen Palast zur traulichen Hütte.«

Er preßte seine Lippen in heißem Durst auf die ihren, und die Welt versank um die beiden Glücklichen.

Wundervolle Tage voll unaussprechlicher Glückseligkeit vergingen für das junge Paar. Wenn Arnold, wie das jetzt nötig war, auf die Felder hinausritt, ging Ruth im Haus umher, ordnete ihre Sachen ein und ging bei dem schönen Frühlingswetter ihrem Mann ein Stück entgegen. Sah er sie dann von weitem, sprang er vom Pferd und nahm sie in seine Arme. Dann gingen sie Seite an Seite heim.

Ruth machte es viel Spaß, als sorgende Hausfrau zu schalten und zu walten. Sie hatte nur eine Magd zur Hilfe, und Arnold hatte ihr gesagt, wenn sie es wünsche, werde er noch eine Köchin halten. Aber sie schüttelte schelmisch den Kopf und sagte übermütig: »Mußt vorläufig schon damit fürlieb nehmen, was ich dir selber koche. Es macht mir Vergnügen, dir deine Leibspeisen zu bereiten. Später können wir ja sehen. Du brauchst dir aber keine Sorgen zu machen, falls ich ohne Köchin nicht auskommen kann und will, werde ich deine Kasse nicht damit belasten. Ich steuere dann selbst das Nötige zu.«

Davon wollte Arnold aber nichts wissen, und da wurde ihr ein wenig bange, wie er die Eröffnung aufnehmen würde, daß sie die reiche Erbin und die Herrin von Rautenau sei. Sie hatte sich nur für diese Eröffnung eine letzte Frist gesetzt. An seinem Geburtstag sollte er alles erfahren, und sie machte immer neue Pläne, wie sie es ihm beibringen wollte. Denn das wußte sie nun schon, freuen würde er sich nicht darüber, daß sie so reich war. Er war einer von den Männern, die am liebsten für alles allein einstehen. Aber er würde sich ins Unvermeidliche fügen müssen.

So vergingen die Tage bis zum fünften Mai sehr schnell. Arnold stand morgens sehr zeitig auf und hatte streng darauf gehalten, daß Ruth dann noch liegen blieb. Sie hatte davon nichts hören wollen, aber da war er so außer sich gewesen, so besorgt, ihre Gesundheit könne unter der veränderten Lebensweise leiden, daß sie schließlich einwilligen mußte. Er nahm mor-

276

gens nur einen Imbiß und eine Tasse Kaffee, das Hauptfrühstück wurde mit Ruth erst dann eingenommen, wenn er von seinem Ritt über die Felder wieder heimkam. Das geschah so gegen neun Uhr. Da war Ruth schon vollständig angekleidet, frisch und munter. Dann ging ein strahlendes Lächeln über sein gebräuntes Gesicht. Er wechselte hierauf aus Rücksicht auf sie schnell seinen Anzug und kam in einem leichten Hausanzug zum Frühstück. Nach dem Frühstück hatte er Besprechungen mit den neu angestellten Beamten, besuchte die Stallungen, die nun schon längst neu ausgebaut und mit allerlei Mustervieh gefüllt waren, ging hinüber zum Herrenhaus, um die Bauarbeiter zu beaufsichtigen, und ritt dann gewöhnlich noch einmal in den Forst oder auf die Felder, wo alles in voller Tätigkeit war.

Am Tag vor seinem Geburtstag hatte Ruth gesagt: »Ist es nicht möglich, Arnold, daß ich dich auf deinen Ritten begleite? Ich habe doch sonst sehr wenig von dir.«

Er hatte sie unruhig angesehen.

»Kannst du denn reiten?«

Sie lachte.

»Ich denke, ich nehme es sogar mit dir auf. Du mußt bedenken, daß ich in Kanada schon von Kind auf geritten bin. In Berlin hat es mir nur keinen Spaß gemacht, da lohnte es sich kaum, aufs Pferd zu steigen. Aber hier hat man doch Platz, und wir wären länger zusammen.«

Nachdenklich küßte er sie.

»Herrlich wäre das, meine Ruth, aber — ich habe kein Damenpferd hier im Stall, überhaupt kein Reitpferd außer dem meinen, da ja bisher keins nötig war.

Und es müßte natürlich eins angeschafft werden. Wir können damit den Besitzer von Rautenau nicht belasten.«

»Selbstverständlich nicht, Arnold – ich würde mir das Reitpferd selber kaufen.«

Er sah sie erstaunt an.

»Aber Ruth? Du scheinst ja ein kleiner Krösus zu sein. Kannst du wirklich so viel von deinen Mitteln flüssig machen?«

»Ich denke doch. Würdest du mir ein Pferd kaufen? Aber bitte, kein lammfrommes Tier, ich liebe die Pferde rassig. Es kommt ja bei so einer Anschaffung auf tausend Mark mehr oder weniger nicht an.«

Er fiel überrascht in einen Sessel, zog sie auf seinen Schoß und sah sie ziemlich ungläubig an.

»Du kleine Verschwenderin! Auf tausend Mark kommt es dir nicht an? Weißt du denn, daß tausend Mark eine Menge Geld sind?«

Sie spielte an den Knöpfen seiner Weste. Und dann lachte sie wieder.

»Man kauft ja schließlich nicht alle Tage ein Reitpferd.«

Er sah sie ein wenig unruhig an.

»Süße, Schulden dürfen wir aber nicht machen!«

Sie küßte ihn lachend.

»Keine Angst! Aber weißt du, es wird wohl nun nichts anderes helfen, als daß ich dir genau aufstelle, wieviel Geld ich eigentlich habe. Das will ich bis morgen tun – morgen zu deinem Geburtstag mußt du mal ein bißchen länger Zeit für mich haben, da besprechen wir dann alles, und wenn du dann meinst, daß ich mir kein Reitpferd leisten kann, dann geben wir den Plan auf. Mir war nur darum zu tun, länger in deiner Nähe sein zu können.«

Da mußte er sie erst wieder einmal bis zur Atemlosigkeit abküssen, und dann erhob er sich, sie zugleich mit emporhebend, was für seine Kräfte eine Kleinigkeit war. So hielt er sie noch eine Weile auf seinen Armen, küßte sie immer wieder, bis sie um Gnade flehte, und setzte sie dann behutsam nieder.

»Also schön, Herzensruth, wir überlegen uns das morgen, wenn ich deine Vermögenslage kennengelernt habe. Reicht es nicht, dann schieße ich am nächsten Ersten noch was zu. Es ist doch zu verlockend, daß du mich auf meinen Ritten begleiten willst. Mir tut die schöne Zeit, die ich dazu verbrauche, ohnedies leid, und für diesen guten Zweck können wir doch mal ein bißchen leichtsinnig sein.«

Sie umfaßte schnell seinen Hals und küßte ihn noch einmal.

Und heute nun, an seinem Geburtstagsmorgen, hatte sie sich mit ihm erhoben und ihm erst einmal innig Glück gewünscht.

»Beschert bekommst du erst nachher, wenn du zum Frühstück kommst.«

Er sah sie an wie ein erwartungsvoller Schuljunge.

»Beschert bekomme ich auch?« fragte er strahlend.

»Natürlich, kein Geburtstag ohne Bescherung. Das wäre mir ein schöner Geburtstag, an dem man nichts geschenkt bekommt.«

»Ach, Liebste, seit Jahren habe ich kaum gewußt, daß ich einen Geburtstag habe, niemand hat daran gedacht. Ich habe weder Glückwünsche noch Geschenke bekommen.«

Sie schmiegte ihre Wange an die seine und streichelte sein Haar.

»Jetzt hast du aber eine Frau, und jetzt bekommst du zu jedem Geburtstag etwas Wunderschönes geschenkt. Heute zum ersten Geburtstag in unserer Ehe etwas ganz besonders Schönes.«

Er hob sie empor wie ein Kind.

»Das Allerschönste und Allersüßeste bist du, mein Schatz.«

Dann war er gegangen. Und nun deckte Ruth den Frühstückstisch selbst besonders festlich, schmückte ihn mit Blumen, und dann machte sie sich schön. Ein weißes Spitzenkleid hatte sie angezogen, in dem er sie besonders gern sah, und Blumen hatte sie angesteckt.

Dann hatte sie aus ihrem Zimmer, das nur für ihren persönlichen Gebrauch bestimmt war und das er besonders schön ausgestattet hatte, einen Briefumschlag geholt, in den sie schon gestern ein Schriftstück gesteckt hatte. Auf dem Umschlag stand: ›Meinem inniggeliebten Mann zu seinem fünfunddreißigsten Geburtstag.‹

Sie legte den Brief auf seinen Teller und darauf eine der Frühlingsblumen, die sie selbst am Tage vorher gepflückt hatte.

Und nun erwartete sie ihren Gatten mit einem seltsam bangen Herzklopfen, fast, als habe sie ein böses Gewissen.

Pünktlich wie immer kam er heim, wechselte schnell seinen Anzug und betrat dann das Speisezimmer, in dem sie auch das Frühstück einnahmen. Er sah, daß sie die kostbaren Teetassen aufgestellt hatte, sah die Blumen und das feine Damasttischtuch, das mit Spitzen umgeben war und zu ihrer Aussteuer gehörte. Er betrachtete staunend diese Vorbereitungen. Dann beugte er sich zu ihr herab und küßte sie.

»Wundervoll sieht das aus, Ruth! Und das alles wegen meinem Geburtstag?«

Sie nickte ihm zu, und das Herz schlug ihr bis zum Hals hinauf.

»Ja, Arnold, nun setze dich. Und dies hier, was auf dem Teller liegt, ist mein Geburtstagsgeschenk für dich ...«

Er lachte ein wenig in sich hinein, küßte ihr erst noch einmal die Hand, und dann öffnete er den Umschlag des Briefes und zog ein schlichtes Papier heraus. Lachend, mit übertriebener Feierlichkeit, setzte er sich und las:

»Heute, am fünften Mai, schenke ich meinem geliebten Mann, Arnold von Rautenau, zum ersten Geburtstag, den er in unserer Ehe feiert, die Herrschaft Rautenau mit dem heißen Wunsch, daß er bis an sein Lebensende so glücklich bleibt, wie in all den Tagen unserer jungen Ehe.

Ruth von Rautenau, geborene Rupertus
bisherige Herrin von Rautenau

Arnold lachte laut auf.

»Süße, das ist ein reizender Spaß. Ich weiß schon, wenn du Rautenau zu verschenken hättest, du würdest es mir wirklich schenken.«

Sie war erblaßt und faßte seine Hand.

»Liebster, es ist kein Scherz — und — ich habe Rautenau wirklich zu verschenken. Du hast dich, wie alle unsere Bekannten, in einem Irrtum befunden, wenn du angenommen hast, daß ich die arme Schwester sei. Ich bin die reiche Erbin, und Nora hat nur meine

Rolle gespielt — weil es mir lästig war, überall als Erbin umlagert zu werden.«

Er starrte sie eine Weile an wie entgeistert. Freude war es wirklich nicht, was er in diesem Augenblick empfand. Eher empfand er einen rätselhaften, brennenden Schmerz. Und plötzlich sprang er auf und trat ans Fenster, damit sie sein zuckendes Gesicht nicht sehen sollte. Sie erhob sich erschrocken und trat neben ihn hin, seinen Arm umfassend.

»Arnold, ist deine Liebe zu mir so gering, daß sie wanken kann unter dieser Eröffnung?« fragte sie bang.

Er legte den Arm um sie, ohne sich umzuwenden und sie anzusehen.

»Nein, das mußt du nicht glauben, aber das, was du mir eben sagtest, das bringt mich aus den Fugen. Glaube mir, es hat mich tief erschreckt.«

Sie umfaßte ihn und legte ihre Wange an die seine.

»Ich kann doch nichts dafür, Arnold, daß ich reich bin. Ich liebte dich doch vom ersten Sehen an. Und — ich wollte dir Rautenau erhalten, und da ich ohnedies meinem Vater versprochen hatte, bei passender Gelegenheit einen Teil meines Vermögens in Grundbesitz anzulegen, so kaufte ich Rautenau und machte dich zu meinem Verwalter in der Hoffnung, daß du eines Tages wieder der Herr von Rautenau sein würdest. Und das alles konnte ich dir nicht eher verraten, bis ich deine Frau war, aus Angst, du würdest von der reichen Erbin nichts mehr wissen wollen. Ach Liebster, sieh mich doch an, sage mir, daß du mir nicht zürnst.«

Da wandte er ihr langsam das Gesicht zu, und sie sah, daß sich seine Augen gefeuchtet hatten. Er zog sie an sich.

»So sehr liebst du mich?«

»Ach, mein Gott, fragst du mich noch?«

»Und ich soll solch ein Geschenk annehmen – von meiner Frau.«

Sie umfaßte seinen Kopf und sah ihm tief in die Augen.

»Ich gab dir schon mehr, viel mehr – mich selbst. Das hast du angenommen. Wie klein ist diese meine Gabe daneben! Begreifst du das nicht, mein Arnold? Gibt es zwischen zwei Menschen, die wie wir zueinander stehen, ein Mein und Dein? Ist nicht aller Reichtum nichtig im Vergleich zu unserer Liebe? Wenn es mich deine Liebe kosten sollte, ohne Bedenken würfe ich all meinen Reichtum von mir. Stolz und glücklich bin ich, daß du die arme Ruth zur Frau wähltest. Und nun wage es noch, dich zu weigern, anzunehmen, was dir meine Liebe bietet. Du nahmst doch mich? Gelte ich nicht mehr in deinen Augen als alles andere?«

Da preßte er seine Lippen auf die ihren.

»Ruth, mein Weib, meine süße Frau, du hast ja so recht. Ich nahm mehr von dir als äußere Güter. Ich will nicht kleinlich sein. Geld und Geldeswert soll nicht zwischen uns stehen. Du weißt, daß ich nie danach getrachtet hab und daß ich dich wählte, weil ich dich liebe. Verzeih mir mein törichtes Benehmen, womit ich dir eine Freude trübte.«

»Alles ist verziehen, mein Liebster, wenn du dich nun nur ein wenig deines Geschenkes freust. Du bist nun wieder Herr auf Rautenau, als Herr will ich dich hier sehen, nicht als Verwalter.«

Er küßte sie wieder und wieder.

»Jetzt weiß ich erst, was du mir für ein Opfer brachtest, daß du mit mir in dies bescheidene Heim zogst.«

Sie schmiegte sich an ihn.

»Gar kein Opfer brachte ich damit, so glücklich war ich in diesem kleinen Heim. Und ich werde mit dir hier wohnen bleiben, bis drüben das Herrenhaus wieder vollständig ausgestattet ist. Und ich werde es nicht beschleunigen, werde mir schön Zeit dazu lassen, weil ich nicht so schnell hier aus diesem Haus fort will, das mir deine Liebe bereitet hat.«

Er sah sie an mit seinen zärtlichen Augen, daß sie wußte, es war alles wieder gut.

Langsam machte sich Arnold mit dem Gedanken vertraut, daß er wieder Herr auf Rautenau war. Und während Ruth wieder auf seinem Schoß saß, sagte sie ihm, daß sie die Villa Rupertus nicht verkaufen wolle. Dort wollten sie jeden Winter einige Monate leben. In Rautenau wollten sie nur bleiben, so lange es im Frühjahr, Sommer und Herbst die Augen des Herrn brauchte. Und dann fragte Ruth schelmisch: »Reicht es nun zu einem Reitpferd, Liebster? Ich spare doch nun das Gehalt für meinen Verwalter.«

Da drückte er sie an sich mit der ganzen Glut seines Empfindens.

»Meine süße Frau!« sagte er mit bebender Stimme.

Und in einem heißen Kuß versank die Welt mit all ihren Schätzen für die beiden Glücklichen, die sich selbst genug waren.